アレキサンドライト

山藍紫姫子

角川文庫
14136

目次

序章　黒衣の男

曲は円舞曲にかわった。

今宵、エスドリア国王グスタフ四世が主催する仮面舞踏会には、婚姻関係で深く結ばれた隣国のガルシア公国、アメリス国からの賓客や、貴族、高級将校、果ては裕福な商人までもが招かれて、踊りの輪に加わっていた。

金襴《きんらん》の刺繍《ししゅう》と毛皮でトリミングされた豪華な衣装に、駝鳥《だちょう》の羽根飾り、宝石で身を飾りたてた貴婦人。男たちも、胴着に宝石を縫いつけ、髪には金粉を散らし、富の象徴である毛皮のケープを——若草月《六》であるというに——全身に纏《まと》って大広間を埋め尽くしている。

黒い繻子《しゅす》の衣裳に、金糸の縫いとりがある仮面をつけた男は、華やぐ人々のなかに彼の姿を探して歩いた。

海に面したテラスのほうから、花火の揚がる音が聞こえてきた。

間もなく、夜ごと催される絢爛《けんらん》たる浪費の饗宴《きょうえん》がお開きに近づいてきたという合図だ。

踊りに加わらない人々が、テラスのほうへと移動してゆく。その時になってようやく男は、壁際にひっそりと佇《たたず》む、金髪のすらりとした身体つきの青年に気がついた。

不思議なことに、青年が立っている所だけ、ぽっかりとした空間となっている。

碧《あお》い仮面をつけてはいるが、みごとな金髪と、形の佳《よ》い顎《あご》、すらりとした身体の線から、周りの者は彼が誰であるのかを知っていて、近寄りがたく、遠巻きにしていた。

黒ずくめの男は、物怖《ものお》じせずに、彼に向かって行った。

すると、その気配を察したのか、青年は身を退《ひ》いて、カーテンで隠された扉からテラスへと出てしまった。

眼の前でドアを閉められてしまったが、黒ずくめの男は苦笑とともに、把手《とって》をまわし、青年が逃げた小さなテラスへ下りた。

青年は、男がテラスにまで追って来るとは思わなかったらしく、大理石の手摺《てすり》に凭《もた》れかかり、打ち揚げられる花火の方を見ていた。

背後から青年へと歩み寄った黒ずくめの男は、声をかけた。

「失礼。踊りを申し込ませていただけますか？」

花火の合間に、凜《りん》と冴《さ》え渡った男の声を聞いて、碧い仮面をつけた青年、シュリル・アロワージュ・エレオノールは振り返った。

仮面舞踏会の夜。

男は女に化け、女が男装することもある。

二十二歳という若さながら、エスドリア国の聖将軍の職に就いているシュリルは、自分を女性と間違えているのだろう黒ずくめの男を、仮面の奥から冷ややかに見た。

年齢は二十七、八というところか、濡《ぬ》れたような黒髪の男で、仮面の下に整った貴族的な容貌《ようぼう》が隠されていることはすぐに看《み》てとれたが、漂わせている何かが、まったく、宮廷人とは異質なものだった。

シュリルは思わず、グスタフ四世を守護するエスドリアの十二将軍のなかの、ラモン・ド・ゴール戦将軍か、あるいはダリル鎮将軍が警護のために忍ばせている者かと訝《いぶか》しんだくらいだ。

だがその考えは直《す》ぐに、シュリルの裡《なか》で否定される。この国の人間で、自分を女と間違え、踊りを申し込んでくる者は一人としていないのだ。

誰にも、そのような無礼は、許してこなかった。

シュリルは、黒衣の男に向けて、たしなめるように言った。

「残念ながら、貴公は勘違いしている。わたしは男だ」

神経質な声がシュリルから発せられると、黒服の男は、微《かす》かに首を傾げてみせた。

「それは、失礼を。しかし、男だからどうだというのですか?」

男の言葉は穏やかで、物腰は丁寧だった。むしろ慇懃《いんぎん》なほどだ。

その上、この国の貴族たちの間には、「同性の愛人を持つ者も珍しくないではないか?」と言わんばかりの様子だった。

実際、家名を存続させ、広汎《こうはん》な領地や、財産を守る義務のために政略結婚するエスドリア国の王族や、貴族たちは、望まない結婚の埋め合わせのようにして、享楽的に、浪費や姦淫《かんいん》を愉《たの》しんでいた。なかでも、複雑な相続問題に発展しない同性の愛人をもつことが、大貴族の間では密《ひそ》やかな嗜《たしな》みとなっていた。

シュリルは、裡に感じている不快を隠さずに、冷たく、男を下がらせようとした。

「他国よりのお客人と思われるが、名を名乗られよ」

「人に名前を訊《き》く場合は、そちらから名乗るのが礼儀というものではありませんか？」

すかさずそう返されて、シュリルは仮面越しに男を睨《にら》みつけた。しかし、男の言い分の方が尤《もっと》もである。

シュリルは男の主張を受け入れ、名乗った。

「わたしは、シュリル・アロワージュ・エレオノール」

「シュリル聖将軍」

男は、さしたる感慨もなく、エスドリア国の大貴族であり、国王の守護十二将軍の一人であり、祭事を司《つかさど》る位にある彼の名を口にした。

続いて男が名乗るものとばかり思ったシュリルに、僅《わず》かな油断があった。

その隙をついて、男は素早い仕種《しぐさ》で、シュリルの着けている仮面を引き剝《は》いだのだ。

「あッ……」と、シュリルが身動《みじろ》いだ。

打ち揚げられる花火が、夜の闇を染めて、辺りを昼間のように明るく照らしだしてみせる。

黒ずくめの男は、仮面の下から顕《あらわ》れた美しい顔に、眼を奪われたように立ちつくしたが、すぐさま、不敵に口元を歪《ゆが》め、嗤《わら》う顔をつくりだした。

悪魔的な笑みを口元にはいた男に、シュリルはぞっとするものを感じながらも、身に受けたふるまいを許せないとばかりに声を強張《こわば》らせた。

「無礼なッ……」

シュリルの怒りなど意にかいさない様子で、男は呟《つぶや》いた。

「信じられん、な……」と。

それから、力強い腕が伸びてきて、シュリルはほっそりとした顎を掴《つか》み取られ、男の方へとうわむかされた。

流れるような黄金の髪に、雪を欺くほどの白い肌。緑潭色《エメラルド》の双眸《そうぼう》は深い叡智《えいち》をひそめ、時に怜悧《れいり》に煌《きらめ》く。男にしてはほっそりとしてしなやかな身体つきと、近寄りがたい神聖さもあって、彼は神秘的にすら見えた。

だが、黒ずくめの男は、夢から覚醒《さ》めた人間のように、冷淡になっていた。

「この世のものとは思われない美しさだが、果たして、心もこの顔と同じだけ美しいものかな？」

男の言葉に、シュリルは双眸をけわしくさせた。

瞠《みひら》かれた緑潭色の瞳《ひとみ》に、仮面をつけた男の顔が映しだされ、男もまた、シュリル・アロワージュの瞳の中に映る自分の姿を見ていた。

その時、閉じていたテラスの扉が内側から開き、眩《まばゆ》い光を背にした大きな影が二人を翳《かげ》らせた。

「シュリル聖将軍。いかがされた?」

若いが、地に響くような、低い、きわめて個性的な声が上のほうから聞こえた。

「ラモン……戦将軍……」

声の主に思い当たったシュリルがその名を口にするのと同時に、彼の顎を押さえていた腕が外され、黒ずくめの男は身を引いた。

「それではシュリル聖将軍。またお逢いできる日を愉しみにしている」

男はそう言って、身を翻したかと思うと、扉の所に立つ大柄なラモン戦将軍の脇をすりぬけ、着飾った人々でさんざめく広間へと紛れ込んでしまった。

「何者です?」

テラスへ降りてきたラモン戦将軍は、ただならぬ様子を感じとったのか、訊いてきた。

「いや、何でもない」

軽く否定して、シュリルもまたラモンの脇を通り過ぎようとしたが、そんな彼を、戦将軍は逃さなかった。

「ラモン……」

シュリル・アロワージュ・エレオノールは、神経質な性格を顕しているかのような形の佳い眉《まゆ》を、微かにしかめて、前方に立ち塞《ふさ》がった男を見た。

ラモン・ド・ゴール戦将軍は、見応《みごた》えのある男だった。

褐色の肉体の持ち主で、シュリルよりも二歳年下にあたるが、とても年若いとは思えない凄味《すごみ》と、兵士たちを率いた実戦で鍛えられ、磨かれた獣性のようなものを持っていた。

その上に、正式な結婚はまだだったが、すでに、複数の愛人に子供を生ませているという噂もあり、この男の、大貴族だが、どこか底の知れないところが、シュリルを不快にさせるのだ。

そして、シュリルのほうが年上であることから、ラモンは礼を尽くさねばならなかったが、この大柄の男には、遜る《へりくだ》気持ちはないかのようだった。

「今の男、アメリス国の者ですな？」

不意にそう言ったラモンに対して、シュリルは怜悧な印象のある口唇をうっすらとひらいた。

「どうして判るのだ？」

硬質なシュリルの声が問い返してくると、ラモンは口元を大きく歪ませた笑みをつくった。

「臭いで判る。ガルシアの連中は金貨の臭いがするし、アメリス国の連中からは血と硝煙の臭いがするというわけですな」

ラモンの言い様に、シュリルは冷笑を浮かべた。

日ごろ、あまり感情に左右されない彼が、珍しく興味を引かれたという感じがそこにあった。

「では、ラモン戦将軍。我々エスドリア人からはどんな臭いがする？」

ラモン・ド・ゴールの、金色に近い琥珀《こはく》色の双眸が、シュリルに向けられてとまった。

「エスドリア人からは、甘い、熟しきった果実の匂いがする。それも、落ちる寸前の果実が放つ腐った匂いだ。あなたからも……シュリル聖将軍」

シュリルは、そう言った男を冷たく見据えた。

「言葉が過ぎるようだな。ラモン戦将軍」

やや高音の、貴族たちが生まれながらに身につけている高慢な響きがある声音《こわね》で、シュリルは言葉を継いだ。

「わたしは、なにも聞かなかったことにしておこう」

フン…とラモンは鼻を鳴らしてみせた。もう、シュリルは戦将軍を相手にはせずに、ほっそりとして優美な身体を、泳がせるように躱《かわ》して彼の脇をすりぬけ、広間へと戻った。

残されたラモン・ド・ゴールは、テラスの手摺《てすり》に寄りかかると、去っていく美しい男の後ろ姿を、興味深げに見ていた。


半島に位置する三王国のうち、エスドリア王国と、隣接するガルシア公国は、ともに海に面し、海外の国との貿易で繁栄を競いあってきた。

ガルシア公国がいちはやく自由貿易へとかわっていったのに、エスドリア王国は貿易の権利と利益を王室が一手に握り、王を頂点とした特権階級が、絢爛《けんらん》豪華な宮廷文化を花咲かせることとなった。

海は持たないが、肥沃《ひよく》な扇状地の上に国を栄えさせ、豊富な鉱物資源と山河に恵まれたアメリス国は、侵略を受ける都度に軍事力を強め、現在では国軍のほかにも傭兵《ようへい》部隊を保有するなどして軍事国家となっていた。

この三国はそれぞれの王家、王族の間で婚姻関係を結び、和平を保ちながらも、水面下では、互いの領土を狙って緊張状態の中にあった。

なかでも、エスドリア王国は、国の繁栄よりも王室が潤うことを最優先に考えてきた。

その結果、こんにち国民は疲弊し、政治腐敗を招いていた。

それでも、従順で勤勉な国民は、なにごともなければ、馬車馬のごとくに働いて、なおかつ国王に忠誠を誓っていただろうが、このエスドリアでは、もはや三年も干ばつ続きで、満足な収穫がなかったのだ。

今年に入って、雪月《一》、雨月《二》、風月《三》、芽月《四》、花月《五》、若草月《六》――と過ぎた六か月間も、雨らしい雨は降らなかった。

宮廷での生活に明け暮れて、領地を顧みない貴族たちは、収穫月《七》を来月に控えていながら、領民が飢えと貧困に喘《あえ》いでいることに気づかないでいる。

国民が明日のパンのことを思い煩って眠れぬ夜を過ごしている時に、王宮では、毎晩、贅沢《ぜいたく》な夜会が催され、貴族たちは、夜を眠る暇もなく浮かれていたのだ。

その上、エスドリア国王グスタフ四世最大の楽しみは、新しい城を築くことだった。

この四十を過ぎた、贅沢と飽食とに肥満し、ガルシア公国から后《きさき》を娶《めと》っていながら、他に七人の愛妾《あいしょう》と、彼女たちに生ませた九人の子供を持つ男は、十数年前から病にも似た熱心さで、国内に城を造らせていた。それが、どれだけ国税を使い、労役を必要とするのかまでに、彼の考えは及ばなかった。

あるいは、死を眼前にした時、人間は自分の遺伝子を残したいという抗《あらが》い切れない欲求から、異常な性欲を示すといわれるように、国の滅びを悟った王が、無意識の領域で、王と王家の象徴ともいえる城造りに固執しはじめたのかもしれない。

飢えてなお、城造りのための増税、労役に、国民のなかには、王政に対しての不満をいうものが出はじめていることを、王は知らないのだ。

だが、今日はまだ、危うい火種を抱えながらも、この国は過去の繁栄と、栄光とに酔い痴《し》れていられた……。

第一章　聖なる罷人

一

かすかに、女の悲鳴を聞いたような気がした。

兵舎に誰かが女を連れ込んでいるのだ。酒場の女か、娼婦《しょうふ》、それとも近くの農家の娘をさらってきたか、女にありつけなければ男同士でもつるむ。死傷沙汰《ざた》と、明日の任務に支障をきたさなければ、たいがいのことは大目にみられるのが、傭兵たちだった。

階級もなく、信念もなく、金のために集まった兵士たち。

アメリス国軍の傭兵部隊とは、そんな男たちの集まりだった。

マクシミリアン・ローランド大佐は、整備されていない砂利道を避けて歩いていた。

部隊のなかでただ一人、大佐の地位を持っている男、マクシミリアン・ローランドは、正規軍を辞めて、傭兵に志願してきた変わり者だった。

彼を知るかつての友人も、同志も、愚かなことをするものだと呆《あき》れたが、ならず者たちのなかで、何時しか彼は、退役とともに返上したはずの大佐の位で呼ばれ、ある種の敬慕を受けるようになっていた。

女の声が、確かなものとなった。

悲鳴にちかい声だ。兵士たちに輪姦されて、息も絶えだえとなっているのだろう。

「いい加減にしておけ」

集まって女を犯している男たちの背後から、マクシミリアンは声をかけた。

男たちがいっせいに振り向いた時、叢《くさむら》に、壊れて捨てられた人形のように横たわる女の顔がみえた。

瞬間、マクシミリアン・ローランドは叫んだ。

「か、彼女から離れろ――ッ」

叫びながら、彼は、女の内に身体を沈めている男を引き剝《は》がそうと飛びついた。


――「マクシミリアン。マクシミリアンッ」

「うるさい、誰だッ」

呼ばれて、マクシミリアンは声を荒げた。

同時に、眼が醒《さ》めた。

眼の前に、サイソン・リカドの顔があった。

「サイソン……」

いま見たものが夢だと判っても、マクシミリアンの全身からは汗が噴き出していた。

「どうしたんです？　ずいぶんうなされていた……」

「嫌な夢をみていた……」

そう言ったマクシミリアンを、サイソンは少し驚いて見た。

サイソン・リカドは、シュリル聖将軍の城館に仕える従僕《じゅうぼく》の一人だった。

頭も悪くなく、動作に愚鈍なところが感じられないなかなかの男だが、すべてが家柄によって定められているエスドリアで、私生児の彼には、産まれ落ちる以前から、地に這《は》いつくばって生きる以外の生き方は用意されていなかった。

それでも馬を扱う技術を買われ、シュリル聖将軍の城館で召し抱えられた。サイソンはこれ以上のものは望めないと諦《あきら》めていた。

そんな彼に、金を与え、希望を与えて、マクシミリアンは手懐《てなず》けた。

「ここに入るのを誰にも見られなかっただろうな？」

数か月前から、サイソンは、マクシミリアンの密偵として働くようになった。

「大丈夫です。一番用心していることですから」

そう答えると、サイソンは懐から黄ばんだ紙の束を取り出し、マクシミリアンへ差し出した。

「シュリル聖将軍が領している土地の目録と、建物の写しです」

「よくやってくれた」

マクシミリアンは軽く労《ねぎら》いの言葉をかけると、ベッドの上に起きあがり、紙束を受けとった。

目録の方はともかく、城館内部の見取り図、そして幾つかの要所要所を写しとった絵は、サイソンが自分で描いたものだった。

消し炭を細く削った物で描かれた、素晴らしく丁寧で、精密な絵だった。

「絵の才能があるな、サイソン。これだけの絵が描ければ、宮廷画家としても食っていけるはずだ」

常々感じていたことをマクシミリアンは口にしてみたが、二人ともが、現在のこの国では、とても無理なことだと判っていた。

「それで、城館のほうはどうだ。シュリル・アロワージュ・エレオノールはどうしてる？」

手早く目録の方へも眼を通してから、次にマクシミリアンは、そう訊《き》いた。

「別に変わったことはありませんが、……シュリル聖将軍に再婚の噂が出ています」

「だろうな、あれだけの大貴族だ。周りが放っておかないはずだ」

マクシミリアンは納得した様子で頷《うなず》いたが、紙束をベッド脇の小引き出しにしまいながら、ふと、思いついたように訊いた。

「そうだ。シュリルのことだが、恋人はいないのか？　どうせ再婚するといっても政略結婚だろう。それ以外に、どこかに別の恋人は？」

「いや、いません」

すぐさま、サイソンは答えた。

「男はどうだ？　あの美貌《びぼう》、俺でも背筋に妙なものが走る。この国の貴族の間では珍しいことではないだろう？　男の恋人がいるという話は聞かないか？　例えば、ラモン戦将軍とか……」

マクシミリアンの脳裏に、ラモン・ド・ゴールの精悍《せいかん》な容姿が浮かびあがっていた。それを聞いたサイソンは、驚いたように眼を見張ったかと思うと、すかさず頭《かぶり》を振って、これも否定した。

「まさか、ラモン戦将軍はすでに隠し子までいるといわれる漁色家と聞きます」

「しかし、正式な結婚はまだなのだろう？」

「はい。でもお二人は、どちらかというと犬猿しあっていると思います。シュリルさまは、ラモン戦将軍の貴族らしからぬ野蛮なところがお嫌いらしいし、戦将軍の方は、シュリルさまを宮廷の装飾品だと言って、軽んじているようなところがあります。ああいう武人は、武勇もなく将軍職に就いている貴族には辛辣《しんらつ》なのです」

その点に関しては、マクシミリアンも納得ができたので、口調に嘲りが混じった。

「シュリルは二十二歳の若さで聖将軍か、もともとこの国は身分も職業も世襲制だからな。能力がなくとも、親が大貴族ならばすぐに将軍か元帥さまという国だ。面白くない奴もいるだろうな」

エスドリアの将軍たちは、すべて大貴族による世襲制で受け継がれてきた。

シュリル聖将軍も、十八の歳に父親の死によって将軍職を引き継ぎ、同時に、政略結婚ではあったが、隣国のアメリス国第四王女クラウディアを妻とした。

わずか二年後、クラウディアは夫に無断で出掛けた旅行先で夜盗集団に襲われ、連れていた侍女たちもろとも、数人の夜盗に凌辱《りようじよく》されるという事件が起こった。

潔癖なシュリル聖将軍は、妻をアメリス国へ帰し、離縁した。

その後、クラウディアは自殺したと伝えられている。

どこまでが本当のことかは、誰にも判らなかったが、離縁に反対する者はいなかった。

大貴族たる者の正妃に、家名を汚すような瑕疵《かし》があってはならないのだ。


「この国は呪われている」

不意に、サイソンが口をはさんだ。

「この夏の暑さは異常です。それに、雨月《ニ》から一滴の雨も降らないんだ」

「ああ、神に見放されたということだな」

絶望的な答えを返して、マクシミリアンは黒髪をうるさげにかきあげると、汗で身体に張りついているシャツを脱いで、半裸になった。

サイソンは、筋肉で鎧《よろ》われ、男として理想的な肉体を持っているマクシミリアンに視線を奪われた。

鍛えあげられた肉体ばかりではない。マクシミリアンの端整な容姿と、情熱的な炯《ひか》りを宿した黒曜石の双眸《そうぼう》。時おり彼が漂わせる高貴さに、サイソンは圧倒されるものを感じてきた。

この人はただ者ではないという思いと期待が、サイソンを力づけるのだ。

「霧月《十一》に、グスタフ四世の七番目の愛妾《あいしょう》が子供を生む。その祝いと称して、増税が行われるそうですし、来年の花月《五》には、もう一人、何番目だかの愛妾が子供を生む予定だとか」

マクシミリアンは、新しいシャツに着替えると、サイソンとテーブルに向かい合った。

「その国王だが、かなり市民の反感を買っているようじゃないか。よくクーデターが勃《お》きないな」

「いえ、今までも決起した市民はいたんですが、不穏な動きがあると、城下に入り込んでいる密偵が未然に防いでしまうんです。密偵を最初に組織したのがシュリル聖将軍です」

シュリルの馬番をしていることで、サイソンは知らなくともよいことまで知っていた。

それが、力も術も持たないが、正義感だけはなくせないこの男を苦しめてもいる。

「祭事を司《つかさど》る聖将軍が、裏では物騒なことをやっているものだ。頭は切れるようだな」

マクシミリアンは、シュリルの古典的な、非の打ちどころのない美貌や、冷たい緑潭色《エメラルド》の双眸、まるで黄金の冠を戴いているがごとくに見事な、金色の長い髪を思い出していた。

「でも、あまり身体は丈夫でないらしいです。もともと家督は、弟君のヴィクトルさまが継ぐことになっていて、シュリルさまは、子供の頃はギドゥーの離宮に暮らしていたくらいです」

ギドゥーという地名に覚えがないという顔をしたマクシミリアンに、サイソンはエレオノール領にある一地区で、成都からもそれほど遠くはないが、不便なところだと説明した。

「ところが、ヴィクトルさまが落馬事故で亡くなり、シュリルさまは公爵家を継ぐために離宮から連れ戻されたんです。今でも、職務が終われば真っ直ぐに城館に戻り、晩餐《ばんさん》会や夜会にもめったに出ないで部屋に籠《こも》りっぱなしです。それにシュリルさまは、周りに対して過敏なほど神経質なんです。使用人だって、二十人もいないくらいです。人嫌いだと言われてます」

それを聞いたマクシミリアンは、二か月前の仮面舞踏会のことを思い出して、微《かす》かに喉《のど》を鳴らした。サイソンの言う通りならば、彼はツイていたとしかいいようがないからだ。

「ここのところ、反国王派の運動員が狩られはじめている。今日も、港市場で眼つきの悪い男たちが市民に交じっているのを見たぞ。やはり、シュリルの手の者か？」

サイソンは苦虫を噛《か》み潰《つぶ》したような顔で頷いた。

「ラモン戦将軍や、ダリル鎮将軍配下の者もいますから、一概には言えません。でも、捕らえられた市民の何人かは、拷問死したらしいです」

三年続きの干ばつで、市民の生活は貧窮を極めていた。通りには物乞《ものご》いの子供たちがたむろし、人々はおどおどしながら歩いている。このまま餓死するのを待つよりはと決起した者たちは、ひそかに狩られ、拷問され、あるいは処刑された。

「聖将軍の名を冠していながら、その手は血で汚れているというわけか」

「マクシミリアン。あんたは反国王派じゃないのですか？」

前々から、いつ訊こうかと迷っていたことをサイソンが切り出した。その眼には、すがり、訴えかけるような、助けを求めている者の、弱々しくも裡《うち》に一抹《いちまつ》の希望を灯《とも》した光が宿っていた。

「悪いが俺は、シュリル聖将軍に個人的な恨みがあるというだけの男さ。革命には興味がない」

言い切ってから、ふっとマクシミリアンは表情をゆるめた。

「失望するか？　こんな男で……」

「いいえ…」

サイソンは頭を振った。

「あんたは、俺に生き方を変えられるかもしれない希望を与えてくれた。それに、あんたがただ者じゃないことくらいは、こんな俺でも判る」

マクシミリアンは苦笑をもらした。

「買《か》い被《かぶ》らんでくれ。俺は、一人の取るに足らん男さ」

そう言い張るのならば、そういうことにしておくという風に、サイソンは笑いかけた。

「じゃあ、またなにかあったら報《しら》せます」

「ああ、頼む」

椅子から立ちあがったマクシミリアンは、背凭《せもた》れに掛けてあった上着からエスドリア銀貨を十枚取り出すと、サイソンの手に握らせた。

何時ものことながら、サイソンは手の中の銀貨に驚いて、眼を見張った。

銀貨十枚が、エスドリア金貨一枚になる。サイソンの一月の給金が、銀貨七枚と銅貨二枚なのだ。そしてマクシミリアンは、決して金貨で渡すようなへまはしなかった。

「こんなに……」

そう言ったサイソンをマクシミリアンは押《お》し止《とど》めた。

「金はいくらあっても困らんだろう」

端整な容貌《ようぼう》の、そこだけ酷薄な印象があるマクシミリアンの口元がゆっくりとつりあがって、独特の、シニカルな笑みをつくった。

一瞬、サイソンは背筋をチリチリとした戦慄《せんりつ》が走るのを感じたが、自分の裡でそれを否定するかのように頭を振った。

「じゃあ、これで……」

椅子から立ちあがり、サイソンは安宿をあとにした。

マクシミリアンは、男を送り出してしまうと、窓際に立ち、夜の闇の中に隠されているエスドリアの町を眺めた。

むあっとした熱帯夜のなかでも、彼は超然と、復讐《ふくしゅう》という冷たい炎に灼《や》かれ、今は汗ひとつかいてはいなかった。

二

人を焼き焦がすほど暑かった太陽月[八]が終わり、果月[九]を迎えたが、麦は実らず、地中の作物は土塊《つちくれ》のごとく乾涸《ひから》びて、すくいあげた手の中からこぼれるありさまだった。生まれた子供たちは間引かれるか、密《ひそ》かに隣国へ売られ、娘たちは兵士に肉体を売って僅《わず》かな金を得た。

だが王宮では、夜毎、舞踏会がひらかれ、貴族たちは、高価な品物を競いあって購入し、着飾り、飽食し、芝居を楽しみ、賭博《とばく》まで行われている。

それに今、国王グスタフ四世は、海に面した断崖《だんがい》絶壁に、新しい城を築くことに熱中していた。

「あの絶壁に城を築けば、近くを航行する船からもよく見えるだろう。むろん、ガルシア公国へ入港する貿易船からも見える。そこで外国の貿易商たちはあの美しい城はなんだということになり、わが国への関心を持つだろう。さすれば、ふたたびわが国の貿易は栄えるはずだ」

酒と、美女たちを侍《はべ》らせて行われる諮問《しもん》会議の席で、念入りにウェーブをつけた茶色の髪に金粉をまぶして、黄金の髪のようにみせているグスタフ四世は、新しい城を築く理由を大臣や将軍職の肩書きを持つ大貴族たちの前で説いてみせる。

『黎明《れいめい》の間』と名付けられた大会議場には、四十人からなる大臣、十二人の守護将軍たち、さらに参内した百二十人の大貴族たちが一堂に会しているが、誰からも、城造りに反対する意見はでなかった。

この国では、国王は絶対であり、神に等しい存在だった。王の望むことが叶《かな》わぬはずがないと誰もが信じていたうえに、事実、今までどのような理不尽なことであれ、総《すべ》て叶ってきた。

国王を取り巻く大貴族たちも、長い間の贅沢《ぜいたく》と、権力を恣《ほしいまま》にした生活が当たり前となっているので、彼等に不可能なことはないと信じ切っているのだ。

かつては、王に進言する者もいたが、彼等はいつしか宮廷から姿を消し、消息を断った。あるいは、一族全てが王の不興を買うと判って、もの言わず、眼を閉じた。

実際、シュリル聖将軍や、ラモン戦将軍のように、市民の中に不穏な動きがあることを察していても、根本的な解決をはかるより先に、力で抑えつけ、排除する方法をとっていたのだ。

毎朝、十時より執り行われる名ばかりの諮問会議は、一時間としないうちに宴席へとかわる。

「シュリル聖将軍。もう退出するのかな？」

会議の席が、まったくの宴席へとかわったのをみて、静かに席を立ったシュリル聖将軍を追って、デュラン公弟が『黎明の間』から出てきた。

彼は、グスタフ四世の弟で、野心を持たない穏やかな気質を国王に気に入られていた。

そして彼は、シュリルにひとかたならぬ興味を抱いている男でもあった。

「相変わらず騒がしい席が嫌いのようだ。ならば、わたしの部屋へ行こうではないか。一度ゆっくり話し合いたいと思っていたのだよ、シュリル聖将軍…」

猫撫《ねこな》で声《ごえ》のデュラン公弟は、手袋越しにシュリルの手を取って、感触を味わおうとした。

国王の実弟に邪険な真似もできないが、シュリルは冷えやかな緑の瞳《ひとみ》で、たるんだ頬の、醜く太った男をみると、

「わたくしはこれより、レティシア王妃の元へお伺いすることになっております…」と、口にした。

国王の正后レティシアは、ガルシア公国の王室から嫁いできた誇り高き美女で、グスタフ四世やデュラン公弟を軽蔑《けいべつ》しているさまを露骨に口にするので、彼等のもっとも苦手とする女性だった。

実際、そのためにか、国王は七人の愛妾《あいしょう》をもったのでもある。

「おお、それならば致し方ない。王妃はシュリル聖将軍とは話が合うようだし、わたしは遠慮しておこう」

レティシアの名前が出ただけで、デュラン公弟は引き下がり、太った身体を左右に揺すりながら遠ざかっていった。

その後ろ姿を見ながらシュリルは、デュラン公弟が触れた白絹の手袋を脱いでしまうと、回廊のバルコニーから海に向けて、棄てた。

「なかなか、シュリル聖将軍は男あしらいがお上手でいらっしゃる」

いつの間にか背後に立っていたラモン戦将軍が、からかうように声をかけてきた。

振り返ったシュリルは、褐色の肌をした大柄な男を、上目遣いに瞪《みつ》めた。

ラモンは、シュリルが手袋を棄てるのを見ていながら、そのことを口に出さずに、

「近ごろ、城下で不穏な動きがあるようですな」と、唐突に話しはじめた。

「隣国との関係も緊張しているこの時期に、国内に火種を抱えるのはなんともやり切れんが、今まで烏合《うごう》の衆と侮っていたクーデター派が、急速に結束しはじめている」

言葉は穏やかなものだったが、ラモンが突き刺すような眼で見詰めてきたので、シュリルは視線を逸《そ》らした。

シュリルは、ラモンの琥《こ》珀《はく》色の双眸《そうぼう》に見据えられると、この男がなにかしらの超常的な感覚で、――自分が神に祝福されてはいないことに気づいているのではないか、というおそれを感じるのだ。

「誰か、強力な指導者を得たのかもしれませんな。シュリル聖将軍のところになにか情報は入っておりませんかな？」

含みのある、ラモン・ド・ゴールの口調。

「いや……」

硬質な、囁《ささや》くような声でシュリルは否定した。

「いいや、貴公の情報が、いつも、一番速い……」

シュリルはそう答えて、これ以上話しかけてくれるなというふうに、

「すまないが、王妃様のところへ行かねばならない。先に失礼する」と、とりつく島を与えず、身を翻した。

デュラン公弟の誘いを断るために、王妃の名前を出してしまったシュリルだったが、本当に王妃の元を訪ねないわけにはいかなくなっていた。

彼は、自分に注がれているラモンの視線を背後に感じながら、王妃がいる西宮へと向かった。


シュリルの訪れを、レティシア王妃はことのほか喜んで出迎えた。

王妃は、この美しく聡明な聖将軍を、年下の恋人でもあるかのように扱った。

彼女の二人の子供たちもまた、シュリルにまとわりついて離れなかった。

「シュリル聖将軍、わたくしは、しばらくのあいだ、母国《ガルシア》へ帰っていようかと思いますのよ」

子供たちの相手をさせられているシュリルに、レティシア王妃は言った。

「この国においての、わたくしの役割はもう終わっていますもの」

レティシア王妃は、自分が二人の王子を産んだことで、未来に向けて祖国ガルシアとエ

スドリアの絆《きずな》が深まったと言いたいのだ。

そして、プライドの高い王妃にとっては、政略結婚とはいえ二国の和平に尽くした自分を蔑ろにし、次々と愛妾と子供をつくるグスタフ四世の不誠実さが我慢ならない。

「これから、この国は冬になります。ここの冬ときたら、山ひとつ隔てただけなのに、わたくしの生まれたガルシアとは天と地ほども違うひどい寒さ。女にとって寒さはことのほか辛《つら》いものよ。春になるまで、父王の下にいようかと思いますの」

グスタフ四世は、二つ返事で許可するだろう。シュリルは、王妃の下で一時間ほど相手をしてから、自分の城館へと戻った。

エスドリア城からさほど遠くない、森に囲まれた一角にシュリルは城館を構えていた。彼の地位からすると、驚くほど慎ましやかだったが、美しい佇《たたず》まいの城館だった。

早くに母親を亡くし、十八歳で父親を亡くしたシュリルにはその他の係累はなく、親族との付き合いも途絶えて久しい。使用人の数も極力少なくしているので、他の貴族や廷臣たちのように、移動に護衛兵から召使、愛人までも引き連れた一大供揃いで現われるということもなかった。

朝夕の登城の際も、シュリルはサイソン・リカドただ一人を伴うだけだった。

これを見た口さがない者たちは、シュリルの代になってからのエレオノール家は領民からの税収が減り、満足な召使も雇えぬようになったのだと噂しあった。

実際、シュリルは領地を引き継いだ時に、領民に自治権を与えていた。これは、領主を頂点にして、上下の身分を定めた王政下においては破格のことで、他の貴族たちは度肝をぬかれたものだ。

国王は、定められた税が納められるのであれば、家臣が領土と領民をどのように治めているかということに関心を示さなかったので、すべてがシュリルの裁量で執り行われた。

それを今、他の貴族たちは嘲笑《わら》っているのだ。

「シュリル聖将軍は、その美しさゆえに、神の不興を買った」と。

確かにシュリルは、男としては、あまりに美しく、潔癖すぎて、同性であるほかの貴族たちに対等に扱っては貰《もら》えなかったが、彼は大貴族であり、宮廷の華であり、信仰の対象でもあった。

しかし、少なくともシュリル・アロワージュ・エレオノールは、自分の美しさが、周りに与える影響を愉《たの》しんでいる男ではなかったし、異常に崇拝されていることも、逆に毛嫌いされていることも、気にしている様子はなかった。

彼は何時も、肖像画の中に描かれている人物のように、美しく、神聖な威厳があって、——この世の人ではないかのようだった。

暗紫色の宵闇が、エスドリアを覆いはじめていた。

シュリルは、窓べのゆったりとしたソファに腰かけ、爪の手入れをしているところだった。

夜の七時を過ぎるころから、王宮に盛装した貴族たちが集いはじめる。シュリルの前にある大理石のテーブルにも、国王主催の舞踏会、侯爵夫人の芸術家を集めたサロンへの誘い、茶会、トランプの会と称した賭博《とばく》場への案内状など、今宵《こよい》だけで十七通の招待状が届けられていた。

シュリルは透明なマニキュアが施された爪が乾くまでの間、憂鬱《ゆううつ》そうにテーブルの上の招待状を見ていた。

近ごろは、催される舞踏会にも、滞在している他国の貴族や商人たちが何くれと無く理由をつけて、姿を見せないことが多いと聞いていた。

彼等は敏感に、この国の情勢を読み取っているのだ。

シュリルは、窓の外へと視線を移した。

いまは鎮圧に成功しているとはいえ、短い間隔をおいて市民のなかから不穏な動きが感じられる。夜が訪れるたびに、シュリルは神経を尖《とが》らせていた。

その時、廊下側の扉が激しく叩《たた》かれ、案内もなく部屋に飛び込んできた者があった。

「何ごとだ」

その者は、シュリルを前にすると床に膝《ひざ》を折り、弾《はじ》かれたように頭をさげた。

「ただいま、城下で暴動が発生いたしました。ラモン戦将軍、ダリル鎮将軍麾下《きか》の尖鋭《せんえい》隊が向かいましたが、何時にない大掛かりな暴動のようで――」

皆まで言わせずに、シュリルは、すらりと立ちあがった。

「判った、わたしも行く。サイソンに馬を用意させよ」

かしずいている男に命じると、シュリルは手入れされたばかりの手を、怒りで強く握りしめた。

シュリルが、麾下の騎馬兵士を連れて城下に入った時には、すでに暴動は鎮圧されかかっていた。

城下の所々で火の手があがり、投石をしてくる市民と、兵士たちとの小競り合い、逃げ惑う女子供たちの起こす騒ぎが続いているなかを、シュリルは背後に五騎の兵士を伴って進んだ。

完璧《かんぺき》なまでの礼儀作法と、秩序が保たれ洗練された宮廷に比べて、無秩序な町並み、エスドリア城直下の城下町だというのに、不潔な、混沌《こんとん》とした様子からは、ある種の不安がかきたてられた。

白馬に跨《また》がったシュリルが通るのを、怯《おび》え、あるいは神々しいものを見るように遠巻きに窺《うかが》っている市民たちがいる。

不意にシュリルは、市民とは明らかに違う強い視線、――思念とでもいうべきものが自分に向けられているのを感じ、馬上から振り返った。

沿道の暗がりに身を潜めるようにして、頭から黒いマントを被《かぶ》った男が立っていた。

突き刺すような視線は、その男のものだった。

瞬間、シュリルはその男が、数か月前の、仮面舞踏会の時の男であると気がついた。

シュリルの裡《なか》の警鐘が、激しく鳴り響いた。

——あの男は危険だ。

あの男は、お前にとって、危険だ——と。

「そこの男を捕らえよッ」

鋭く叫ぶと、シュリルは自らも鐙《あぶみ》を踏んで、馬を翻させた。

男が、建物の間に身を滑り込ませるようにして、逃げた。

シュリルは追った。

町中を、シュリル聖将軍が操る白馬が、数騎の兵士を引き連れて疾走するさまは、この上もなく目立った。すぐさま異変を感じとり、ダリル鎮将軍麾下の兵士たちも追跡に加わった。

エスドリアの城下町のなか、男は尖鋭隊に追われ、やがて、町外れの廃墟《はいきょ》と化した球技場跡に追い詰められ、囲繞《いにょう》されることとなった。

そこへ、白馬に乗ったシュリルが現われると、周りの兵士たちは恭しく道を開いて、彼を通した。

掲げられた松明《たいまつ》が、辺りを昼間のように明るく照らし出している。

シュリルは男の前に来ると、馬上から、鋭く問うた。

「マントをとり、名を名乗れ」

「他人に名前を訊《き》く時は、先に名乗るのが礼儀と教えたはずだ」

黒ずくめの男は不敵な口調で答えたが、名乗りをあげた。

「俺の名前は、マクシミリアン・ローランドだ」

「顔を照らし出せ」

怒りを含んだシュリルの声音に、慌てて松明が翳《かざ》され、男の顔が映しだされる。

兵士たちはそこに、整った顔立ちの、若い男を見た。

シュリルは男の顔に見覚えのないことを確かめると、背後にいる兵士の一人にむけて命じた。

「拘束して、連行しろ」

「インポの貴族野郎めッ」

その時、マクシミリアンと名乗った男が、シュリルに向けてそう罵《のの》りを浴びせた。

さらに男は挑発するように怒鳴ると、馬上のシュリルに向けて唾《つば》をはきかけた。

咄嗟《とっさ》に避けたシュリルだったが、怒りに、手にした鞭《むち》を振り下ろしていた。

「お前たちは寄生虫だッ」

バシュッと鋭い音がして、マクシミリアンは打ち据えられた。

そこへもう一度、返す力で鞭が振り下ろされる。――その刹那《せつな》、マクシミリアンはシュリルの振り下ろした鞭の先端を素早く摑《つか》んで、逆に引っ張った。

「シュリルさまッ」

間近にいた兵士が間に飛び込み、マクシミリアンを足で蹴《け》りあげていなければ、シュリルはそのまま落馬するところだった。

周りの兵士たちが、ざわめいた。

「連れていけ」

蹴りあげられた腹を押さえて蹲《うずくま》るマクシミリアンを、シュリルは怒りに燃えた双眸《そうぼう》で睨《ね》めつけた。

「吐いた言葉の分だけ、償わせてやる」

その時、同じように、マクシミリアンを見ている者の視線が闇のなかにあった。

ラモン・ド・ゴール戦将軍だった。


「うッ……」

芯《しん》の通った細い鞭で肉を裂くように打ち据えられた肉体に、海水を浴びせかけられると、マクシミリアン・ローランドは奥歯を嚙《か》みしめて呻《うめ》いた。

暴動の煽動者《せんどう》というよりは、シュリル聖将軍に対する不敬罪の名目で、マクシミリアンは彼の城館に連れて行かれ、地下の拷問室に繫《つな》がれたのだ。

明日の朝になれば、ダリル鎮将軍の下に男を渡し、本格的な拷問にかけることになるが、自らの手で男を痛めつけずにいられない衝動に、シュリルは支配されていた。

落馬させられるところだった屈辱が、シュリルにはあった。

——それだけではない。

男の吐いた言葉のひとつひとつ、行動のすべてが、彼は許せなかったのだ。

シュリルは、鞭を振り下ろしていた。

滅多打ちに打ち据え、堅い筋肉に鎧《よろ》われたみごとな男の肉体をずたずたに引き裂こうとした。

「おうッ――……」

新しい炸裂《さくれつ》が胸元を走り、そこへ海水が浴びせかけられると、マクシミリアンは声を立てた。

だが、焼けつく痛みに顔をしかめながらも、男は屈しなかった。

どこか楽しんでいるような、余裕すら漂わせているのだ。

「綺麗《きれい》な、女のような顔をして、大したサディストぶりだ、な……」

マクシミリアンがそう言い、口元を歪《ゆが》めてみせた時に、シュリルの深い緑《エメラルド》の双眸に炎が宿った。

彼は、後ろに控えているサイソンにむけて、肉が弾けたマクシミリアンの傷口に、海水よりも、直接塩を擦り込むように命じた。

主人の期待に応《こた》えて、サイソンは残忍さを発揮した。

彼は、両手で摑みとった塩を、鞭によって裂かれた傷に、躙《にじ》るように押しつけた。

「う、わぁぁ…」

さすがにマクシミリアンも、これには身を捩《よじ》らせて、叫びをあげた。

最初の激痛が去ってしまうのを待って、シュリルは、緑潭色《エメラルド》の瞳《ひとみ》を、ガラスのように冷たく、煌《きらめ》かせた。

「傷口を洗ってやるがいい。そして、いま一度塩を擦り込んでやれ……」

マクシミリアンが、上目遣いにシュリルを見た。

男の、怒りと屈辱に燃えあがった双眸を逆に睨めつけながら、シュリルは描いたように形の美しい口唇を、うっすらと微笑ませた。

「朝までに、塩漬け肉ができるな」

シュリルはそう口にすると、

「サイソン。手を休めるな」

と命じ、裡より込みあげていた激情が和らいだのか、それきり、自分を鋭く凝視《みつ》めている手負いの獣のような男の前から立ち去った。


「身体が弱いというのはどうしたんだ？　大したものじゃないか」

シュリルが出ていくと、いままで痛みに叫んでいたことなど嘘のように、マクシミリアンは塩の桶《おけ》を掻《か》き回しているサイソンに耳打ちした。

「おい、その手に持っているやつも擦り込む気か？　サイソン」

「まさか、すみませんでした。マクシミリアン」

拷問部屋の外に控えている見張り番に聞こえぬ程度の声音で話しながら、サイソンは水の入った桶を取ってきた。

「構わんさ、立場が逆なら、俺もこうしてる。運よくお前で助かったな」

そう言ったマクシミリアンに向けて、サイソンは勢いよく水を浴びせかけた。

「でも、あんなにシュリルさまを怒らせるなんて……」

暴動の報《しら》せを聞いて、慌ただしく馬を用意させられただけで城館に残っていたサイソンは、マクシミリアンがどうやって、あれほどシュリルの怒りを煽《あお》ったのかが判らなかった。

彼をあそこまで感情的にさせたのは凄《すご》いと思うのだ。

「シュリルさまが鞭を振るうのは、初めて見ました」

「怒った顔を見たかったのだ」

マクシミリアンはそういうと、苦笑を漏らした。

「動かないで下さい。手首の皮膚が切れます。手枷《てかせ》を外しますが、しばらくは繋がれた格好でいて下さい。俺は用事がある振りをして外へでます。見張りを中に入れますから、そいつを殴り飛ばして、それから戻ってきた俺も、殴《つ》って下さい」

サイソンは、素早くマクシミリアンの両腕を吊りあげている鉄枷の鍵穴《かぎあな》に針金を差し入れて、外した。それから、彼のズボンのポケットに、手持ちの金をすべて捩《ね》じこんだ。

「宿はもう調べられているでしょう。どこか、いく場所はありますか?」

「ああ、多分。今日の騒ぎで、俺に会いたがってくる奴もいるだろう。それを待つ」

自信ありげにマクシミリアンはそう言った。

「サイソン。革命を勃《お》こしてやるよ。それも王の愛妾《あいしょう》が出産する日に決めた」

「なんだって？　いつ、誰が決めたんです？」

驚いたサイソンの大声を、シッとマクシミリアンが黙らせた。

「俺だ。シュリルさまの、ありがたい鞭に打たれてる間に閃《ひらめ》いたんだ」

その時、思わずサイソンは後退《あとずさ》った。マクシミリアンの全身に、なにか強い、霊気のようなものが感じられたのだ。

あくまで穏やかに、マクシミリアンは言葉を継いだ。

「出産のために主だった貴族が王城に集められるその日に、革命を勃こす。お前はシュリルを守れ。殺さず、革命派の手に落ちないように、巧《うま》くやるんだ。やり方はおって知らせる」

さらに低く、マクシミリアンは声を落とした。

「…判ったな？」

「わ、判りました」

サイソンはごくりと生唾を呑《の》んでから、大きく、深く、頷《うなず》いた。

それから、外の見張りに聞かせる大声で、マクシミリアンを罵倒《ばとう》する言葉を吐きだした。

「馬鹿にしやがって、いますぐ思い知らせてやるからなッ」

乱暴に入り口を開けて、外に控えている見張り番に、自分のかわりに男を見張っていてくれとサイソンは大声で言った。

「荒馬用の鞭《むち》をもってきて、ブッ叩《たた》いてやるッ」

「おい、殺しちまったらまずいんだろう? なぁ、サイソンよ、おい」

面倒くさげに見張り番は拷問部屋へと入ってきて、懐に隠していた酒を飲みながらマクシミリアンに近寄ってきた。

この館で拷問が行われるのは、シュリルが家督を継いでからはじめてだった。

「お前さんも、不運だったたな。でも、うちのシュリルさまは、普段は穏やかな方なんだぜ」

今宵《こよい》の見張り番も、普段は城館の門番だった。突然、拷問部屋の見張りを言いつけられて戸惑っていた。

「俺は十五年もここに雇われてるが、あのお方が怒ったのは、ただ一度きりだ」

口に含んだ酒を舌で転がすように楽しんでから、見張り番の男は喉《のど》へと流し込み、言葉を継いだ。

「それも、お喋《しゃべ》りな奴が自殺した奥方のことを話題にした時さ、そん時ゃ……」

男のお喋りのお陰で、マクシミリアンは、この罪もない見張り番を、思う存分殴ることが出来た。そこへ、上着を持ってサイソンが戻ってきた。

男たちは、眼と眼とで合図しあうと、お互いの役割を実行に移した。

サイソンを殴ったマクシミリアンは、厩舎《きゅうしゃ》から馬を盗みだして逃げた。

途中、兵士たちが見回っているのに出会ったが、馬を放すことで注意をそらし、その隙に自分は城下へ戻り、闇の中に身を潜ませることに成功した。

大通りを避けて、狭い路地や、家の間を縫い歩いていると、何時しか、背後に人の気配を感じるようになった。

足音からして、三人だと判った。

それも、軍で訓練を受けた者の足運びとは違っていた。

次第に彼等は足速になり、マクシミリアンとの距離をせばめた。

「マクシミリアン・ローランド？」

子供のような声が聞こえた。

「誰だ？」

注意深く間隔をとりながら、マクシミリアンは振り返った。

「心配しないで、僕たちはアントニー・デレクの同志なんだ。あなたを助けるためにシュリル聖将軍の城館へ行ったんだけど、助け出す必要もなかったね」

雲間からのぞいた月に、青年の顔が浮かびあがった。

「来て、僕たちの隠れ家に案内するよ」

そう言った青年たちに連れていかれた隠れ家で、マクシミリアンは、初老のアントニー・デレクと会った。

アントニー・デレクは、反国王派の中心的人物だった。現在の腐敗し切った貴族政治を根底から改革するには、市民による革命が必要だと街頭演説をしていた時に捕らえられ、拷問にかけられてから、足を傷めて歩けない身体になっていた。

老人は、周りの者たちにマクシミリアンの手当てを言いつけてから、

「この国の大人たちは、長い間の習性で、王には逆らえないものと思っています。そして今の状態にただ絶望し、嘆いているだけだが、この若者たちは命を懸《か》けても、自分たちの未来を取り戻そうとしているのです」と、自分を囲む青年たちを紹介した。

マクシミリアンにとっても意外なことだったが、革命派は、ほとんどが二十歳前後の若者たちだった。

彼等を一通り見回して、マクシミリアンは口を開いた。

「あんたたちが、本気で革命を考えているのなら、俺が金を用立ててもいい。武器を用意する手筈《てはず》も整えよう。だが、彼等の他に革命に賛同している者たちはどれくらいいるんだ？　それに、革命後に、指導的立場に立ってくれる者はいるのか？」

アントニーは、不自由な身体を動かしながらマクシミリアンの眼を覗《のぞ》きこんできた。

「あなたは、眼に強い光を宿したお方だ。外見は気品があって、貴族のようだが、裡《うち》に鋼を抱えている。そういう男が、もうひとりいます」

老革命家はそう言うと、マクシミリアンの背後に視線を移した。

はっとして、マクシミリアンが振り返った。

奥に垂れ下がっているカーテンが撓《たわ》んで、暗がりから男が出てきた。

たった今まで、自分が、そこになんの気配も感じなかったのが、マクシミリアンには信

じられなかった。

「我々の力強い同志です」

アントニーの言葉に、マクシミリアンは立ちあがって、その男の顔を見た。

空を駆ける大鷲《おおわし》のような、鋭い双眸《そうぼう》と、褐色の鍛えぬかれた肉体をもった男。

「明日は、シュリル聖将軍の怒りに燃えた美顔が拝めるというわけだ。愉《たの》しみだな」

そう笑った男は、ラモン・ド・ゴール戦将軍だった。

「彼が？」

大貴族の彼が、革命派の同志というのは罠《わな》ではないか？　と視線を尖《とが》らせたマクシミリアンに、ラモンは屈託のない笑みを浮かべてみせた。

「警戒しないでくれ、マクシミリアン」

しなやかな黒い豹《ひょう》をおもわせるマクシミリアンと、褐色の大鷲、ラモンは向かい合った。

「俺はあんたを尊敬してるんだ。マクシミリアン・ローランド大佐」

そしてラモンは、邪気もなく、握手を求めて右手を差し出してきた。

三

グスタフ四世の七番目の愛妾クリスティンの陣痛がはじまったのは、出産の予定日よりも早い、葡萄月二十一日のことだった。

昼食の後、午睡《ひるね》のために引き下がる途中で、破水した。

緊急に医者が呼ばれ、宮廷の倣《なら》いとして、出産に立ち会うために貴族たちが城に駆けつけた。

城内にいないのは、ガルシア国に戻っているレティシア王妃と、二人の王子、国王の弟であるデュラン公弟、城下を見回っているリビア護将軍、ダリル鎮将軍といったところで、宮廷伺候の栄誉を与えられていない家格の低い貴族以外は、国王の愛妾が出産するために集った。

予定が早まったことで、マクシミリアンがどう出るかを考えながら、サイソンもまた、シュリルに付き添い、城内の一角にある廏舎で出産を待たされることになった。

クリスティンが十四歳と幼く、初産ということもあって、破水してから四時間あまりたっても出産ははかどらなかった。

途中、気を利かせて食事を運んできた侍女のひとりに、初産は十八時間くらいかかることもあると聞かされ、サイソンはうんざりしたが、時を稼いでくれるぶんには、赤ん坊や、クリスティンに感謝しなければならないとも思えた。

サイソンの心配は、杞憂《きゆう》におわった。

夕日が、白大理石で出来ているエスドリア城の壁を血の色に染める前に、ラモン戦将軍、リビア護将軍、ダリル鎮将軍といった、現在の王政に不満を抱き、国の将来を憂えた大貴族たちと、マクシミリアンを味方に引き入れた革命派は、多数の市民たちの協力を得ながら、速攻で城を攻めたのだ。

一堂に会している貴族たちと、グスタフ四世は、まさに青天の霹靂《へきれき》の思いで青ざめた。信じていた大貴族のなかから裏切り者が出た。それも国王を守護する十二将軍のなかに裏切り者が三名もいたということが、王を烈火のごとくに怒らせた。

しかし、改めて周りを見回し、脆弱《ぜいじゃく》な貴族たちの中で自分を守ってくれそうな者は一握りにすぎないことが判ると、怒りは急速に萎《な》え、王は怯《おび》えはじめた。

「陛下、国民は煽動《せんどう》されているのです。まさか本気で陛下に危害を加えようとは思っておりますまい。バルコニーへ出られ、話し合いを呼び掛けられては……」

「おお、シュリル聖将軍か。今となっては、頼れるのはそなただけじゃ」

グスタフ四世は、目の前に跪《ひざまず》いたシュリルを、まるで神を仰ぐような目で瞪《みつ》めた。

「すべて治まったあかつきには、そなたを元帥に、いや、余の相談役に任じよう。余の近くに城を建てさせ、そなたを住まわせて……」

「陛下」

静かに、だがたまりかねてシュリルは国王を遮った。

「国民の怒り、そして革命派についた貴族たちを鎮めるには、なによりも陛下の誠意あるお心が大切かと……」

「判った。判った——」

怯え切ったグスタフ四世は、シュリルを従え、革命派が埋め尽くしている城前広場に面したバルコニーに出た。

王の言葉を聞き取ろうと、怒号が、一瞬にしておさまった。

シュリルは、眼下に、ラモン戦将軍らに囲まれるようにして立っている男、マクシミリアン・ローランドを見つけた。

夜の闇のなかで、獲物を狙って静かに身を伏せている黒い獣をおもわせる男の姿に、いいようのない怒りが、シュリルの裡で炎をあげた。

グスタフ四世は彼等を前にして、いささか芝居がかった口調で訴えはじめた。

「余は、国王である前に、ひとりの父親でもある。今宵《こよい》は、クリスティンがまだ産みの苦しみのなかにある。もし諸君らに、人間らしい心があるのならば、日を改め、代表とする者を立てて、話し合いたい。エスドリア国王の名において、約束する。ゆえに、今宵だけは、余に父親としての喜びを与えてくれ」

ざわめきが湧き起こった。どこか、戸惑っているような力のない怒号があがり、集まった市民たちは、静かに立ち退きはじめた。

もともと国王には、絶対服従することを当たり前としてきた国民たちだった。国王自らが目の前に現われただけでも彼等は感激していた上に、直接に言葉をかけられ、約束を交わしたとあれば、誰もが引き下がった。

グスタフ四世は、腹の中でにやりとしたに違いない。マクシミリアンも、ラモンらも、忌々しげに舌打ちをした。

「十人も子供のいる男が、いまさら父親としての喜びとは嗤《わら》わせる」

リビア護将軍が、国王の消えたバルコニーを見あげ、吐きすてるように言った。

一握りの革命派と、それに同調した市民たち。ラモン、ダリルといった名将軍たちがついていたとはいえ、結局は烏合《うごう》の衆でしかなかった。

急ぎ過ぎた革命は、あまりにあっけなく、失敗した。

だが、事態が急転直下するのは、翌日のことである。

国民の代表者との話し合いを約束していたはずのグスタフ四世が、約束を破るかたちで、夜のうちにガルシア公国へ亡命したのだ。

七人いる愛妾《あいしょう》のただ一人も連れず、死産したクリスティンももちろんのこと、いとけない子供たちも置き去りに、もてる限りの財宝と、デュラン公弟、ナバル公弟、寵愛《ちょうあい》する大貴族の数名だけを連れていた。

正后のいるガルシア公国へ亡命するのに、愛妾たちを連れていけないと見捨てたのだろうが、あまりの身勝手さに、国民はその時はじめて、激しい怒りと嫌悪をおぼえた。

この時、革命は国民的な意思をもった。

国王の亡命を知って、次々に亡命をはじめた貴族たちは、革命軍と名を変えた革命派の尖鋭《せんえい》たちに捕らえられることとなった。

船を使って海に逃げた者たちは、撃沈させられた船もろとも、海に沈んだ。

館や城のなかに造られた隠し部屋に身を潜めた者たちもいたが、やがて狩り出されるのは時間の問題だった。

その中で、最も高額な賞金が懸けられたのは、シュリル聖将軍だった。

シュリルは、暴動の夜、王からの再三の要求にも応《こた》えず、ガルシア公国への亡命を拒んで国内に残った。

彼自身、国民の前での約束を裏切る王の亡命に反対だったこともあるが、ふたたび王政復興のために国内にとどまって、情勢を見ようというつもりがあったのだ。

約束を違えた王を、国民がこれほどまでに怒るとは、さすがの彼も予測できないことだった。

なんの打つ手もなく、革命軍ばかりでなく、押し寄せてくる見境のない暴徒たちから、シュリルも逃れなければならなかった。

領民に自治権を与えていたシュリルは、その領民たちによって助けられることになった。

彼等は、独自に自警団と称する一団を組織し、城館に身を潜めていたシュリルを、エレオノール領内に匿《かくま》うことに成功したのだ。

城館で召し抱えていた者たちには暇を出し、シュリルは自分から名乗りをあげたサイソンひとりを伴って、領地の最奥、アメリス国境近くの狩猟館に逃れた。

機敏な領民の働きと、思いがけないシュリルに対する忠誠は予想外の出来事だったが、この時ほどサイソンは、運命の歯車が噛《か》み合い、回りはじめていることを痛感せずにはいられなかった。

彼は、信頼するマクシミリアンがアメリス国の軍人であることを知らされていた。

そして偶然にも、シュリルが逃れた狩猟館は、アメリス国境と目と鼻の先なのだ。

シュリル・アロワージュ・エレオノールは、すでに罠《わな》にかかっていたのだ。


狩猟館に逃れて、十日目のことだった。

晩秋の夕暮れは早い。葡萄月《十》もおわって霧月《十一》に入り、午後六時ともなるとあたりは夜の闇に包まれ、空気が冷えてくる。

灯《あかり》を知られないために早く床につくようになっていたシュリルだが、眠れるはずもなかった。


「暴動が革命という名を持たせられたのだ……」

彼は、誰に言うともなく独りごちた。

シュリルは、革命などと認めてはいなかった。暴動だと思っている。ふたたび王政を復興させるためには、この事態が、革命という名を持ってはならないのだ。

国民たちをことさらに煽《あお》っているのが、あの黒髪の男、マクシミリアンであることも、シュリルをよけいに苛立《いらだ》たせた。

ラモン戦将軍ら、国王に忠実であらねばならないはずの大貴族たちの裏切りも許せなかったが、マクシミリアン・ローランドに対する不快感は特別の強い感情となって、シュリルを苦しめた。

日ごろ、希薄な感情が、その男に対する時に、あまりに激しく湧き出してくるので、彼は戸惑いを感じるほどだ。

その時、ガッンと、窓に石が投げられた。

続いてもう一度、ガラスを割らない程度に窓の外から小石が投げられて、微《かす》かな合図をおくってくる。

手早く、夜着の上に、狐の毛皮だけで仕立てられたガウンを纏《まと》い、室内履きに足をすべらせたシュリルは、寝台を下りて窓に近づいた。

カーテン越しに窓の外を見ると、雲間から顔を出した月が、辺りを冴々《きえざえ》と照らし出していて、サイソンが立っているのが見えた。

彼は、二頭の馬を用意して、シュリルに向け、手でなにやら合図をおくっていた。

シュリルが窓を開けようと閂《かんぬき》を外すのと、ほとんど同時のことだった。

廊下側が急に騒がしくなったと思うと、扉が乱暴に開け放たれ、数名の兵士たちが部屋のなかになだれ込んできた。

はっとして、シュリルが全身を強張《こわば》らせた。

兵士たちが、威嚇《いかく》するようにシュリルを遠巻きに取り囲んで立つと、間もなく、彼等の後ろから、一際長身の、精悍《せいかん》な容貌《ようぼう》をした男、ラモン・ド・ゴール戦将軍が姿を現わした。

ラモン戦将軍は、大股《おおまた》に部屋の中へと入ってくると、窓際に立ち竦《すく》むシュリルの前に近づいた。

裾《すそ》の長い、ギャザーをたっぷり入れてゆったりとさせた夜着に、毛皮のナイトガウンを羽織った姿のシュリルは、軍服のときとはまったく異なった印象を周りの者たちにあたえていた。

その不思議な印象に、ラモンも気がついた。

シュリルは、さらに後退《あとずさ》って、窓に寄りかかった。

「貴様ら、失礼はなかっただろうな」

ラモンは、背後にいる部下たちにそう尋ね、

「久しくお会いできないことが、あなたを崇拝する者の一人としてなによりも辛《つろ》うございましたな。シュリル・アロワージュ・エレオノール聖将軍」

と、わざとらしく上体を折り、宮廷で挨拶《あいさつ》するかのようにシュリルに接してきた。

それから彼は、妙に艶《なま》めかしくみえる夜着姿のシュリルを、上から下まで眺めまわした。

「シュリル聖将軍ともあろうお方が、このような粗末な館で、不自由な生活をされるのはお気の毒だと思い、お迎えにあがりました。どうぞ、着替えをなされよ。介添えが必要ならば、このラモン・ド・ゴールめが、幾らでもお手伝いいたしますぞ」

愉《たの》しんでいると感じられるラモンの物言いに、シュリルは不快を表情に顕《あらわ》した。だが、そんなことは構わないと、戦将軍はシュリルに一歩にじり寄る。

言葉で説得するよりも、行動に移す方が早い男から、シュリルは逃れるように後退り、

「判った。い…ま、着替える」と言って、ラモンに退くように手で示した。

「どうされた? 着替えるのをお手伝いすると申しあげておるのですぞ、シュリル聖将軍」

今にも着ているガウンに手をかけられそうになって、シュリルはことさらに窓にはりついた。

何時もと様子が違っていることにラモンが不審をいだきはじめる。それよりも先に、シュリルは寝椅子の背もたれに脱いで掛けられている服を、指で示した。

「服を取ってくれ。それから、靴も……」

ラモンが寝椅子の服と、寝台の後ろに並べてある靴を取りにいった隙に、シュリルは窓を開けて、二階であることも構わず身を翻し、一気に飛び下りた。

「馬鹿な、待てッ」

ラモンが叫んで、窓から身を乗りだした時にはもう、シュリルはサイソンが用意した馬に最初の鞭《むち》を当てていた。

「追えッ、殺すな、いいか、生け捕るんだッ」

ラモンの叫ぶ声が、闇の中に響き渡った。

二階から飛び下りたせいで、シュリルは足を挫《くじ》いていたが、躊躇《ちゅうちょ》することなく、サイソンと共に馬を走らせた。

すぐさま、背後から馬の嘶《いなな》く声が追い迫ってきて、緊張が漲《みなぎ》ったが、雲間に隠れた月が、闇を濃く、深くして、やがて二人は、ラモン戦将軍の追撃の手を逃れ、国境を越えていた。

アメリス国に入ってしまえば、兵士たちを連れてきているラモン戦将軍は越境することができない。両国の戦争を引き起こす火種となる可能性があるからだ。

だが実際は、サイソンが、シュリルを巧みにアメリス国へと導いたのだ。

険しかった山を越え、荒れてはいるが、広々とした平原に出ると、シュリルは馬を急がせてサイソンに追いついた。

天空にのぼった月が、冷たい空気に冴えて、あたりを青白く照らし出している。

すでにアメリス国へ越境した時から、シュリルの裡《なか》には、微かな恐れと、疑惑が芽吹きはじめていた。

「ここはどこだ？」

シュリルは、馬上のサイソンに問うた。

「わたしたちはどこへ行こうとしているのだ？」

サイソンが答えずにいると、シュリルは、

「お前は、なにを企んでいるのだ？」と、訊《き》いた。

シュリルの声音に、鋭いものが混じっていた。

サイソンは身構えたようになったが、背後の崖《がけ》の上に、馬に跨《また》がった男の姿を見つけてほっとした。

その気配を、シュリルも敏感に感じとった。

馬上から、後ろを振り向く。

月光を浴びてなお、黒く煌《きらめ》いている男の姿があった。

その男が誰であるのか、シュリルには一目で判った。

「マクシミリアン・ローランド……」

喘《あえ》ぐようにシュリルはその名を口にした。

男の乗っている馬が、空に向かって嘶いた。

冴えわたった夜の空気が震えたかと思うと、次の瞬間、男は黒馬を操って、切り立った崖を疾風のごとき速さで駆け下りてきた。

シュリルは、自分の馬に鞭をくれると、サイソンの横を通りぬけた。

本能的に、身体が動いていたのだ。

崖から下り立ったマクシミリアンは、後を追った。

この時は、天空に輝く月までもが、シュリルに禍《わざわ》い、マクシミリアンに手を貸していた。

白い肌。金色の髪。銀狐の毛皮をまとうシュリルは、月の光を受けて、闇のなかでもほの白い光を放っているかのようだ。

マクシミリアンは、彼を見失うことはなかった。

それでもシュリルは、平原をぬけ、茨《いばら》の道も、湖につづく湿地のうえも一気に駆けぬけ、飛び出してくる夜に生きる小動物を蹴散《けち》らしながら、見事な手綱さばきで馬を走らせた。

月光を浴びて、二つの影が疾走した。

森を突っ切って、平地に出たと思った時だった。

シュリルは突如として前方に現われた、黒々とした巨大な城に、行く手を阻まれた。

彼が放った驚愕《きょうがく》の喘ぎを、マクシミリアンは聞いた。

さらにシュリルは、馬の踵《きびす》を返して、森の中に逃げた。

やがて森が切れて、湖が見えてきた。

湖を見たとき、一瞬だがシュリルは躊躇した。湖にまつわる不吉な、恐ろしい思い出が彼を支配して、動きと、思考する力を奪ってしまったのだ。

そこへ、森の反対側からマクシミリアンが黒馬を操って、姿を現わした。

シュリルは現実に立ち戻って手綱を引き、馬の向きをかえたが、その先にはサイソンが行く手を阻んでいた。

シュリルは口唇を噛《か》むと、一思いに湖のほうへと馬を駆りたてた。

すかさずマクシミリアンが追った。

サイソンもまた、その後から追いかけた。

間近に迫った男の気配を背後に感じ、馬が悲鳴するのも無視してシュリルは鞭を当てた。

シュリルは、自分がもはや狩られる寸前の獲物であるということに気づかされた。

それでも、彼は諦《あきら》めなかった。

湖のほうへ逃げると思わせて、取って返し、マクシミリアンたちを出しぬくかたちで別の方向へと逃げた。

小高い丘を駆けあがり、前方に広がる森へと走りこもうとする。

鳥たちが、一斉に飛び立った。

不意に、シュリルは背後に、マクシミリアンの激しい息遣いを感じた。

焦った拍子に、沼地に入り込んでしまった馬が泥土に脚をとられて横転しかかり、その勢いで、シュリルは馬上から振り落とされる羽目になった。

落ちた場所は、ぬかるんだ泥土の中だった。

シュリルは、思いがけない屈辱に打ちのめされる思いがしたが、そんな彼の前から、身軽になった馬は嘶きを放って、森へと走り込んでいった。

馬から降りたマクシミリアンが、もったいぶった足取りで近づいてくるのが見えると、シュリルの感じている屈辱は、よりいっそう強いものとなり、男へ対する憎悪と複雑にからみあった。

それでも、彼は屈辱に打ちひしがれているばかりではなく、身体にまといつくような泥土を振り払って立ちあがると、近づいてくる男から逃れるために後退った。

素早く、マクシミリアンの腕がのばされる。シュリルは、着ているガウンを摑《つか》まれたと悟った時、敏捷《びんしょう》な身のこなしで毛皮だけを男の手に残し、逃げだしていた。

途端に、突き刺すような寒さが、薄い夜着をとおして身体を締めつけてきたが、捕まるよりはと、シュリルは後退り、沼地からぬけようとした。

粘土質の泥土は、美しい生《い》け贄《にえ》を離すまいとして、ふたたび彼の身体を冷たい腕のなかに抱き込んだ。

足をすくわれて、泥土の中に片膝《かたひざ》をついてしまったシュリルを見て嗤《わら》う声が、高く響いた。

もがけばもがくほど、身体が自由を失ってゆく。そればかりか、次第に身体が泥のなかに沈みはじめているのを知って狼狽《ろうばい》したシュリルを、マクシミリアン・ローランドは、満足げに見おろした。

「お困りのようだな」

肩で息をつぎながらも、シュリルは顔をあげて男を見た。

「あの時、わたしは貴様を殺しておくべきだった」

そう言ったシュリルに、マクシミリアンは、

「そうだ。お前はしくじったというわけだ」と、応《こた》えた。

「サイソンもお前の仲間だったのだな」

今度は答えるかわりに、マクシミリアンはふッと鼻先で笑った。

「彼を憎むのはお門違いだ。シュリル聖将軍」

マクシミリアンは余裕を持って、美しい獲物を眺めた。

まとっているのは、薄絹の夜着が一枚。それも、濡《ぬ》れて張りつくようにして、ほっそりとした身体の線を際立たせている。跳ねあがった泥が、長い黄金の髪を汚し、夜着から露《あらわ》になった白い肌をも汚している。それはさながら、貝殻のなかから取り出されたばかりの

真珠を思わせた。

それとも、泥のなかに投げ出された一輪の白百合。

マクシミリアンは、突然、身体の奥から衝《つ》きあげてくるものをおぼえた。

それは、男の牡《おす》を刺激する、激しい昂《たかぶ》りに近いものだった。

だが、シュリルの深い緑色の瞳《ひとみ》が、嫌悪をむき出しにして向けられてくると、マクシミリアンの裡に宿った熱が、急速に冷え、ついには凍えた魂となった。

「立て」

嗄《しわが》れた声でマクシミリアンは言うと、言葉と裏腹に、シュリルを沼のなかから引きずりあげようとしてその腕を摑んだ。

摑んだ拍子に、マクシミリアンは、細いというよりは、華奢《きやしゃ》にすら感じるシュリルの身体に驚かされたが、抗《あらが》いをものともせずに一本の腕で、彼の両腕を後ろ手に捩《ねじ》りあげてしまった。

シュリルが抵抗しようとしたが、それはまるで意味のない疲労でしかなかった。

冴《さ》えた冬空の月光が、シュリルの全身を映し出した。

美しい顔が、獲《とら》えられた屈辱に青ざめ、慄《ふる》えながらも怒りを表わしている。

「泥にまみれていても、……美しいな」

決して讃美《さんび》ではなく、ただ眼でみた事実を口にしているだけという冷淡な口調で言ったマクシミリアンは、摑んだシュリルを湖へと注ぐ湧き水の所まで引きずって、流れている水のなかに突き放して沈め、起き上がろうとしたところを何度か押しつけた。

あまりに乱暴な仕打ちと、凍るほどの冷水を全身に浴びせられ、一瞬シュリルは息が止まるかという衝撃を受け、喘いだ声をたてた。

マクシミリアンは、後ろ手に捩りあげている両手首を引いて、彼を水のなかから立ちあがらせた。

全身にまといついた泥は洗い落とされたが、ずぶ濡れになったシュリルの身体は、薄い夜着がはりついて、ひどく痛々しく、それでいて艶《なまめ》かしく見える。

怜悧《れいり》な薄さをもった口唇の端が、切れて血が滲《にじ》み、苦しそうに喘いでいた。

彼の苦痛を愉《たの》しむかのように、マクシミリアンは双眸《そうぼう》を細めた。

美しいが、冷たい心を持った男。薄幸な少女が命懸けで恋した男。だが、その愛を拒絶し、彼女を悲しませ、見殺しにした男。シュリル・アロワージュ・エレオノールを、マクシミリアンはついに捕らえたのだ。

ふたたび、マクシミリアンの裡《うち》を、御しがたい、熱の塊のようなものが衝きあげてきた。

それは、シュリルの口唇の端に滲んだ血を、片手の指で拭《ぬぐ》おうとした時に、彼の裡で炸《さく》裂《れつ》し、解き放たれた。

マクシミリアンは衝動のまま、顎《あご》を摑んでシュリルを仰《あお》のかせると、彼の口唇を奪っていた。

声も立てられずに、シュリルは全身で戦いた。

強引に入り込んできた男の舌先が、シュリルの顫《ふる》える舌をからめとり、噛みつく激しさで求めてくる。

眩暈《めまい》がするほどの激しさが、男から伝わってくる。獣じみた口付けに、シュリルは凍えた身体の芯《しん》がカッと熱くなるのをおぼえ、戸惑い、憤った。

「な…にをするッ」

口唇を放されると、息を喘《あえ》がせながらも、シュリルは弾《はじ》かれたように叫び、嫌悪感をあらわにした。

シュリルは、まだ自分を取り戻すことができたが、ひどく狼狽していた。

そんな彼をマクシミリアンは嗤った。

捕らえた獲物の、確かな感触を味わいながら、

「ようこそ、シュリル・アロワージュ・エレオノール」

マクシミリアンはそう、口にした。

「俺の城に案内しよう」

夜の闇に祝福された男の声が、シュリルを身震いさせた。

月光を遮って、巨大な闇となって行く手に現われた古い城に、シュリルは連れていかれた。

かつての栄華を物語る、巨大で壮麗な建築物であるマクシミリアンの城は、その胎内に

黒々とした古《いにしえ》の闇を抱えている。それはあたかも、マクシミリアン・ローランドという男そのもののようにシュリルには思われた。

崩れかけた城門の前に、逃げたシュリルの馬が繋《つな》がれていた。

奥から、初老の執事、ルーベンスという男が現われ、マクシミリアンを出迎えた。

「用意は整ってございます」

すべてを承知している執事は、二人が城内に入るや否や、かたく扉を閉ざした。

冷たい大理石に囲まれた広い部屋で、ずぶ濡れの凍えた身体を突き放されたシュリルは、高い天井から差し込んでくる青白い月光によって、旧い時代の優雅な家具と、色褪《いろあ》せてはいるがアメリス王家の紋章が描かれたタペストリーを見た。

暖炉には、細々と火が入っているだけで、その暖かい恩恵をシュリルにまでもたらしてはくれない。マクシミリアンは、背後の大きな扉の方へと歩いてゆくと、ルーベンスと話をして、戻ってきた。

シュリルは、限界を超えた寒さに頭の芯が痛むのを感じながらも、鉄の手枷《てかせ》を持ってきたマクシミリアンを、気丈な双眸で睨めつけた。

「一思いに殺したらどうだ。マクシミリアン・ローランド」

シュリルは挑んだ。

「それとも、貴様にはその度胸がないのか？」

そう言ったシュリルに応えて、マクシミリアンは、甘く、優しげに言葉をすべらせた。

「お前のサディストぶりには、いたく感激するところがあったからな。俺もそう簡単には殺しはしない。じっくりと、時間をかけてなぶり殺してやる」

シュリルが、色を失った口唇を嚙《か》んだ。マクシミリアンは、凍えて動きが緩慢になっている彼の身体を引《ひ》き摺《ず》りおこし、巨大な会食用長卓の足を両手で抱く形に手枷で繋いでしまった。

みじめな、虜囚のごとくに繋がれたシュリルを見下ろしながら、マクシミリアンは口元を微《かす》かにゆるませた。

「いいことを教えてやろう。お前の大切なグスタフ四世は、昨日、革命軍に捕らえられた」

ガチャッと、シュリルの手首を繋ぐ鎖が激しく音をたてた。音はそのまま、彼の感じている動揺そのものだった。

「まさか……」と、シュリルから狼狽《ろうばい》した声が洩《も》れる。

「亡命先に選んだガルシア公国の国王も、グスタフ四世の妻であるレティシア王妃も、彼等の受け入れを拒絶したのだ。そればかりか、身柄を革命軍に引き渡したというわけだ」

シュリルは、王妃レティシアの恨みの深いことを、改めて知った。

「お前の王は、身につけていた宝石も衣裳《いしょう》も剝《は》ぎとられ、下着姿のまま、茨《いばら》の王冠を頭上に戴いて城下を引き回されたそうだ。これから裁判にかけられる。うまくいって生涯幽閉。もしくは、革命に倒された王の末路は処刑と決まっているな」

それから、マクシミリアンはシュリルに向けて一言付け加えた。

「お前もラモンに捕らえられていれば、同じ運命だった。もっとも、その方がよかったのかもしれないが……」

息を凝らして、シュリルは目の前の男を見た。

彼は、マクシミリアン・ローランドが何者で、どういう目的を持っているのかが皆目判らないという不安を抱えていた。

この城といい、かいまみせる洗練された仕種《しぐさ》といい、男がただ者でないことは判ったが、獣の表情を読み取ることが出来ないように、マクシミリアン・ローランドの面立ちからは、なにも読み取れないのだ。ただ、時おり双眸が、男の内心に反応して、憎しみの炎を噴きあげるのを見ることができるくらいだ。

シュリルに向けられた、揺るぎのない憎悪が、そこにはあった。

その上に、あの激しい口付けを思い出させられ、シュリルは、狼狽する。

だが、濡《ぬ》れた髪の先から凍ってくるような寒さに、全身が感覚を失って、シュリルは思考することもとぎれがちになってゆく。敵対する男の前で、脆《もろ》さを晒《さら》したくないという願いも虚《むな》しく、彼は意識を失いかけていた。

予想していた以上の衰弱のしかたをみせるシュリルに、マクシミリアンは失望していた。

マクシミリアンは、長卓に繋いだ鎖を外し、もはや自分からは動けないようになっているシュリルを引き摺って暖炉の側へ連れてくると、その場に突き放した。

濡れて、凍えているシュリルは、口唇の色がなくなり、目のまわりが紫色に落ち窪《くぼ》んで、病んだ表情をしていた。

「日ごろの高慢な態度にしては、情けない姿だな」

そう嘲笑《あざわら》ったマクシミリアンだが、シュリルからの反応がないとみると、呼び鈴でルーベンスを呼びだし、着替えとタオルを持ってこさせた。

ぐったりとうなだれている彼の、濡れて身体にはりついた夜着を着替えさせるために襟元をひらこうとした時、シュリルが面をあげ、マクシミリアンを見た。

どこにそれだけの気力が残っていたのか、突如として、シュリルは抵抗をみせた。

「よ…せッ」

瞬間的な強い抵抗は、直ぐに、弱々しくもろいものに変わってしまったが、その後も、思いがけない気力をみせて、シュリルはマクシミリアンから逃れようとした。

「や、やめろ……」

「なにを言っている？　着替えさせてやろうというのに」

身体は感覚がなくなっていて、マクシミリアンの手がどこに触れているのかも判らなかったが、起こりうることを察して、シュリルは叫んだ。

「やめて…くれ…」

マクシミリアンは拒絶を無視すると、まとっている夜着を身体から剝ぎとった。

雪を欺くほどに白い肌の、胸元から腹部にかけてしなやかな線をもった身体がマクシミリアンの前に現われる。

シュリルは、身悶《みもだ》えるように抵抗を続けながら、ほとんど聞きとれないほどのか弱い声で、何度か、やめてくれと繰り返していた。

その時はまだ気がつかなかった。

胸元にはまろみはなく、ただ少年のようにすべらかだったからだ。

だが、マクシミリアンの腕が下肢にまといついている夜着をひき剝いだ時、

「ああっ……」

シュリルは悲鳴し、がくがくと、身体を痙攣《けいれん》させはじめた。

異常な狼狽ぶりと、慄《ふる》え続ける身体を押さえつけようとしているうちに、その神秘に、マクシミリアンは気づいた。

マクシミリアンの手が膝《ひざ》にかかり、奥を覗《のぞ》こうと力がこめられるのを知って、シュリルから悲鳴に近い叫びがあがった。

「――見る…な…ッ」

膝を摑《つか》んだマクシミリアンの手が左右にひらいた。

「よせッ、見るなッ」

双肢が割られて、その最奥がむきだされる瞬間、喉《のど》をふりしぼって叫んだシュリルから、崩《くず》れるように力がぬけていった。

「これは、驚いたな……」

驚愕《きょうがく》を隠し切れないまま、マクシミリアンは確かめるために、指先で、彼の繊細な造型をなぞりあげた。

シュリルの肉体は、男でもなく、女でもなかった。同時に、その両方でもあった。

マクシミリアンは、自分が、人間に化成しそこなった美しい生き物を捕えたことを知った。

彼は、すでに気を失っているシュリルの手枷を外し、複雑な表情で抱きかかえた。

第二章　アレキサンドライト

一

目覚めたところは、石と煉瓦《れんが》の壁に取り囲まれた部屋のなかだった。天蓋《てんがい》を取り払って四柱だけになっている、巨大な古い型の寝台にシュリルは横になっていた。

発熱した後のだるさが全身に残っていたが、思考がはっきりしてくると、彼は寝台の上に起きあがってみた。その時、自分が、上等な絹の、女物の夜着を着せられていることに気づいた。

それから、部屋のなかを見回してみた。

暖炉に薪《まき》がくべられていて、部屋全体が暖まっている。

ランプではなく、精製された蜜蠟《みつろう》の蠟燭《ろうそく》が灯《とも》されて、周囲《あたり》に濃密な香りが漂っていた。

床には、すっかり色が褪《あ》せてしまっているが、織り目のぎっしりと詰まった絨毯《じゅうたん》が敷かれ、数える程度しかない家具も、優雅な形のものばかりだった。

そして、窓には、鉄の格子が嵌《は》められていた。

シュリルは肌寒さを感じて、ガウンを探したが、何もなかったのでそのまま寝台を下りると、窓の所へ行ってみた。

どこかで強い風が吹いているのか、時おり窓が、叩《たた》きつけられるように鳴った。格子の間から外を見たが、まだ夜が明けないのか、それとも夜がはじまったばかりなのか、暗くて様子が判らなかった。

シュリルは、素足のまま歩いて、寝台側の壁にある木製の扉を開けてみた。中は、やはり石と煉瓦を積んだ暗い部屋だったが、何十年も前のロマンチックな時代に流行した、装飾的で大きい浴槽がひとつ、場違いのように置かれていた。

壁には、水や、湯を汲《く》みあげる手動ポンプが取りつけられてあり、続いている隣りの扉は化粧室へ通じるものだと判った。

化粧室は、浴槽の湯を捨てる排水口が便器の下に通っているという排水設備になっていて、すべて古い時代のものだが、どれも清潔に保たれていた。

この部屋は、城が栄えていた時代に、極めて高貴な身分の者を閉じ込めていたのだろうと窺《うかが》える。そう思った途端に、マクシミリアンの双眸《そうぼう》を思い出したシュリルは、身震いした。

浴室を出て、今度は反対側の壁にある扉に近づいて、把手《とって》をまわした。鍵《かぎ》は掛かっていなかった。

把手は苦もなくまわり、シュリルは扉を手前に引いて開けた。

そこに、マクシミリアンが立っていた。

「あぁッ……」

咄嗟《とっさ》のことで、驚きに声を洩《も》らしたシュリルは、よろけるように後退《あとずさ》った。

「食事をもってきた」

いささか慇懃《いんぎん》にマクシミリアンは言うと、シュリルを追い立てるように部屋のなかへ入ってきた。

かつて、この部屋が貴人を幽閉するのに使われていた時代から、床の一部分に細工があり、歩きまわる気配を階下に伝える仕掛けになっていた。それで、マクシミリアンはシュリルが目覚めたことを知ったのだ。

「熱を出して、まる二日、眠り続けていた」

次にマクシミリアンは、感情のともなわない低い声音で言った。

その間に、マクシミリアンは信頼できる医者を呼び、シュリルを内診させたことまでは、口にしなかった。

彼は、テーブルに布のクロスをかけると、栄養価の高い物ばかりをじっくりと煮込んで、食べやすくしたものを銀の食器に盛りつけ、温めたミルクと、果肉の入った皿、水晶のコップに入った赤ワインを置いた。

それから、衣裳簞笥《いしようだんす》をあけて、マント形のガウンを取り出してきた。

「気分は？」

「……いいわけがない……」

答える声が顫《ふる》えてしまわないように、シュリルは奥歯を噛《か》みしめていた。

「顔色はそれほど悪くない。食事をするんだ」

マクシミリアンは突き放した口調で命令した。

シュリルは一瞬戸惑っていたが、差し出されたガウンを素直に受け取り、テーブルについた。

「サイソンはどうしたのだ？」

ナプキンを取り、何時も通りの声音であることを祈りながら、シュリルはマクシミリアンに訊《き》いた。

「彼はエスドリアに戻った。国王の裁判がはじまるんでね。しかし、奴に裏切られていたことがよほど応《こた》えたのだな。熱がある間もうわ言でサイソンの名を呼んでいた」

シュリルは目の前のマクシミリアンを緑潭色《エメラルド》の双眸に映し、やがて挑むように、睨《にら》みつけた。

「お前が何者なのかは判らない。だが、…あの男、サイソンは、わたしの館に五年仕えた。忠義者に見えたが、お前の回し者だったとは、わたしが迂闊《うかつ》だった」

「いい眼だ。深い緑色の、魔性を潜めた双眸だな、シュリル聖将軍」

マクシミリアンはからかうように言ってから、続けて訊いた。

「どうして訊かない？　俺が誰なのか。どうして、自分が殺されそうになったのか、知りたくないのか？」

「訊けば、答えるというのか？」

シュリルはマクシミリアンから眼を逸《そ》らさずにいたが、自嘲《じちょう》的に口唇を歪《ゆが》めた。

「わたしを憎む者は多い。理由も判らず、忌み嫌う者とているのだ。その一人一人の御託を聞きたいとは思わない…」

言ってしまってから、一瞬だが、シュリルは傷ついた眼をした。

実際、シュリルは、己の肉体の神秘、その秘密ゆえに、周りの者たちに様々な印象を与えていた。なにやらこの世のものならざる美しさと、神秘性が、人々を不安にし、あるいは、その不安を通り越して、恐れさせ、不快にさせるのだ。

ある種の特殊なものたちを魅《ひ》きつける妖《あや》しさが、彼をどこかしら邪悪な存在のようにみせていることも確かだ。

「理由もなく忌み嫌われる?」

思わず、マクシミリアンは問い返さずにいられなかった。そんな男にむけてシュリルは、緑潭色の瞳《ひとみ》を冷たいガラスのように、無機質に煌《きらめ》かせた。

「本能的に、わたしが神に祝福されていないことを悟るものたちがいるのだ」

シュリルの瞳の色が、さらに薄く、稀薄《きはく》な色に変わったのをマクシミリアンはみた。

それに気づいた時、マクシミリアンは、この話はこれで打ち切りだとでも言いたげに、軽く鼻を鳴らすと、火を調節するために暖炉のほうへ行った。

彼はいま、複雑な思いを抱いていた。

シュリルは、用意されたものを、時間をかけて食べた。

食事の間中、マクシミリアンは、暖炉の縁に寄りかかりながら、シュリルを見張るように立っていた。

ナプキンを置いたのを見ると、

「…風呂に入るといい。身体が温まるし、気持ちが落ち着くだろう」と、暖炉の所から声をかけ、シュリルの返事を待たずに、浴室へ通じる扉を開けた。

シュリルはそんな男を凝視した。

「わたしを、なぶり殺しにするんじゃなかったのか、マクシミリアン・ローランド。それが、柔らかい寝台と絹の服、食事に入浴までさせてくれるとは、大した宗旨変えだな…。このわたしの身体が珍しいからか？　哀れに思ってかッ」

憤りのようなものをシュリルは感じていたが、マクシミリアンは無視すると、浴室に入り、旧式だが性能は落ちていないポンプを手押しして、湯を汲みあげはじめた。

男の後ろ姿を見ながら、シュリルは椅子から立ちあがり、入り口の扉のほうへと視線を巡らせた。

マクシミリアンが扉に鍵を掛けなかったことを、シュリルは見ていたのだ。扉へ辿《たど》り着ければ逃げられるかもしれないと、彼は眼で、距離と障害物を計った。

浴室のほうでは、湯が汲みあがってきたのか、勢いよく噴き出す音が聞こえた。マクシミリアンがそちらに気を取られている隙に、シュリルは扉に辿り着き、暗い空間へ身を滑らせた。

その瞬間、シュリルは、「あッ」と、声をたてた。

背後から、マクシミリアンの嗤《わら》う声が聞こえた。

シュリルの目の前には、もう一枚、鍵の掛けられた鉄製の扉があったのだ。

足音もなく背後に近づいていたマクシミリアンに、シュリルは腕を摑《つか》みとられ、ふたたび部屋のなかへ引きずりこまれ、乱暴に突きはなされた。

「残念だったな……」

マクシミリアンの口元に、冷笑がはりついたように浮かんでいる。シュリルは、後退り、逃げ場を探して部屋の中を窺った。

だが、のばされてきたマクシミリアンの手が、シュリルの腕を摑みとる。

爪をたてて振りほどき、シュリルは身を翻した。

熱が下がったばかりの全身は、弛緩《しかん》したように気怠《けだる》く、動きのどれも緩慢なものだったが、寝台の反対側へと逃げた。

そこへ、マクシミリアンが走ってくると、舞い降りたかのように立ちはだかった。

「――ッ」

声にならない驚愕を発したシュリルは、よろめき、床に頽《くずお》れた。

マクシミリアンは、シュリルの前に立つと、襟元に手を掛け、凄《すさ》まじい力でガウンを剝《は》ぎ、まとっている夜着を引き裂いた。

「よせッ」

絹が悲鳴をあげながら、裂かれてゆき、しなやかな裸身が露《あらわ》になる。

身を返して逃れようとしたシュリルの足首を摑んで、マクシミリアンは自分のほうへと引《ひ》き摺《ず》りよせた。

絨毯《じゅうたん》のうえを足首を摑んだまま引き摺って、暖炉の近くまで連れてきて、突き放し、起きあがろうとしたところをすぐさま押さえつけ、床に縫いとめた。

シュリルの両手を、マクシミリアンのほうは片手でひとまとめに摑みとり、易々と動きを封じてしまった。

「く……」

俯《うつぶ》せにされたシュリルは、呻《うめ》いて、身体を引こうとした。

力を込めたが、押さえつけられた身体は、びくともしなかった。

マクシミリアンのもう一方の腕が、腰を持ちあげるようにする。

シュリルは満身の力をこめて抵抗を示したが、マクシミリアンの前では無力に等しく、獣のように四《よ》つん這《ば》いに、床へと這わせられた。

屈辱に、シュリルは眼が眩《くら》んだ。

そこへ、マクシミリアンはテーブルの上から取りあげた燭台《しょくだい》を近づけた。

ビクリと、青白い身体が慄《ふる》えを発した。

「足をひらけ」

シュリルはみじろいだが、マクシミリアンは身体の内側から差し入れた腕で、シュリルの内腿《うちもも》をひらかせながら、燭台の火を近づけてゆく。

「や…めッ……」

「もっとだ。よく見えるように」

マクシミリアンは、シュリルの内腿を割き、間に火のついた燭台を立てた。

「うぅ……」

押さえつけられたまま、陰影のある炎に照らされて、繊細な造型が露にされる。

花びらの様な襞《ひだ》が折り込まれている女の造型は、はかない色をして、無垢《むく》であることを羞《は》じらっているかのようだ。

女の秘花の上に、尖《とが》った花芽を思わせる象徴が、包皮に守られて蹲《うずくま》っている。少年の肉茎というよりは、もっと繊細で、だが女性の花核というには形が美しすぎた。

シュリルは、視《み》られている屈辱と、炎に焼かれる恐怖に呻いた。

「いい恰好《かっこう》だな」

マクシミリアンはそう言うと、もう身体を押さえる必要がないとみたのか腕の力をゆるめた。

とっさに身を引いて逃げかけたシュリルだが、すッと伸ばされた男の手で、顎《あご》を捕まえられてしまった。

指先まで神経のはりつめた強い力で、シュリルは頤《おとがい》を捕まれ、顔を仰《あお》むかされる。

緑潭色《エメラルド》の瞳と、黒曜石《ダーク》の双眸《そうぼう》が、互いに挑み合うかのように向かいあった。

「答えろ、お前は男なのか？　女なのか？」

マクシミリアンは空いているほうの手で、シュリルの足の間に置いた燭台を取り、花弁に近づけた。

「あ、あぁぁ……」

炎の舌に舐《な》められることに慄えながら、シュリルは瞳を閉じた。

「医者は、お前の女は無垢だといっていたが…」

さらに追い討ちをかけるように、マクシミリアンは言葉を継いだ。

「お前は、寝台のなかで男なのか？　それとも女なのか」

シュリルは全身を戦《わなな》かせ、頭を振った。

「早く、答えろ」

答えなければ、花を焼くとばかりに炎が近づけられ、シュリルは、熱さと屈辱に喘《あえ》いだ。長い金髪が揺らめいて、血の気を失っている顔にかかる。

マクシミリアンは、燭台をきわどい位置に置くと、淡紅色の花弁を、後ろから前方へかけて指でなぞりあげた。

尖った悲鳴のような声をたてて、シュリルは逃れようとみじろいだが、動いた瞬間、炎に炙《あぶ》られて、びくんと竦《すく》みあがった。

硬質な白い尻《しり》が、顫《ふる》えていた。

蒼白《そうはく》な美貌《びぼう》が、怯《おび》えと、屈辱に歪《ゆが》んで、痛々しいほどだ。

マクシミリアンは、指先で淡紅色の花弁に触れ、くつろげながら弄《もてあそ》んだ。

「く……っ」

シュリルが呻いて、身をよじる。

「やめて、くれ……」

弱々しい哀願。そしてシュリルは、いまだかつて誰にも触れることもなく、触れさせてこなかった肉体のことを、告白させられた。

「頼む、やめてくれ……」

「いやか？」

意地悪く、マクシミリアンは訊き返しながら、指先に媚肉の花襞をからめ、こすりあげた。

「いやだ。こんな、これ以上わたしを辱めないでくれ……」

花唇をひらいた指先を、マクシミリアンは蠢かせてみた。

「うっうっ…」と、シュリルは嗚咽《おえつ》を嚙み殺している。

そこへ、マクシミリアンの指が、一息に侵入した。

「あうッ！――…」

一度もそんな扱いを受けたことのない未通の花に指を入れられて、シュリルは悲鳴した。

下肢を捩《よじ》らせて、逃れようとするのを、炎が焼きかける。

「クラウディアは、処女だったと言うわけか」

マクシミリアンがもらした名前に、シュリルは、ビクッと硬直した。

「クラウディアは十八だったが、まだ男を知らなかったというわけだ。それが、荒くれた何人もの夜盗たちに犯された」

シュリルの心の顫えが、彼の花芯に埋没させたマクシミリアンの指に感じられた。

指が引きぬかれてくると、シュリルは素早い動作で身をひき、炎から逃れ、マクシミリアンから逃れた。

「お前は、クラウディアの？」

緑潭色の双眸が、驚愕に大きく瞠《みひら》かれている。

「そうだ。俺とクラウディアはアメリス国の王妃が、家臣と姦通《かんつう》して生んだ子供というわけだ」

永い間の戦争に疲れた三国は、互いに婚姻関係を持つことで和平の絆《きずな》を深めていた。アメリス国には、ガルシアから嫁いできた王妃がいたが、四男二女の子供を生むと、愛人を囲っている国王に公然と対抗して、自らも、人生を享楽的に生きることを選んだ。

マクシミリアンとクラウディアは、王妃が寵臣《ちょうしん》との間に身籠《みご》もった子供だった。さすがに、男子であるマクシミリアンが生まれた時、国王は許さなかったが、クラウディアが生まれた時には、彼女の金髪と青い瞳《ひとみ》、なによりも姫であるということで、自分の子として認知した。

他国と婚姻関係を結べる王女は、一人でも多く必要とされていたのだ。

美しく成長したクラウディアは、三国にその美貌と、怜悧《れいり》さを讃《たた》えられたシュリル・アロワージュ・エレオノールの妻に選ばれた。

シュリルの父であったギョーム将軍が死んだ年で、シュリルが将軍職を引き継いだと同時のことである。クラウディアは十六歳。シュリルは十八歳という若さだった。

二年後、クラウディアは夫を裏切り、不貞の罪を犯したとして国へ帰され、離縁を言い渡された。

悲劇は、政略結婚とはいえ、クラウディアがシュリルを深く愛してしまったがゆえに起こった。

クラウディアは、冷たい夫の注意を引こうとして、侍女たちを連れて無断で旅行に出かけ、宿泊先で夜盗どもに凌辱《りょうじょく》されたのだ。

その時、クラウディアは処女だった。二年間の結婚生活で、夫のシュリルは一度も彼女に触れなかったということになる。

傷つけられ、名誉を失ったクラウディアを、シュリルは成都の城館からエレオノール領にある館へ移らせてから、旅行の名目でアメリス国へ帰した。

理由は、クラウディアを慰めるためとなっていたが、実際は、遠ざけたのだ。

家名に傷がつく不名誉をなによりも厭《いと》うエスドリアの貴族社会が、クラウディアの存在を許さなかった。

シュリル・アロワージュ・エレオノールは、そうして彼女を見捨てたのだ。

アメリス国へ戻されても、もはや王宮にクラウディアの居場所はなかった。

届けられたエスドリア国王印のある離縁状に驚いた父王によって、クラウディアは尼僧院へ送られることになり、彼女は自殺した。

「自殺することがどれだけ罪深いか、判ってるな？　クラウディアは正式な埋葬すら許されなかった。ふたたび転生することがあっても、もう彼女は、神の加護を得られない生き物になる」

『我のみを崇《あが》め讃えよ』と説いた神への信仰によって、三国では、自殺を大罪として禁じていた。自殺した者は、埋葬を許されず、人知れず、忌み墓地へ運ばれ、奈落へ通じる深い穴に捨てられる。王族といえども、それは変わらなかった。

クラウディアは十八歳の若さだった。彼女をそこまで追い詰めたのは、他の誰でもない、夫であるシュリルだ。

クラウディアを殺したのは、シュリルなのだ。

マクシミリアンは、そのとき復讐《ふくしゅう》を誓った。

生涯、兄妹であると名乗りあえない関係だったが、マクシミリアンにとって愛するただ一人の妹、クラウディア。

アメリス国軍の大佐の地位にあったマクシミリアンは、復讐のために職を辞し、身軽な傭兵《ようへい》部隊に入隊した。

そして、時を待ったのだ。

この時を――……。

マクシミリアンがシュリルを放したのは、許したからではなかった。

これからが、彼の復讐だった。

シュリルは、本能的にこれから己の身に起ころうとしていることを察して、逃れようと立ちあがった。そこへマクシミリアンの平手が飛んだ。

一撃で、シュリルは床に倒れたが、後退《あとずさ》って逃げた。そこをさらに、マクシミリアンは追ってゆき、髪を摑《つか》んで顔を仰のかせると、平手で何度か頰を張り飛ばした。

口唇が切れて血が流れたが、マクシミリアンは容赦しなかった。執拗《しつよう》に打ちのめしてしまうと、床にぐったりと横たわるシュリルの両脚を開かせ、間に立ってベルトをゆるめた。

打ち拉がれ、倒れたシュリルの下肢には、淡紅色の秘花が咲いている。マクシミリアンは自らの股間を取りだし、掌に包んで駆り勃《た》てた。

「あぁッ……よ…せッ」

両足をすくわれるように抱えこまれたシュリルは、攻防もできずに、狼狽《ろうばい》した。

「よせッ」

マクシミリアンの指先が、位置を確かめるためにまさぐってくる。

「いやッ…だ、やめてくれッ」

シュリルの懇願も空しく、怯え切って顫える花唇に、隆といきり勃った男の先端が触れた。

「クラウディアも泣き叫んだろうな」

冷たい男の声に、シュリルは身体を硬くする。両脚を閉じようとしても、男の力には敵《かな》わず、あてがわれた花唇は、すでに男の体温を感じていた。

「やめてくれ、どう…か」

哀願を無視して、マクシミリアンは腰を落とした。

「あ――ッ！」

灼熱《しゃくねつ》した怒張が一気にシュリルを引き裂いて、押しひろげ、無慈悲に押し入ってきた。

「あ――あ、あ……あー…」

目の前が真っ白に弾《はじ》け、それからゆっくりと色彩を取り戻してゆく。同時に、裂かれる痛みがシュリルを苛《さいな》み、屈辱が、涙を零《こぼ》れさせた。

マクシミリアンは、捩り込むように根元まで深々と挿入してしまうと、突き入れる度にシュリルがあげる尖《とが》った悲鳴を愉《たの》しみながら、腰を使った。

初めての肉体を責めるには、度を越した長い時間をかけ、マクシミリアンは抽送を繰り返した。

シュリルの、苦痛に強張《こわば》っていた身体が、次第に弛緩《しかん》して、牡の象に馴染んだ内部の抵抗がなくなる。彼は貫かれ、突きあげられながら、涙を流し続けていた。

クラウディアも、大きな青い瞳が溶けてしまうほど泣いただろうと思うと、慈悲の心は湧かず、マクシミリアンは存分にシュリルを痛めつけたと自分で満足できるまで、欲望を持続させた。

「忘れられない夜明けとなっただろう」

いつの間にか、空が白み、鉄の格子が嵌《は》まった窓から夜が明けたことを伝えてきた。

床に横たわったままのシュリルは、今度は身体を俯《うつぶ》せに返されて、背後からマクシミリアンを受け入れさせられた。

「あ——……」

続けざまに犯される苦痛と、屈辱的な姿にされていることが、弱り切っているシュリルを正気づかせ、呻きをあげさせた。

やがて、マクシミリアンが身を引いて、深く突き刺さっていた楔《くさび》をぬくと、血と混じり合って、男の放った精が滴ってきた。

シュリルは半ば気を失ったかのようになっていたが、男の楔が離れたと知るや、

「殺せ、もう気がすんだろう。わたしを殺せッ」

苦痛と屈辱に喘《あえ》ぎながら、悲鳴に近い声をしぼった。

マクシミリアンが鼻で笑った。

「殺すのは何時でもできる。もっとお前をいたぶって、クラウディアの受けた苦しみを味わわせてからだ」

怒りと、侮蔑《ぶべつ》を込めた双眸《そうぼう》で、シュリルはマクシミリアンを睨《にら》んだ。

「下種《げす》ッ。こんなことが、復讐になると思っているのか」

そう叫んだシュリルに、マクシミリアンは挑発されることはなかった。静かに、不気味なほど落ち着いて、受け止めた。

「本来、俺はこういうことは好まないが、お前には、もっとも効果的だと思うからやるまでだ」

と彼は言い、蹲《うずくま》っているシュリルの腕を両側からはさむように摑んで、引《ひ》き摺《ず》りあげた。

「立ちあがるんだ。何時までも床に這《は》いつくばっているなんぞ、お貴族さまのすることじゃないからな」

「あッ――……」

立たせられた拍子に、身体の内からまたも滴り落ちるものがあった。

呻《うめ》いたシュリルの腕を捉《とら》えたまま離さず、マクシミリアンは、激しく口唇を貪《むさぼ》った。そして、耳元へ口唇をつけると、耳朶《じだ》を嚙《か》みながら、息を吹きかけた。

「や…やめろ……」

背筋をかけあがる悪寒に顫《ふる》え、シュリルは身を強張らせる。

「風呂に入り、今日はゆっくり身体を休めておくがいい」

ぞっとする優しい声音に、シュリルは、マクシミリアンをみた。

男の眼は、猛禽《もうきん》の眼だった。獲物を捕らえ、引き裂くことを考えている眼だ。

「明日のためにな」

シュリルは、眩暈《めまい》を感じてその場に頽《くずお》れた。腕を摑んでいるマクシミリアンが手を放せば、床に落ちることになる。だがマクシミリアンは、突き放すこともなく、ゆっくりと彼の身体を絨毯《じゅうたん》の上に降ろしてやった。

「…死なせて、くれ……」

「自殺したければ勝手に死ね。そのかわり、お前の身体を領民の前に晒《さら》してやる」

「——あぁぁぁ…」

シュリルは、口唇を顫わせて、とぎれとぎれの呻きを放った。

顫える口唇を、またもマクシミリアンは奪い、激しい、獣の口付けを与える。

朝日の差し込んでくる浴室で、獣に蹂躙《じゅうりん》された身体を清めたシュリルは、虐げられた肉体の疲れと、壊れかけている心を、無理やり飲まされた強い酒によって封じられ、眠りについた。

シュリルはふたたび薄暗い闇の中で目を覚ました。

どれくらい眠っていたのかは判らなかったが、身体の芯《しん》に疼痛《とうつう》が残っている。いいようのない怠《だる》さと、空腹感が次に襲ってきた。

部屋のなかに、マクシミリアン・ローランドの姿はなかった。

鉄格子の嵌まった窓の下にあるテーブルに、食事が用意されているのが見える。シュリルは寝台から起きあがり、用意されていた毛皮のガウンを羽織った。

足元に、ビロードの室内履が揃えられていた。

寝台脇のテーブルに置かれた蠟燭に火を点《とも》し、改めて部屋のなかを見回した。

時間を知りたいと思ったが、時計はどこにもなかった。

鉄格子の嵌まった窓の外は、闇に覆われ、時おり、風がすすり泣くのが聞こえる。閉じ込められているこの部屋が塔のなかという高い位置にあるので、風当たりが強いのだろう。

その音は、シュリルをぞっとさせた。

それでも、シュリルは食事を摂るために窓際のテーブルに座ると、銀の大蓋《おおぶた》を取りあげ、なかの料理を見た。

用意された食事はすでに冷えきっていた。

スープも、肉も冷えて、口に含むと身体を凍えさせるような気がしたが、シュリルは無理をしてでも食べようと努力した。

だが、男に憎しみをこめて犯された衝撃から、身体も心も立ち直れてはいなかった。

全身が弛緩したように気怠く、動きのどれも緩慢な、力ないものになってしまうのだ。

スープを飲もうと、スプーンですくったまま、持ちあげる気力もなかった。

風の鳴く音と、澱《よど》んだような闇。蜜蠟《みつろう》の香りにつつまれて、シュリルはぼんやりとしていた。

「それはもう冷めてるだろう？　かわりのスープをもってきた」

突然、声をかけられて、シュリルはドアの所に立つマクシミリアンに気づいた。

気づいた途端、身体が慄《ふる》えだし、持っていたスプーンが皿にあたってガチガチ音をたてはじめた。

止めようとすると、ことさらに慄えは激しくなり、スプーンを手放そうとしても、握っている手に張りついて離れないのだ。

「…ぁ……」

シュリルは喘ぐように口をひらいたが、声すらもだせなかった。

そこへマクシミリアンは大股《おおまた》に近づいてくると、シュリルの手を、うえから優しく包むように覆った。

びくりッと、シュリルの両肩が戦《わなな》き、同時に、手の慄えがとまった。

「俺が、怖いのか？」

そう言ってから、白く冷たい手を、一度だけ強く握り締め、マクシミリアンは放した。

彼は、手早くテーブルのうえを片づけ、運んできた温かいスープと、肉料理と、香ばしい焼きたてのパンを置いた。

保温がきく湯差《ポット》しを寝台脇のテーブルの所へ持ってゆき、その場から、テーブルについたまま、じっと身体を硬くさせているシュリルのほうを見た。

「冷めないうちに食べたらどうだ？　まさか、食事中まで襲いかかったりはしないさ」

その言葉が、シュリルを動揺させ、彼は痛々しいほど身体を強張らせた。

マクシミリアンはシュリルが食事に手をつけるのを見届けると、暖炉の灰をとりのぞいて薪《まき》をいれ、壁の隠し箪笥《だんす》から、新しいシーツや、女物だが、絹の夜着、タオルなどを取りだしはじめた。

それから、思いがけない寛容さを示して、マクシミリアンはシュリルに訊《き》いてきた。

「なにか必要なものがあれば、揃えてやろう」

咄嗟《とっさ》に、なにを答えてよいのか判らずに黙っていたシュリルだが、少しばかり落ち着いてくると、

「…時計が欲しい」と、言ってみた。

寝台を整えて戻ってきたマクシミリアンは、自分のポケットを探り、なかから金の懐中時計を取り出した。

「この塔にいる限り、お前はもう、時間に支配されることはないのだが…」

そう言いながらも、マクシミリアンは懐中時計の蓋を開けて、シュリルの前に置いた。

時計の針は五時を指し示していた。

霧月《十一》の五時ともなると、すでに辺りは暮れて、暗闇に覆われている。シュリルはふたたび夜がはじまろうとしていることを知った。

次にマクシミリアンは、浴槽に湯を満たしてから戻って来ると、シュリルがほとんど食事を残しているのに気づいた。

「残さずに全部食べるんだ」

それでもシュリルが食べる意思をみせずにいると、

「とにかく食べて、体力をつけておくんだな。そうしないと、今夜は辛《つら》いぞ……」と、脅して言う。

はっとして、シュリルは口唇をひらいたが、声はでなかった。

緑潭色《エメラルド》の、怜悧《れいり》な光を放っていた瞳《ひとみ》が、怯《おび》えたように揺らめいていた。

細い眉《まゆ》、通った鼻筋、非のうちどころがない、古典的な美貌《びぼう》。

今、心に衝撃を受けて、薄くひらかれた口唇は、——まだ口付けに熟していない。

突然、マクシミリアンは獲物に躍りかかる獣のように、シュリルに襲いかかり、彼を床に引きずりおとして、組み敷いた。

「マクシミリアンッ」

シュリルが叫んだ。

慌ただしく、裾《すそ》がたくしあげられ、白い脚が露《あらわ》にされる。抗《あらが》ったが、力ではとうてい敵《かな》うはずもなく、シュリルは両脚の間に男の身体をはさんだ恰好になった。

男の指先が、怯えきって萎えている花芽を通り越して、奥に位置する繊細な花をさぐりあて、容《かたち》をなぞって確かめる。

まだ今朝の、あの屈辱と痛み、悔しさを刻み込まれているシュリルの身体は、痙攣《けいれん》するかのように激しく慄えはじめた。

激しく慄える身体を持てあましたのか、マクシミリアンは押さえつけている腕の力を緩めた。その瞬間を逃さず、シュリルは男の腕のなかから逃れでた。

ゆらりと、身体を傾がせてマクシミリアンが立ちあがる。シュリルは後退《あとずさ》って、男との距離を保った。

さらに距離が縮められると、シュリルは後退した。逃れる場所を探したが、逆に追い詰められてゆくのだった。

猫科の獣が、獲物をなぶって愉《たの》しむ時のやり方で、マクシミリアンは部屋のなかでシュリルを追いかけ、あるいはわざと取り逃がし、弄《もてあそ》んだ。

哀れな獲物とされているシュリルのほうは、追い詰められる度に、真剣になってゆく。息を弾ませ、全身に緊張を漲《みなぎ》らせ、恐怖と、怯えと、微《かす》かな望みをみいだしながら——。

だが、それがマクシミリアンの意図するものであると、シュリルは知らなかった。

恐怖と絶望に恭順している肉体を犯すことなど彼は望んでいなかった。冴々《さえざえ》として誇り高く、屈しない心を悲鳴させ、蹂躪することが、この神秘の花を持つシュリルに対する、もっとも効果的な復讐《ふくしゅう》なのだと判っていた。

何度かもみ合っているうちに、夜着の肩紐《かたひも》が千切れて、白い肌が露になってくると、マクシミリアンは、煽情《せんじよう》的なその姿に満足した。

「そろそろ諦《あきら》めたらどうだ？」

余裕を持って声をかける。シュリルは、部屋の反対側の隅に立《た》ち竦《すく》んだまま、マクシミリアンを睨《にら》んだ。

「焦《じ》らせば焦らすほど、男が残酷になるということを、教えてやろうか？」

お互いに壁際に立ったまま、ぐるりと部屋のなかをまわった。

シュリルはマクシミリアンから眼を放さずに、手探りで暖炉の火掻《ひか》き棒《ぼう》を取ろうとしている。そこへ、マクシミリアンはポケットのなかに残っていた懐中時計の鎖を放った。

投げられた鎖は、シュリルの手が触れる寸前で、立て掛けてあった火掻き棒に当たり、床に倒した。

しゃがんで拾っている間はなかった。シュリルは、目の前に迫ってきたマクシミリアンから逃げるだけで精一杯だった。

「身が軽いんだな。だがもう、遊びは終りだ」

マクシミリアンは、広い部屋のなかを一直線に、獣の速さで駆けてくると、シュリルに覆い被《かぶ》さった。

「やめろッ…あ――」

力ずくでシュリルを取り押さえ、身体にからまる絹を引《ひ》き剝《は》がして寝台へと突き飛ばしたマクシミリアンは、素早く前方をくつろげ、自分の牡を探り出した。

寝台の縁に腰を打ちつけ、俯《うつぶ》せに寄りかかる恰好《かっこう》になったシュリルが、身を躱《かわ》す隙を与えずに、背後から、下肢を抱えあげて、ひらかせ、獣のかたちに連なった。

シュリルが、尖《とが》った悲鳴を嚙《か》み殺した。

引き裂くように、灼熱《しゃくねつ》の塊が身体の奥へと入り込んでくると、シュリルは、嚙みしめた歯の間から、呻《うめ》きを洩《も》らした。

突きあげてくる動きが激しくなるにつれ、シーツを摑《つか》んだ腕に力がはいり、それとは逆に下肢の力がぬけてゆく。腰が頽《くずお》れてしまうことは、よけいに結合を深くさせて、シュリルを苦しませることになった。

背筋が苦痛に歪《ゆが》んでいるのをみながら、マクシミリアンは腰をつかった。

突きあげては引《ひ》き摺《ず》りだし、また、衝《つ》きあげる。怺《こら》えきれなくなったシュリルが、血を吐く思いで「やめてくれ」と哀願するまで、彼は赦さなかった。

やがて、身体の奥の怒張を引きぬかれたシュリルは、自分の意思では動くことの出来ない人形のように、寝台の縁から床にすべり落ちた。

マクシミリアンは、まだ彼が自失しているうちに、浴室から取ってきた鏡の上に腰を下ろさせると、寝台に身体を寄りかからせた。

鏡の冷たさに、シュリルが面をあげる。彼が、なにをされるのか気づく前に、マクシミリアンは両膝《りょうひざ》を立てた恰好で下肢をひらかせ、鏡にすべてを映しださせた。

充血して、鮮紅色に色づいている花弁が映り、シュリルが抗おうと身じろいだ拍子に、花弁の奥から白濁とした蜜《みつ》が滴りおりてきた。

「あ…ぁ…」

シュリルは悍《おぞ》ましさに戦慄《せんりつ》し、抵抗しようとしたが、強い力でひろげられ、押さえ込まれている膝は、閉じあわせることもできなかった鏡の上にマクシミリアンの征服の証《あかし》がとめどなく溢《あふ》れ、溜まり、ひろがった。

シュリルは口唇を噛みしめ、すすり泣くように喘《あえ》いでいる。蜜を滴らせている花弁に、マクシミリアンは指を差し入れた。

慄《ふる》えあがって、シュリルは頭を振った。

構わずにマクシミリアンは、侵入させた指を内部で鉤《かぎ》状に曲げ、奥に残っている蜜を、かきだそうと蠢《うごめ》かせた。

濡《ぬ》れた口唇をひらいて、シュリルが間歇《かんけつ》的に、小さな、苦汁に満ちた音《おと》を発した。

「…め…てくれ……」

粘液をいじりまわす音と、シュリルの息遣いだけが、静寂のなかに流れ出た。

執拗《しつよう》に、マクシミリアンは指で、シュリルの花弁の奥をまさぐった。

二本の指でくじかれた媚肉《びにく》が、潤いをみせはじめた。深く侵入させた指を、熱い粘膜が締めつけるようにしてくるのを感じ、マクシミリアンは指を引きぬいた。

はぁ、はぁ…と、シュリルが、息を荒くして喘いでいる。まだ彼は苦しんでいて、受けた屈辱に砕けた心を拾い集めることもできず、自分の肉体になにが起こっているのか、判っていないのだ。

マクシミリアンは、そんな彼の表情を愉しもうと、長い金髪を鷲摑《わしづか》みにし、面をあげさせた。

くッ…と、口唇を噛んだシュリルが、マクシミリアンを睨みつけた。

凌辱《りょうじょく》されても屈しない。という、いまは虚勢でしかないが、彼に出来る精一杯の抵抗がそこに表れていた。

だが、そのシュリルの双眸《そうぼう》を見たとき、マクシミリアンは息を呑《の》んだ。

何時も怜悧に煌《きらめ》いていたシュリルの緑潭《エメラルド》色の瞳が、紫色に…、哀艶《あいえん》を含んだ紫菫《ヴァイオレット》色に変容していたのだ。

「アレキサンドライト……」

マクシミリアンは、呻いた。

昼に金緑の輝きを放ち、夜には赤紫に輝くといわれる稀有《けう》なる宝石。

――アレキサンドライト。

アレキサンドライトのように妖《あや》しく色を変える瞳《ひとみ》を持っているものは、二つの心を持つと、この国では言い伝えられているのだ。

緑と紫の瞳を持っているシュリルは、その言い伝え通りに、肉体の奥に、――二つの性を持っていた。

それを見てしまった瞬間に、マクシミリアンの裡に強い感情が生まれた。

ふたたび男の欲望に、火がついた。

男の獣性に気づき、抗おうとした弱々しい身体を絨毯《じゅうたん》のうえに押し倒してしまうと、マクシミリアンは硬質な二肢を拡げ、灯《あかり》の下にシュリルの秘花を曝《さら》けださせた。

膝裏に両手をあてがい、腰を高く持ちあげてしまうと、脈動する昂《たかぶ》りで、秘花を貫いた。

「あ――…」

シュリルは、身を引いて逃れようとしたが、そこを追われ、深く、結合させられる。がくがくと下肢を顫《ふる》わせ、シュリルは堅く眼を閉じた。

「俺を見ろ。シュリル、お前を征服している男の顔を、よく見るんだ」

ゆすぶられ、はっと瞳を瞠《みひら》くと、自分を凌辱している男と眼があった。

睠《そむ》けようとするのを、顎《あご》を摑まれ押さえつけられたシュリルは、身悶《みもだ》えた。

「うっ…、うっ…、うっ……」

突きあげるたびに、苦痛に呻く短い息がシュリルの口唇から洩れ、美しく濡れていた紫色の瞳が、徐々に硬質な煌きを放つ緑潭色へと変わってゆくのを、マクシミリアンは目の前で見た。

マクシミリアンは、抱えていたシュリルの身体を離して、深く突き刺した肉の刃をひきぬいた。

シュリルは乱暴な扱いに呻いたが、解き放たれても抗《あらが》う力もなく、かろうじて投げ出された下肢を羞《は》じらうように閉じ合わせた。

テーブルの上から赤葡萄《ぶどう》酒を取ってきたマクシミリアンは、グラスの酒を一口含むと、シュリルの口唇を奪い、彼の喉《のど》に流し込んだ。

シュリルが顔を背けようとするのを強引に押さえつけて、もう一口含ませ、飲み込ませると、今度は、彼の足元に立ち、弱々しく閉じ合わされている両脚をひらかせた。

マクシミリアンは、抗う力も、気力もないまま、蹂躪《じゅうりん》されたシュリルの、自分が放った白濁した蜜でしとどに濡れている花弁から、最奥にある小さな蕾《つぼみ》へと視線を移し、昂りを駆り起《た》てた。

シュリルが顔を背けたまま、マクシミリアンを見ようともしないのをいいことに、彼は、ひらかせた両脚の間に腰を落とすと、膝裏に両手を添えて足を抱えた。

犯されるのだと判って、シュリルは緑潭色の瞳を静かに閉じた。

だがマクシミリアンが見ていたのは、真珠色の光沢をうちに秘めた、絹の手触りのある双丘のほうだった。彼は、すべてを拒んでいるかのように堅く窄まって、綺麗な形を保っている花蕾に、猛《たけ》った牡をあてがい、シュリルが気づくとほぼ同時に、一息で挿入した。

「や――めろッ…」

思いがけない激しい抵抗が、弱り切った身体からわきおこったが、それはすぐに、肉体の奥に挿入されてしまった異物の感触に負けて、力ないものとなった。

「き、…貴様ッ」

シュリルはマクシミリアンを睨《にら》みつけたが、身体の内部の男が動くと、堪《たま》りかねて、呻いた。

「う…ぁ…ぁ、ぁ…」

塞《ふさ》がれた花蕾が、共鳴するようにきしんでいた。

男ばかりの傭兵《ようへい》部隊で、マクシミリアンは男同士の肛姦《こうかん》による負傷者を何度もみてきた。

彼自身は高級将校だったこともあり、必要があれば何時でも女を抱くことができたので、その経験はなかったが、やり方は判っていた。

マクシミリアンは、致命的な痛手を与えないやり方で、シュリルを辱めた。

ううっ…と、シュリルが歯ぎしりした。

男を埋め込まれた、硬質な白い双丘が、屈辱に戦《わなな》いて、逆に妖艶《ようえん》な魅力をはなっていた。

「身体の力をぬくといい。そうすれば少しは楽になる」

「…貴様、こんな……こんなことまで……」

耐えられない屈辱に、シュリルは涙をはらはらと零《こぼ》したが、それすらも、マクシミリアンは冷たく見下ろすだけだった。

続けざまに凌辱された肉体は、マクシミリアンが離れると、咽《むせ》び泣くように顫えていた。

傷つけられた小動物が腹をかばって蹲《うずくま》るように、シュリルは床の絨毯の上に横たわった。

すべてを曝けだされ、奪われ、凌辱され、無残な姿で喘ぐシュリルの白い身体が、マクシミリアンの脳裏で、クラウディアと重なった。

マクシミリアンは、まだ赦すことができなかった。

第三章　罪と罰と

一

どれだけの時間、幾つの夜が過ぎたのか、もはやシュリルには判らなくなっていた。

マクシミリアンが置いていった懐中時計も、何時しか、時を刻むことを止めてしまった。

一年の終わりの月、聖生誕《十二》月にはいっていることは、寒気が増し、雪がちらつくことでも判った。

グスタフ四世が、幽閉先で心臓麻痺《まひ》を起こし、亡くなったことをシュリルは数日前に知らされた。失意と、急激な環境の変化とが、国王の命を縮めたのだ。

没落流亡した貴族の多くもまた、国王と同じ運命を辿《たど》るのではないかと思われる。

シュリルもまた、我と我が身に起こり得ると想像したこともない屈辱の数々に翻弄《ほんろう》され、貶《おとし》められた。

だが彼は、男の蹂躙を身に受けることでクラウディアに贖罪《しょくざい》せねばならないと覚悟を決めたのか、惨《むご》い扱いにも耐えはじめた。

恥辱に心を閉ざし、マクシミリアンの暴力を無表情でうけとめる、冷たい白磁の肌を持つ人形のようになっていった。

しかし、マクシミリアン・ローランドは、シュリルが屈辱に戦き、苦痛に青ざめ、身悶《みもだ》えることを望んでいた。

この美しく傲慢《ごうまん》でいて、哀れなほどにもろい生け贄《いにえ》が、屈服し、許しを請うて哀願すれば、マクシミリアンは愚かしい復讐《ふくしゅう》を止めることができたかもしれない。

いまや引くことの出来なくなっているマクシミリアンを、さらに駆り立てるのは、されるがままとなったシュリル自身だった。

男は残忍にならざるを得なくなっていたのだ……。

天井の梁《はり》から吊《つ》るされた鉄枷《てつかせ》に両手首を繋《つな》がれ、床に爪先立ちにされたシュリルは、双丘の奥に水晶のディルドを挿入され、下方から抽挿を繰り返されていた。

牡を象《かたど》った水晶のディルドは、太さと長さがあり、張りだした亀頭の部分で責め続けられると、媚襞が痺れて、窄まる力もゆるんでしまうほどの代物だ。

マクシミリアンによって、無残に散らされた薔薇色《ローズピンク》の蕾《つぼみ》は、その後も度重なる肛虐にさらされたが、受け入れるにはまだ抵抗が強すぎた。

狭すぎる花腔をくつろげるように、マクシミリアンは水晶を操るのだ。

身体の隅々にまで神経が張り詰めた爪先立ちの姿で、媚襞によって蓄められた可憐な花腔を辱められると、さすがのシュリルも人形のように心を閉ざしておくことができないとみえて、身体を顫《ふる》わせ、美しい顔を苦しげに歪《ゆが》めた。

耐えかねて頭が振られ、声音が洩《も》れ、痛々しく歪んだ背筋が、しっとりと汗ばんでくるのを待ちながら、マクシミリアンは時間をかけてなぶった。

――「マクシミリアンさま…」

鍵《かぎ》の掛かった扉の向こうから、老執事ルーベンスが声をかけてきた。

乾いた口唇から乱れた息をついでいたシュリルが、はっとして、面をあげた。

「どうした？」

操る手元を止めないまま、マクシミリアンは扉の外にいる執事に声をかけた。

わずかな間があってから、老いて、抑揚のない、だがやわらかな声が答えた。

「…お見えでございます」

苦悶に下肢を捩《よじ》らせているシュリルの様子を見ながら、マクシミリアンは、

「通せ」と言い、内部深くから、水晶をひきぬいた。

「……んッ……」

亀頭《グランス》を象った先端が、内部から蕾をこじあけてぬき出される瞬間、シュリルは辛《つら》さに喘《あえ》いで、くぐもった呻《うめ》きを嚙《か》み締《し》めた口唇の奥から洩らしていた。

一瞬だけ、下肢が楽になり、シュリルは安堵《あんど》の息をつくことができたが、長時間責め立てられていた花腔は、痺《しび》れきっていた。

マクシミリアンは、引きぬいたディルドを布に包み、石壁の引き出しに戻してくると、シュリルの腰に、剝《は》ぎとった絹の夜着を巻きつけた。

そして、うなだれている彼の黄金の髪を摑《つか》んで面をあげさせた。

気丈にもシュリルは緑潭色《エメラルド》の双眸《そうぼう》を煌《きらめ》かせ、マクシミリアンを睨《にら》んだ。

その双眸を見て、マクシミリアンは嗤《わら》った。

嗤いながら、彼はシュリルの肩越しに扉を開け、部屋のなかへ入ってきた大柄な男のほうへと視線を移した。

マクシミリアンの視線の動きにシュリルも気がつき、身体を捩らせて、背後に立つ男を見た。

「！……」

驚愕《きようがく》とともにひらいた口唇から、声も、息すらも出せなかった。シュリルは、水からあげられた哀れな魚のように、喘いだ。

そこには、上背のある、褐色の鍛えられた肉体を白豹《しろひよう》の毛皮につつみ、腰に長剣を佩《は》いた武人としての出で立ちをしているラモン・ド・ゴール戦将軍が立っていたのだ。

「お忍びにしては物騒だな。アメリス国の国境警備兵に見咎《みとが》められるかもしれないとは考えなかったのか？」

マクシミリアンが、ラモンの姿を親しい調子で揶揄《やゆ》し、それから二人は、改めて再会を喜びあって、握手を交わした。

「毎日が眼の回る忙しさで、身体が幾つあってもたりない」

ラモンはそうぼやき、シュリルの驚愕と狼狽《ろうばい》を、愉《たの》しむように見てから、

「もっと、早くに来たかったが、な」

と、付け加え、吊り上げられているしなやかな裸体を眺め回した。

「お久しぶりですな、シュリル聖将軍」

むき出しの肩は、雪の白さだ。ほっそりとした首筋から、乳輪の薄い胸元にかけての線は、少年期のままに繊細で、下肢を隠す布が、引き裂かれた絹物であると判ると、ひどく淫《みだ》らに思えた。

いつぞやの、狩猟館でみたシュリルの印象と、いまの印象が重なる部分を持っていることにラモンは気がついた。

「…相変わらず、お美しい」

思わず感嘆の言葉を漏らしたものの、すぐさま、ラモンの視線は舐《な》めるようにシュリルの身体へとそそがれた。

シュリルは、不作法な獣に侮蔑《ぶべつ》をなげかけた。

ラモンは、笑った。

「高慢そうなところも、以前と変わらないようだ」

言葉の裡《うち》に、一月あまりも男に凌辱《りようじよく》され続けていながら、瑰麗《かいれい》なるまま、くずれたところを感じさせないシュリルに対する驚きが、入り混じっている。

どことなく獣じみてはいるが、整った容貌《ようぼう》のなかの、琥珀《こはく》色の双眸で、ラモンはマクシミリアンを見た。

「俺に、譲る気になったかい？」

マクシミリアン・ローランドは苦笑を返した。

「約束したはずだ。あの夜、先にシュリルを捕らえた方に権利があると……」

獅子《しし》が吠《ほ》えるように、大仰に、落胆をラモンは表わしてみせた。

「確かに、俺は取り逃した。それでも今になって、あんたが持て余しているのならば、と思ってね」

「持て余してはいないさ。――愉しむ方法ならば、まだ幾らでもある」

マクシミリアンが答えると、ラモンは、シュリルが動揺をみせたことに気づいた。

ラモンは面白そうに眉根《まゆね》を持ちあげた。

「ほお、例えばどんな？」

「例えば、君の前で犯してみせるとか」

言葉の終わるか終わらないかのうちに、シュリルが顔色を変えた。

マクシミリアンの言葉がどれだけ彼に衝撃を与えたかは、青ざめていた肌が、粟立《あわだ》ち、蠟《ろう》のような白さへ変わったことでも窺《うかが》い知ることができた。

彼は、顔を青ざめさせながらも、緑潭色の瞳《ひとみ》を瞠《みひら》き、マクシミリアンがなにを企んでいるのか見逃すまいと睨みつけていた。

その双眸に応《こた》えて、マクシミリアンは、なおも効果的な言葉をついだ。

「ラモン。君が、この見た目が美しいだけの、冷血動物の肉体を試してみるという手もある。もっとも不感症だがな」

シュリルは、瞳を、さらに大きく、驚愕に瞠いた。

「やめてくれ…」と彼は叫びたかったが、そう叫ぶことで、男たちを煽《あお》るだろうことも、判っていた。

自分を苦しめ、辱めるためならば、二人の男はどんなことも厭《いと》わずに行うだろうと、シュリルには思われた。

「いいのか?」

そう問い返してみるものの、思いがけない成り行きに、ラモンは、抑えていた情欲が込みあげてくるのを隠そうとはしなかった。

「君をもてなすには尤《もっと》もなやり方だと思うがな」

実際、二人の男は、その考えが気に入ったようだった。

マクシミリアンは、天井の梁に繫がっている鎖を操作して、吊り上げていたシュリルの両手を下ろし、鎖にも余裕を持たせてやった。

無理やり吊られていた身体が楽になった途端に、下肢の力がぬけ、シュリルは床に頽《くずお》れてしまった。

口唇を噛んで、何としてでも立ちあがろうとするが、長い時間をかけ、苛《さいな》まれた腰が痺れて、思い通りにはならなかった。

その上に、両手を前に揃えて鉄の手枷《てかせ》を嵌《は》められ、鉄枷には天井から長い鎖がついているのだ。鎖につながれた動物のように、動ける範囲が限られる惨めさと、これから起ころうとしていることに対する恐怖と屈辱感に、シュリルは喘いでいた。

マクシミリアンは出窓に寄りかかったまま、視線でラモンを促した。

大柄なエスドリアの軍人は、頷《うなず》いて答えた。

「マクシミリアン。あんたのお許しがあるのならば、据膳《すえぜん》食わぬは男の恥というものだ」

チリッと、鎖がこすれあう音がした。

逃げようとしたシュリルは、だが次の瞬間、ラモン・ド・ゴールに摑みとられ、引《ひ》き摺《ず》られ、床へと押し倒されていた。

「ラモンッ。やめるんだ。こんなことをして…ッ」

両手が思い通りにならないもどかしさに身悶《みもだ》えしながら、シュリルは叫んだ。

「こんなことをして？」

ラモンが意に介さず、揶揄したような口調で反芻《はんすう》してくると、

「よせ、…頼むッ、ラモン、ラモン戦将軍ッ」

シュリルの叫びは、動揺した声音に変わっていた。

マクシミリアンが、視《み》ている。

「ラモン戦将軍ッ」

すでに悲鳴に近い叫びにも、ラモンは嘲笑《ちょうしょう》を浮かべたきりで、シュリルの腰に巻きついている夜着を引き剝いでしまった。

青ざめた白い双丘が露《あらわ》になり、しなやかな裸体が、逃れようと褐色の腕の中でもがいた。

「ラモン、脚をひらかせてみろ」

次にマクシミリアンから発せられた言葉に、シュリルは戦慄《せんりつ》し、背後からラモンの力で押さえつけられていても、激しい抵抗をみせた。

だが、はるかに強い力によって封じられ、屈せられ、シュリルは、屈辱的な姿に押さえ込まれてしまうのだ。

男の腕が、シュリルにのびた。

男の指先が、絹糸のように柔らかな体毛に近づき、淡い感触をかきわけると、触れてきた。

瞬間、シュリルは双眸を閉じ合わせ、口唇を噛《か》んだ。

「まさか…」

ラモンは、呟《つぶや》くと、なおも確かめようとして、腕を差し入れてきた。

身体を慄《ふる》わせて、シュリルは、男の手を拒もうとしたが、ざらついた男の指が、容赦なく花弁に触れて、容《かたち》を確かめ、くつろげて蠢《うごめ》くと、身を竦《すく》ませた。

「信じられん……」

唸《うな》るように口走り、ラモンは、指先で繊細な容を存分になぞってから、前方の象徴をも確かめた。

根元から指でもてあそばれ、扱《しご》かれ、「うぅ…」と、呻《うめ》きを洩《も》らしたところを、シュリルは、ラモンのもう一方の手で、顎《あご》を摑《つか》みあげられた。

ラモンの琥珀色の眼と、シュリルの緑潭色《エメラルド》とが睨み合った。

「う……」

シュリルが視線をそらし、喉《のど》を喘《あえ》がせた。

ラモンの指が、シュリルの肉体の内へと挿入されたのだ。その悍《おぞ》ましい感触に、シュリルは、全身で戦慄した。

「この身体に——…、こういう秘密があったとはな」

挿入した指先で、内部の花襞《はなひだ》を弄《もてあそ》びながら、ラモンは窓際にいるマクシミリアンを振り返った。

その時、マクシミリアンの背後で、稲妻が閃《ひらめ》いたので、ラモンは彼の表情を見ることは出来なかった。

シュリルは、侵入している指の感触に翻弄《ほんろう》され、肩を顫《ふる》わせている。マクシミリアンの指淫《しいん》を受けたことは、もはや数知れず、それ以上に悍ましい行為を強いられてもきたが、今また、ラモンから感じる指触は、まったく違っていた。

ざらついた男の指、傷つけられるような恐怖が、シュリルを顫えあがらせる。

「う…っ…」

ラモンの指が、蠢きながら、触れられたこともないほど奥へ、乱暴に入り込んだ瞬間、シュリルは怺《こら》えきれずに声をたて、痛みに眉根をよせた。

苦痛を感じている様子のシュリルに気づき、ラモンが指を引きぬいたが、続いて今度は、前方に触れ、包皮に守られ、萎《な》えている花芽を弄びはじめた。

「も、もう、やめろッ…ラモン…」

シュリルは身を捩《よじ》らせてラモンの腕から逃れると、鎖を引き摺りながら、寝台のほうへ後退《あとずさ》った。

上背のある、がっしりとした身体を立ちあがらせたラモンは、寝台の柱の陰に逃れたシュリルを追って、近づいた。

「マクシミリアンッ」

不意に、シュリルが、窓際に立っている男に向けて叫んだ。

「マクシミリアン、止めさせろ、こんな……、あ、ああッ」

ラモンが近づいてきて、目の前に屈《かが》んだと思う間もなく、足元をすくわれ、シュリルは寝台の上に押しあげられていた。

素早く身を躱《かわ》し、ラモンから遠ざかろうとしたシュリルの足首を、褐色の腕が摑《つか》んだ。

ハッとしたシュリルが、尖《とが》った息を放ったが、そのままラモンは摑んだ足首を持って、彼を自分の前へ引き摺りよせた。

「やめろッ」

鉄の手枷でつながれた両手を振りあげ、シュリルは、手枷の部分でラモンを殴りつけようとした。その一撃を、こともなく躱したラモンは、逆に激しい抵抗への罰だと言わんばかりに、足首に両手をかけ、下肢を左右に引き裂いた。

「ぁあッ……」

息を詰めて、シュリルが身を捩り、双肢を合わせようとするのを、ラモンがさらに押しひろげた。

シュリルの繊細な造型が、すべて、あらわにされる。

ラモン・ド・ゴールは感嘆の息をついて、

「こうしてみると、なかなか芸術的だな。綺麗《きれい》な形をしておられる」

そう言い、なおも、押さえている腕に力を入れて、下肢をひろげた。

「不感症だそうだが？　シュリル聖将軍……」

ラモンは、無理やりにひらかせた花園を見下ろしながら、眛《そむ》けられているシュリルの面を窺い見た。

「一か月も、慰まれていても駄目か？」

自分を辱め、貶《おとし》め、いたぶるためとはいえ、そのようなことまでラモンに話したマクシミリアンを、シュリルは憎んだ。

言葉でラモンはシュリルをなぶろうとしていたが、下肢を割かれた姿のまま、シュリルが心を閉ざそうとしているのを察したのか、むき出された花園に咲く女花に、舌を這《は》わせた。

「あッ――……」

男の突然の行為に、シュリルが戦慄し、声を洩らした。

「ょ……せッ」

息詰まった声音がシュリルから発せられる。

ラモンの舌が、シュリルの花弁を舐《な》めて、その奥へと入り込む。

蜜蜂《みつばち》が、花から蜜を吸いあげるように、奥へと深々差し入れられ、内部がまさぐられた。

「う……ぅ……」

おぞましさに、シュリルが腰を喘がせた。

熱い舌が、敏感な内壁をぬめぬめと舐めて、吸いあげ、しゃぶってくるのだ。

シュリルは止めさせようとして、両手首を縛《いまし》めている鉄の手枷で、ラモンに一撃を打ち込もうとした。

さすがに油断していたラモンだったが、咄嗟《とっさ》にマクシミリアンが、シュリルを繋《つな》いでいる鎖を引いたことで致命的な一撃を避けられた。

シュリルの反撃は、男を怒らせることになった。

ラモンは、腕を振りあげると、一度、思い知らせるかのように、強く、シュリルの頬を打ちすえた。

勢いあまって、シュリルは寝台の上に横倒しに倒れたが、すぐさま上体を起こし、ラモンを緑潭色の双眸《そうぼう》で睨《ね》めつけた。

ラモンもまた、琥珀《こはく》色の瞳《ひとみ》の奥に残忍な輝きを宿しながら、苛《いじ》められても頭を垂れない小獣のようなシュリルをみた。

「気位の高い猫でも、一度痛い目をみれば、おとなしくなるものだがな」

だがすかさずラモンの腕が伸び、ふたたびシュリルは片脚を摑まれてしまう。自由になるほうの足でラモンの脾腹《ひふく》を蹴《け》りあげようとすると、その足首も摑み捕られた。

「ハッ…ハハハ…」と、ラモンは笑い声をたて、内腿《うちもも》に腕を差し入れると、二本の指で内部をいじり回して責めはじめた。

声を殺して、シュリルは細い肩を顫わせている。

しばらくそれを愉《たの》しんでから、ラモンはシュリルを解放した。

マクシミリアンのほうは、シュリルを許すつもりはなかった。

「客人に対しての失礼は、償わせなければならない」

背後から口をはさんできたマクシミリアンを、シュリルが上目遣いに睨《にら》んだ。

マクシミリアンは、シュリルから視線を逸《そ》らさないまま、彼の両手を縛《いまし》めている鉄枷《てつかせ》の鍵《かぎ》を外した。

咄嗟に、男の意図が判らずに戸惑ったシュリルは、すぐさまマクシミリアンによって捕らえなおされ、両手を一摑みに、後ろ手に捩《ねじ》りあげられた。

容赦のない男の力にシュリルは屈するが、それでもまだ足りないと背後から羽交い締めにしたマクシミリアンは、白い内腿を割いた。

薔薇色《ローズピンク》の花弁ばかりでなく、硬質に引き締まった双丘の、秘裂の奥までが曝《さら》けだされる。

可憐《かれん》な花蕾が露《あらわ》にされると、先ほどまでディルドで責められていた蕾襞は、妖《あや》しく綻《ほころ》んで、男たちの眼に、開花寸前にすらみえた。

女の花弁が、マクシミリアンの指によって左右にくつろげられる。

身動きできない、強い力で押さえられたシュリルが、弱々しく抵抗している背後から、マクシミリアンはラモンに向けて、眼で指し示した。

ともに軍人であり、様々な拷問の経験者でもある二人の男たちの間に、意思の疎通があり、ラモンは、食事用のテーブルに置かれた三本立ての燭台《しょくだい》から、火のついた蠟燭《ろうそく》を一本、ひきぬいて戻ってきた。

シュリルの戦慄《せんりつ》を、背後にいるマクシミリアンは感じることができた。

「ラモンをもてなせなかった罰は、覚悟のうえだろう？ シュリル…」

「あ……ぁあ」と、シュリルは、息を詰めた。

ラモンの持った蠟燭が両脚の間に入り、秘部を照らし出されているのが判ると、シュリルは、羞恥《しゅうち》と恐怖にたまりかねて、双眸を閉じあわせた。

遠くで、不気味に低く、冬の雷が鳴っているのが聞こえた。

精製された蜜蠟の、甘い香りが辺りに漂っている。

僅《わず》かな間、男たちは緊張したようだったが、未だ無垢《むく》な処女のそれに似て、怯《おび》えきった花は、男たちの興を募らせるのだ。

ラモンは、すぐに躊躇《ためら》わなくなっていた。

微《かす》かな炎の揺らめきで、怯えている花弁の上にある花芽の方を掠《かす》めなぞると、シュリルは、「ウッ……」と呻《うめ》いて、瞬く間に、額に脂汗を浮かべた。

「……いっそ殺せッ。殺してくれッ」

叫んだ瞬間、熱い蜜蠟の滴りが、シュリルの花園に落とされ、彼は、ヒッと引きつった。

続いて熱蠟が滴ってくると、シュリルは耐え切れず、やめてくれと頭を振った。

だが、ふたたび溜《た》まった熱い蠟が、花弁に滴ってくる。それは、花弁が守っている花唇の内にまで、入り込んだ。

「う……う……う……」

歯を食いしばって、眉根《まゆね》を寄せたまま、シュリルは頭を振り続けていた。

やがて熱蠟は、花弁を埋めつくし、熱く滴りながら、最奥の蕾へと流れてゆくのだ。シュリルは、全身を痙攣《けいれん》させるように慄《ふる》わせ、苦悶《くもん》にのたうちまわった。

シュリルにとって、耐えがたい辛《つら》さと、屈辱だったのだろう、睫《まつげ》に絡まっていた涙が止めどなく頰をつたっていた。

それを見たラモンは、蠟燭を遠ざけ、シュリルの目の前で、吹き消してみせた。

「あのシュリル聖将軍が、泣くほど辛かったというところで、もう赦すとするか」

ラモンはそう言うと、今度はシュリルの身体を覆っている蠟を剝《は》がすために、手をかけた。

「う、よせッ」

闇雲に抗《あらが》おうとしたシュリルを、ラモンが面白そうに見た。

「このままの方がいいと？」

揶揄《やゆ》するように言いながら、

「ご安心なさい。すぐにまた、満足のいく太いもので埋めて差しあげる」と、付け加え、一思いに身体を覆っている蠟を剝がした。

カチカチと歯を鳴らして、シュリルが慄えている。抱いていたマクシミリアンは、力を緩めてから、嘲った。

「一時熱かっただけで、火傷《やけど》するような熱さじゃないはずだ」

突き放すようにマクシミリアンは言うと、それをラモンが引き継いで説明した。

「敏感なところゆえに、お辛かっただろうが、これが拷問の場合は、鉛を溶かしこんだ熱蠟を滴らせるのですぞ。すると、想像を絶する苦痛と、二目と見られない焼け爛《ただ》れた跡が残る――」

シュリルの顔色が、紙よりも白く、病的に変わった。

「ハッハハ…、怖がらせてしまったようですな」

ラモンは豪快に笑ったが、シュリルのほうは身体から血が引いていくのを止められなかった。

何時か、目の前の男たちは、自分にそれを科するだろうと思ったからだった。

シュリルの異常に気づいたマクシミリアンは、彼が気を失う寸前で抱きかかえた。

血の気を失い、身体を強張《こわば》らせているシュリルを抱いたマクシミリアンは、彼の顎《あご》を上向かせると、微かにひらいた口唇に、生気を吹き込むように口付けを与えた。

シュリルは顫《ふる》えを発したが、マクシミリアンに口唇を貪《むさぼ》られ、硬直した舌を吸われていると、ゆっくりと身体の強張りが溶けてくるのが、見ているラモンにも感じられた。

「なんだか、妬《や》けるな」

そう言いながらも、ラモンもまた、興奮しているさまを隠さない。

口唇を放したマクシミリアンは、苦笑を返しながら、シュリルの身体を突き放した。

「愉しみたまえ、ラモン・ド・ゴール。彼ももう、客人のもてなし方は判っているはずだ」

はっと、シュリルは緑潭色《エメラルド》の瞳を瞠《みひら》いたが、彼は、全身を戦《わなな》かせただけで、その場に弱々しくうつむいた。

さすがに彼も、応《こた》えたらしく、すぐには抗えないほど打ちひしがれている様子だった。

だが、その姿がまた、男たちの興をそそるのだ。

ラモンは、うなだれているシュリルの前に立つと、下肢をくつろげ、牡《おとこ》を探り出してみせた。

床に頽《くずお》れたシュリルは、立ちあがることができないまま、視線で、鋼の肉体を有する軍人のすべてを見た。

猛々《たけだけ》しく天を突いて聳《そび》える雄大な男振りは、シュリルを、新たな恐怖と、絶望に追い詰めた。

彼は、床の上を後退《あとずさ》って、逃げかけた。

それなのに、すっかり怯えてしまっている身体が、捕まれば最後、さらに惨《むご》い辱めをうけると判っていながら、熱蠟で責められた恐怖に竦《すく》んでいるのだ。

「フフ…、怖がることはないのですぞ、俺は、こう見えても情の深い男だ…」

ラモンは、抱きあげたシュリルを寝台に横たえると、褐色の大きな手で、いたわるように撫《な》でながら、青白い肌に口唇で愛撫《あいぶ》を加えはじめた。

未通女をも陥落させると言われたラモンの、狂おしいまでに濃密な愛撫を受けても、シュリルの身体は反応をみせなかった。

彼は、冷たい雪花石膏《せっこう》で刻まれた人形のように横たわったまま、緑潭色の美しい瞳を瞠いて天井を見ているだけだった。

怺《こら》えかねる痛みがある時にだけ、眉が寄せられ、口唇が嚙《か》み締《し》められることはあっても、﨟《ろう》たけた美貌《びぼう》も、造りもののように動かなかった。

憎しみが仲介していても、逆に愛情があっても、相手が反応を示さないと、そこにいるのが生きている人間ではないような錯覚に陥ってくる。ラモンは、マクシミリアンが何時までもシュリルを赦すことができずにいる理由を、知った。

ラモンは、シュリルの身体を俯《うつぶ》せに屈《かが》ませると、今度は背筋にそって口唇をすべらせた。

うなじから、首の付け根、腰から双丘へと愛撫がさがってゆくが、シュリルには何の感慨も与えていないのだった。

ラモンは尻《しり》から腕を差し入れると、指を花弁の奥にある花唇に入り込ませ、蜜《みつ》の潤いを確かめ、失望に呻き声をあげた。

それでも男は、白い双丘の秘裂に隠された蕾《つぼみ》へと興味を移した。

その、可憐な蕾は、今はもうかたく窄《つぼ》まってすべてを拒んでいたが、開花させられた花蕾が持っている妖しくも痛々しい色香を放っている。

人形のようなシュリルでも、この花を散らされることにはまだ狼狽《ろうばい》をみせるだろう。あるいは、泣き叫び、哀願を洩《も》らすかもしれないという思いが、ラモンを駆りたてた。

男は、窓際に寄りかかっているマクシミリアンを、視線で窺《うかが》った。

夕刻までに、まだ間があるというのに、暗くなった空を、鉄格子が嵌《は》まった窓ごと、背景のように背負ったマクシミリアンが、頷《うなず》いた。

彼の心の裡《なか》もまた、荒れる寸前の、今の冬空そのものだった——。

腰を掲げられている屈辱に、うなだれ、口唇を噛んでいるシュリルだけが、気づかない。

「なかなか麗しい女花だが、俺はこちらのほうが好みでな」

許しを得たラモンは、激しく昂《たかぶ》った牡に片手をそえ、シュリルの小さな花蕾におしあてた。

「あッ」と、シュリルが声を放って、逃れようと腰を喘《あえ》がせた。

次の瞬間、一気に、ラモンは重量感のある、巨大な牡を挿入させていた。

「や…めろッ、う…ぁ…あぁッ…あ…」

眼も眩《くら》むような激痛に、シュリルは怺え切れない悲鳴を放った。

マクシミリアンに挑まれる時とは比べ物にならないほどの、限界を越えた肉塊が、シュリルを押しひろげ、容赦なく侵入してくる。束の間、シュリルはすすり泣きを洩らした。

気が遠のき、ふたたび現実に戻った時には、ラモンのすべてが肉体の奥を満たしていた。

「さあ、もう一度お泣きなさい。それでやっとあなたが、生身の人間に思えてくる…」

シュリルの苦悶を思いやることもなく、ラモンは腰を使い、挙句に、マクシミリアンを顎で促した。

二人の男は、互いの裡にある獣性を同調させながら、口唇の端で笑みをつくった。

上着をぬぎ、シャツをくつろげながら、マクシミリアンが近づいてくると、うなだれていたシュリルは、この姦淫《かんいん》にマクシミリアンが加わろうとしているのを察し、瞳《ひとみ》をはっと瞠かせた。

「…マクシミリアンッ」

声を洩らしたシュリルの前で、マクシミリアンは着ている物を脱ぎ捨て、鞭《むち》のようにしなやかな裸体をあらわした。

彼は、片手で股間の牡を駆り勃《た》てながら、何時になく優しい声音で、

「シュリル」と、名前を呼んだ。

だがすぐさま、マクシミリアンの双眸《そうぼう》には、憎しみの焔《ほのお》が噴きあがる。

「お前のすべてを凌辱《りょうじょく》してやる」

シュリルは青ざめてマクシミリアンを見た。

何としてでも逃れたいと身動《みじろ》いだが、背後に深く穿《うが》たれているラモンの楔が、シュリルの動きを封じていた。

頭を振ることすら、叶《かな》わなかった。

目の前に、マクシミリアンが下りてくる。

背後のラモンが、受け入れさせるために、秘花を隠している腰を持ちあがらせた。

シュリルは、男の凶器から目を睽《そむ》けていたが、慄《ふる》えを隠すことはできなかった。

「ううッ……」

熱い魂が、怯《おび》え切った花弁に触れた瞬間に、戦慄《せんりつ》の呻《うめ》きがシュリルの口唇からこぼれた。

彼の感じている追い詰められた思いと、屈辱感、そして恐怖が、男たちの官能を刺激した。

マクシミリアンは、花びらを指でかきわけ、先端を擦《こす》りつける。

シュリルは、歯を食いしばった。

そんな細い頤《おとがい》に手をかけ、マクシミリアンはシュリルの顔をうわむかせた。

「口を開けろ」

口唇に指をかけ、味わうようになぞってから、「…少しは楽になる」と、言うなり、マクシミリアンは、花弁に押し当てていた牡を、花唇の内に潜り込ませた。

「う、う、ぐッ…」

シュリルが身体をのけ反らせ、背後にいるラモンにぶつかるようにして、もたれかかった。

激しい抵抗が内部にあるのを感じながら、マクシミリアンは、慎重に、下肢を進めた。

反らせた細い顎が、ガクガクと慄え、やがてシュリルは激しく頭を振っては「やめてくれ」と口走った。

「苦しい、やめてくれ…」と、何度となく繰り返されるのが、何時しか、「赦して、赦して」に変わる。

マクシミリアンのすべてが納まってしまう頃には、痛苦と圧迫感に常態を欠いて、彼は自失したままラモンに抱かれていた。

繊細な、薄い媚膜《ねんまく》によって隔たれている牡たちがお互いの動きで擦れあった。

淫靡《いんび》な刺激。

奇妙な一体感がそこに生まれる。

「あ――ッ、あッ、あぁ――ッ、やめて…」

神経を逆撫でされるような、悍《おぞ》ましい、怺えがたい感触に肉体の芯を埋めつくされているシュリルのほうは、二人の動きに合わせて翻弄《ほんろう》され、惨めに泣き叫んだ。

「や…め、…こんな、あぁもう、もう苦しめないで……」

理性を失い、哀願を口走るシュリルの咽《むせ》び泣きの合間をぬって、稲妻が裂くように空を走りぬけた。

背後から、腕をのばしてシュリルの顔を捕らえたラモンが、口唇を貪《むさぼ》った。

「あう……」

ふたたび、二人の男に肉体を突きあげられながら、シュリルは絶叫した。

絶叫と、雷撃のすさまじい音が重なる。

瞬間、カッとシュリルは双眸を瞠《みひら》き、虚空を見据えた。

「…お父さま」

不意に、シュリルは虚空の闇に向かって、まったく今までとは異なる虚《うつ》ろな視線を投げかけた。

だが、花唇を突きあげられ、後花をえぐられると、ふたたび現実に立ち戻り、シュリルは、身悶《みもだ》えて悲鳴を放ち、

「…殺せ」

と叫んでは、切ない呻きをあげる。

二匹の牡が、自在に暴れると、肉体の内部をかき乱される圧迫感にシュリルは涙を溢《あふ》れさせ、「赦して、苦しい…」と錯乱したように哀願し、そしてまた、叫ぶのだ。

「いっそ、一思いに殺して、楽にしてくれ…」

双眸が、焦点を欠いていた。

その瞳に、窓の向こうに走った雷光が映った。

ビクッと、シュリルが竦《すく》みあがったことを、彼の内部深くに入り込んでいる二つの牡が

感じていた。

男たちの律動が激しくなった。

肉体の双芯《そうしん》に、膨れあがる男たちの象を感じて、「ああ……あ、身体が、壊れるっ……」

シュリルは惑乱してしまい、叫んだ。

肉体の内から、苛《さいな》まれて壊され、殺されるのだ——。

この時すでに、シュリルの感覚のなかから、二人は消え去っていた。

やがて彼は、闇の奥へと堕《お》ちていった。

遠くで、また、雷が鳴り響いた。


カッと、部屋のなかを照らし出した稲妻の光に、シュリルは意識を取り戻した。

時間の感覚がない。マクシミリアンと、ラモンの姿はなかった。部屋の様子も変わっていない。ただ、テーブルの上に、食事の用意がされてあった。

シュリルは、二人の男に、同時に凌辱されたあげく、意識を失い、暖炉の前に放っておかれたのだ。

責めなぶられた下肢が、まだ顫《ふる》え、肉体の芯に疼痛《とうつう》が残っていた。

シュリルは、じっと痛みをこらえる傷ついた動物のように、暖炉の前で蹲《うずくま》っていたが、屈辱感に、拳《こぶし》を握りしめて呻いた。

そこに、切り裂くような稲妻が閃《ひらめ》いた。

ビクッと、シュリルは竦みあがった。

彼は、両手で自分の耳を押さえ、瞳を堅く閉じ合わせた。

シュリルは、塞《ふさ》いだ耳の奥で、雷撃を聞いていた。

はるか以前の、遠い過去から、その音が聞こえてくるかのようだった。

同時に彼の脳裏に、忌まわしい過去が甦《よみがえ》ってきた。


冷気が張り詰めた夜空を、稲妻が走り、雷撃が轟《とどろ》いた。

置き時計が、午前一時を報《しら》せるのを聞いて、マクシミリアンは読んでいた本を閉じ、枕元のランプの火をしぼった。

天空を稲妻が駆け巡り、間をおかず、雷鳴が轟いた。

農民たちが「雪下ろし」と呼んでいる雷が鳴り響くと、本格的な雪が降るのだ。朝には、一面が白皚々《はくがいがい》の世界となっているだろうと思いながら、マクシミリアンは、寝台から起きあがった。

ともにシュリルを犯し、悦を極め、肉欲を満たしたラモンは、天候が荒れてくるのを察し、晩餐《ばんさん》もそこそこに引きあげて行った。

近いうちにふたたび、と約束し合っていながら、マクシミリアンはどこか後悔している。

しかし、そんな気持ちに長く心を煩わされることもなく、彼はガウンを羽織ると、寝室を出た。

石をくりぬいた窓から、雷光が差し込み、暗い城内が照らし出される。大地にまで干渉する地響きをともなった雷動が響き渡るなか、マクシミリアンはシュリルの様子を看《み》るために、塔へと通じる階段を登った。

最初の鉄扉の鍵《かぎ》をあけ、奥にあるもう一枚の扉を開ける前に、小窓から室内の様子を窺《うかが》うと、暖炉の側にシュリルが蹲っているのが見えた。

彼が全裸のまま、発作を起こしたように激しく慄《ふる》えているのが判ると、マクシミリアンは急いで部屋のなかへ入り、シュリルへ近づいた。

ラモンとともに、長い時間をかけた凌辱《りょうじょく》の最中、シュリルの状態が普通でなかったことをマクシミリアンは思い出した。

マクシミリアンは失神したシュリルを、あえて放って置き去りにしたのだ。

凌辱によって彼の肉体は目覚めたが、心のほうは耐えきれず、壊れたのかもしれない——。

そこに、激しい落雷の轟きがおこり、シュリルは、怯えた子供のように悲鳴を放った。

「シュリル？」

近づいてくるマクシミリアンの気配に、黄金の髪がゆらいで、暖炉の前に蹲っていたシュリルが、頭をあげた。

シュリルは床を這《は》って後退《あとずさ》った。

「…殺さないで」

微《かす》かな呻き声が、彼からこぼれた。

「殺さないで、決して、決して知られないようにするから、殺さないで……」

怯え切って、かぼそく、半ば絶望している声が、シュリルから洩《も》らされる。

轟く雷に、ビクリッと竦みあがりながら、シュリルは哀願を繰り返している。

彼が異常な心理状態にあることは、マクシミリアンにもみてとれた。

目の前にいるのは、マクシミリアンに捕らえられ、辱められ、屈辱に打ちひしがれていたシュリルではなかった。もっと弱々しい、もっと別の、シュリル・アロワージュの姿だった。

「シュリル？」

身体を摑《つか》もうとしたマクシミリアンの腕から逃れて、シュリルは頭を振った。

「いや、許して、お父さまッ、殺さないで…」

シュリルは、マクシミリアンを双眸に映しながら、別の人間を視《み》ていた。

過去の、子供の頃の記憶。それも恐ろしい、殺されようとした時の記憶が、雷の音とともに、彼の裡《なか》に甦ってきたのだ。

「…あぁ、どうして、お父さまが……」

「シュリル、なにに怯《おび》えている？　雷か、それとも、誰がお前を殺しにくるというのだ？」

強い力で身体を摑まれ、抱きとられたシュリルは、ハッとしてマクシミリアンを瞪《みつ》め、一瞬、正気に戻ったように大きく瞳《ひとみ》を瞠いた。

だが、彼はまだ、悪夢にとらわれていて、叫んだ。

「…知らない、知らない人だ。わたしは知らない、見たこともない人だッ」

頑なに言い張る言葉の激しさに嘘を感じて、マクシミリアンは腕のなかのシュリルをさらに強い力で獲《と》えなおした。

「誰を庇《かば》っている？　お前を殺そうとしたものを庇っているのか？」

「あ、ああ、…あ――」

苦しそうに息をついでいたシュリルは、背後で轟いた一層激しい雷撃の音に、鋭く息を詰め、緑潭色《エメラルド》の瞳にマクシミリアンを映し出した。

「マクシミリアン」

彼の名を口走ったシュリルだが、新たな恐怖を覚え、戦慄《せんりつ》していた。

マクシミリアンは、正気に戻ったシュリルが、今度は自分に対し、怯えと嫌悪と、軽蔑《けいべつ》を含んだ複雑な表情をみせたのに気づくと、抱いていた身体を離した。

シュリルは、裸体を庇うように両手を胸元で交差させた。

たった今まで、マクシミリアンの裡にあった憐憫《れんびん》の情が、その上に薄皮を被《かぶ》せられたようになり、やがて意識できないものとなってゆく。

口元を歪《ゆが》めて、

「雪が降るぞ……」

次にマクシミリアンはそう言った。

いつの間にか雷は止んで、外は不気味なほど静かになっていた。

鉄格子の嵌《は》まった窓の向こうに、音もなく雪が降りはじめたのだ。

マクシミリアンは、身体を硬くしているシュリルへ一瞥《いちべつ》をくれると、踵《きびす》を返し、塔の部屋を出ていった。

自分の部屋へ戻ったマクシミリアンは、寝台へは行かず、火の気のない書斎へ入り、短い手紙を書きあげた。

二

夜半より降りはじめた雪は、朝には止んでいた。

マクシミリアンは、ルーベンスに手紙を持たせて出かけさせ、自分はシュリルの朝食を用意すると、八時に塔の部屋へあがった。

まだシュリルは寝台の中で微睡《まどろ》んでいたが、マクシミリアンが入ってきた気配に眼を覚まし、飛び起きた。

「今日のご機嫌はいかが、かな？」

マクシミリアンが訊《き》いてくるのを無視すると、シュリルは手探りで寝台の脇に落ちていた絹の夜着を拾いあげ、纏《まと》った。

まだ肉体の奥に疼痛が残っているシュリルの動作は、どれもが緩慢で、痛々しくすらあっった。

シュリルを凝視《みつ》めながら、マクシミリアンは鼻先で嗤《わら》った。

「昨夜は、興味深いものを見せてもらったよ」

「わたしが、……なに…を……」

自分が、夜のうちになにか恐ろしい思いをしたことは憶《おぼ》えているシュリルは、マクシミリアンの言葉に動揺を表わした。

「さあ、自分で思い出してみるんだな」

突き放して答えると、マクシミリアンは、いつものテーブルではなく、寝台に卓を乗せて、シュリルの前に朝食を並べた。

朝から、赤い葡萄《ぶどう》酒と、蜂蜜《はちみつ》をかけたレーズン入りオートミールを出されて、いささか戸惑っているシュリルを気にかける様子もなく、マクシミリアンは暖炉の灰を片づけはじめた。

シュリルは、叫び過ぎたせいで喉《のど》を傷めていた。

葡萄酒を飲もうとした時に、喉に染みるような痛みを感じて、彼は二人の男から受けた暴力の数々を思い出させられた。

途端に、涙がこみあげてきた。

シュリルにとっても、どうしようもない、突然の怺《こら》えがたい感情で、彼は、マクシミリアンに気づかれずに取り繕うことすら出来なかった。

「ずいぶんと、応《こた》えたようだな」

暖炉に寄りかかったマクシミリアンは、シュリルが涙を零《こぼ》し、嗚咽《おえつ》を嚙《か》むのを見ていた。

「…マクシミリアン……」

先に口を開いたのは、泣いて、濡《ぬ》れた声のシュリルのほうだった。

「クラウディアの兄であるお前が、わたしを憎むのは仕方がない。なにをされても…わたし…は…だが、ラモンは、…二度とラモンだけはわたしに……——」

やっと言葉を紡ぎ出したものの、身に受けた凌辱を想い出した途端に新たな涙が込みあげてきて、その先が続かないのだ。

「ラモンに抱かれるのは嫌だというのか？」

マクシミリアンにそう問われ、声が涙声になってしまうのを隠そうと、口元を両手で覆ったシュリルが頷《うなず》いた。

脆くなった心を曝すシュリルを、マクシミリアンは冷ややかに見た。

「では、お前を苦しめるには、あの男を呼べばいいということになるな」

「あ——」

ハッとしたシュリルは、自らマクシミリアンに弱みを晒《さら》してしまったことを、後悔するように、瞠《みひら》いた目を逸《そ》らした。

「お前をどう扱うかは、俺が決めることだ」

次にマクシミリアンは、

「判ったら、食事をすませるのだな。終わったら着替えて、階下へ降りてくるんだ」

閉じ込めている塔の部屋を出て、階下へ降りてこいという、思いがけないことを口にした。

驚いているシュリルの前に、壁に嵌め込まれている衣装箪笥《だんす》から女物のゆったりとしたドレスを取り出して、寝台の足元に放った。

「ここには女物しか置いてない。我慢するんだな」

マクシミリアンはそう付け加えると、部屋を横切り、扉の鍵《かぎ》を掛けずに出ていった。

シュリルは、戸惑っていた。

だが、いわれた通りに、食事をすませると、マクシミリアンが取り出した白い繻子《サテン》のドレスを纏い、乱れた髪にブラシをあててから、塔の部屋を出た。

石積みの階段を、シュリルは室内履のまま降りた。

塔が高い位置にあるせいか、冬風がビョービョーと鳴いているのが聞こえた。

階段を降りた先にもまた扉があり、手で押し開くと、目の前に幕布《カーテン》が下りているのが判った。

掻《か》き分《わ》けるようにして幕布を潜ると、薄暗い廊下が、前にも後ろにも延々と続いているところに出た。

まわりの壁は、扉を覆い隠すように古びた綴《つづ》れ織《お》りの幕布で覆われている。シュリルは、自分が開けて出てきた扉もまた、幕布によって覆い隠されてしまっているのを見た。階段を降りた先に、マクシミリアンがいるか、何らかの部屋があると思っていたシュリルは、自分が思い違いをしていたと気づいたが、同時に、男の真意をはかりかねて、困惑した。

どこかにマクシミリアンが身を潜めているのではないかと疑いながら、シュリルは薄暗い廊下を歩きはじめた。

廊下は、枝分かれしたように前後左右へと複雑に入り組んでいた。壁づたいに歩いてゆくと、幕布の奥にいくつもの扉が隠されていることが分かった。

扉を開けてそのなかを見ると、そこには部屋があるのではなく、階段が隠されていたり、あるいは扉の向こうに一枚の巨大な鏡が置いてあったりする。

かつて、国境ぞいの城塞《じょうさい》として築かれ、その後は王母の居城になり、貴人の幽閉城になったこの城は、内部を迷宮のように複雑にしていった。それは、閉じ込めた貴人を逃亡させるのを防ぎ、敵の侵入や、暗殺者から身を守るためだった。

ためしにシュリルは、ひとつの扉のなかにある階段を降りてみると、また、長い廊下が続く階に出た。

壮麗な内部。巣くう闇の昏《くら》さと、漂う黴《かび》臭さが、城の歴史を伝えようとしていた。

そして、床に敷かれている色褪《いろあ》せた絨毯《じゅうたん》が、足音を呑《の》み込んでしまい、長く歩いていると、シュリルは夢のなかにいるのではないかと錯覚してくる。

しばらく歩いて引き返そうとしたシュリルだったが、途中で、気をつけていたにも拘《かかわ》らず、自分が迷ってしまったことを悟った。

不思議と、恐怖心は湧かなかった。

束の間、シュリルを自由にしたマクシミリアンだが、その気紛れが終われば、有無を言わさず連れ戻しにくるだろうと思えたからだ。

迷ってからもしばらく歩いているうちに、シュリルは、足元の絨毯に描かれた模様が、意味を持っていることに気づいた。

巧《うま》く解読できれば、迷わずに、どこへでも行けるのだ。

その時間があればであったが……。

シュリルは歩きまわり、幕布の扉を探し出し、開いて、なかを見た。

どこかで、風が鳴いているのが聞こえた。

彼は、自分がまだ、城の高い位置にいることしか、判らなかった。

肌寒さを感じて、どこかの部屋で休もうと思ったシュリルは、ちょうど廊下の突き当たりに、ぼろぼろになった幕布から扉の把手《とって》を覗《のぞ》かせている部屋を見つけ、そこへ行ってみることにした。

今まで覗いてみた部屋の様子から、どの部屋も、それがかつて使用されていたままの状態で残っていることが判っていた。

幾つかは、家具や調度に布を被《かぶ》せて保護してあるところもあったが、そのほとんどが、古《いにしえ》の空気をそこにとどめたまま、打ち捨てられたようになっている。

高価な家具も、美事な装飾も、埃《ほこり》をかぶり、昔の栄華の片鱗《へんりん》すら残せずに、色褪せているのだ。

突き当たりの扉は、今までとは違う材質で、一目で、特別の部屋であることが判った。

一瞬、シュリルはマクシミリアンの部屋かもしれないと思ったのだが、違っていた。

真鍮《しんちゅう》の、獅子《しし》の頭部を細工された扉の把手に、うっすらと埃が溜《た》まっていたのだ。

把手に手をかけ、軽く捻《ひね》ると、それは苦もなく動いた。

片手で押して、扉を開け、シュリルは部屋のなかを覗いてみた。

換気されていない、埃っぽい空気で満たされているが、窓に幕布が降りていないこともあって、部屋のなかは明るかった。

家具も、壁の装飾品も、彫刻も、すべて東洋風に統一されている部屋だった。

聖母崇拝からくる女性への崇拝を美徳の根底に、騎士道を確立してきた三国とは異なり、東洋は女性というものの個性を否定した文化だ。

それゆえに、東洋の美学には、女性的なロマンチシズムが感じられない。東洋にあるのは、神秘と、静寂の空間だ。

シュリルは興味深げに部屋のなかを見回した。

白磁の壺《つぼ》、七宝の飾り絵、黒檀《こくたん》のテーブル、手描きの扇などがひっそりと飾られている。

歩き疲れた身体を休める椅子か、腰を下ろせる清潔な絨毯が敷かれている所を探していた彼は、この部屋にそれを望むことを諦《あきら》めて、扉のところへ引き返そうとした。

その時、シュリルは自分に注がれている視線を感じ、思わず振り返った。

部屋の奥にある象嵌《ぞうがん》細工を施された東洋箪笥の上に、それはあり、シュリルを見つめていた。

シュリルは、衝撃によろめいた。

昨日の屈辱と、恐怖から完全に立ち直れていないシュリルの心が、真っ先に乱された。

「ヴィクトル……」

悲鳴に近い声が、シュリルから放たれた。

シュリルのただ一人の弟。死んだ弟。父ギョーム公が、シュリルを廃嫡し、エレオノール家の跡継ぎと定めたヴィクトル・ギョーム・エレオノール。

東洋箪笥の上に、シュリルは剝製《はくせい》にされたヴィクトルの人頭を見たのだ。

弟の、波打っていた金髪はすでに色褪せ、蠟《ろう》のような肌の色、乾いてひび割れた口唇。ギョーム公が愛した深海色《ダークグリーン》の瞳《ひとみ》。その緑の瞳が、憎しみを込めてシュリルを睨《ね》めつけていた。

恐ろしい記憶が甦《よみがえ》ってくる。

――ヴィクトル・ギョーム・エレオノール。

正真正銘、間違うかたなき男子。

誰に恥じることもない大貴族の跡取りとなった少年。

だが、ヴィクトルはギョーム公の願いも虚《むな》しく、落馬事故で死んだのだ。

ヴィクトルを諦め切れなかったギョーム公は、秘かに、埋葬された墓を暴き、最愛の息子の頭部を持ち帰った。

最高の剝製職人を呼び寄せ、ギョーム公はヴィクトルの頭部を剝製に加工させた。

その時、すでにギョーム公は狂っていた。

剝製の首だけになったヴィクトルは、ギョーム公が死ぬまで、エレオノール家の跡取りとして存在していた。自分にとって代わることになった兄のシュリルを憎みながら、エレオノールの城の奥深くに、存在していたのだ。

ギョーム公の死とともに、首は葬られた。

埋葬したのは、シュリル自身だったはずだ。

それが、目の前に現われたのだ。

ともにシュリルを憎むもの同士として、マクシミリアン・ローランドに黄泉《よみ》の国から召喚されたのか、彼の前に出現した。

「ああ…、なぜ、ここに…ヴィクトルッ……」

シュリルはよろめくように後退《あとずさ》った。

深海色の双眸《そうぼう》から放たれる、怨《うら》みに燃えあがった視線を避けようと、シュリルは両手で顔を覆った。

——無駄だった。

その視線を避けることは出来なかった。昔も、現在も……。

「なぜ、わたしを憎む、わたしが望んだことじゃない、わたしが……」

身体のなかの血が引き、シュリルは自分が耐えきれずに倒れると思った。

その時、後ろから両肩を掴《つか》まれた。

ヒッと喉《のど》を引き詰めて、シュリルが振り返った。

マクシミリアンが立っていた。

「ヴィクトルが睨《にら》んでいる。お前が、墓を暴いたのか？……」

うわ言のように、東洋簞笥《だんす》の上を指差し、シュリルは訴えた。

緑潭色《エメラルド》の瞳の焦点が、自分を通り越して、別のものを見ている。マクシミリアンは、昨日の怯《おび》え方と同じであることに気づいた。

「シュリル？」

摑んだ肩を激しく揺さぶり、シュリルを正気づかせようとしたが、それでも駄目だと判ると、マクシミリアンは彼の頰を打って、痛みのショックで現実に引き戻そうとした。

緑潭色の瞳が収斂《しゅうれん》して、焦点がマクシミリアンに定まったのも束の間、すぐさまシュリルは、また熱に浮かされたように、「ヴィクトルが…」と、繰り返すのだ。

シュリルが怯えているものの正体にマクシミリアンは気がつくと、簞笥のところへ行き、その人首を取ってきた。

「よせッ……」

避けようとしてシュリルは後退ったが、

「よく見るんだ。これはただの菓子入れだ」と、マクシミリアンに言われ、目の前に突きつけられると、今度は別の驚きを示した。

確かに、マクシミリアンの手のなかにあるのは、金髪の少女の頭部を象《かたど》った陶器で、頭の部分が蓋《ふた》になった菓子入れだった。

「ヴィクトルの、剝製にされた首だったのに……」

正気に戻ってからも、シュリルはうわ言を口走った。

するとマクシミリアンは、シュリルに、菓子入れを自分の手に持ってみろと言った。

シュリルは怯え、嫌がったが、無理やりに手渡されてしまうと、今度は頭の蓋を開いて、底にこびりついているチョコレートの残骸《ざんがい》らしきものを見せられた。

「判っただろう？　さあ、俺に返してくれ」

マクシミリアンは、菓子入《そ》れを受けとろうとして腕を差し出した。

手渡そうとしたシュリルは、マクシミリアンが受けとったと思い、手を離した。瞬間、菓子入れは支えを失って床に落ち、パンと勢いよく音をたてて割れた。

「あ…ッ」

声をあげたシュリルに、マクシミリアンは、

「確かに、陶器の頭だったな？　それも壊れてしまった。だから、もう怖いものはなくな

ったな？」

と、言った。

シュリルは、マクシミリアンが自分のために、わざと頭部を取り落として割ったのだと知った。

信じられない思いだった。

どういう気紛れがマクシミリアンに生じたのか判らないが、それでもシュリルには充分すぎた。

かつて、誰一人として、シュリルを救ってはくれなかった。これまで誰も、シュリルがなにを必要としているのか、どうして怯えているのかを思いやってくれるものはいなかったのだ。

それを、マクシミリアン・ローランドは、こともなく成し遂げた。

シュリルは、驚きの眼で男を見た。

「しっかりしろ、ヴィクトルとは、誰だ？」

マクシミリアンは、シュリルが落ち着いたころを見計らって、問うた。

「わたしの、弟だ」

もう、彼に隠すことなどできないと思ったのか、シュリルは答えた。

「なぜ、その弟に怯える？」

マクシミリアンは、鎌をかけるように、

「まさか、お前が殺したとでも？」と続けると、シュリルは、「違うッ」と叫んだ。

「違う。ヴィクトルは落馬事故で死んだのだ」

シュリルがその先を続けられなくなって口唇を噛《か》んだのに気づくと、マクシミリアンの方で言葉を継いだ。

「生前のヴィクトルは、お前を憎んでいた」

「そうだ」

見透かされたように言われ、シュリルは認めてから続けた。

「わたしは、生きていることで、誰からも憎まれる運命なのだ。この肉体があるかぎり……」

ふっと、自嘲《じちょう》的にシュリルは口元に笑いをつくると、マクシミリアンを緑潭色の瞳で瞪《みつ》めた。

「お前も、わたしを憎んでいる」

マクシミリアン・ローランドの、黒曜石の瞳が揺らめくように光を放った。

黒い双眸は光の加減によって、とても優しく見える時がある。シュリルは、目の前の男からいつもと違う印象を受け、戸惑い、許容しかね、視線を伏せた。

「ヴィクトルは、わたしの二つ違いの弟で、エレオノールの跡取りだったが、十歳の年に亡くなったのだ。父は仕方なく、わたしを遠ざけていたギドゥーの離宮から呼び寄せ、跡継ぎと認めなければならなくなった」

シュリルは、マクシミリアンに、父親のギョーム公がヴィクトルの首を剝製《はくせい》にして部屋に置いていたことを話し、それがどれだけ、自分にとって恐ろしいことだったか、正直に告白した。

嘲笑《あざわら》われようとも、構わなかったが、マクシミリアンは笑わなかった。

「エレオノールの城に住むことになったわたしは、城の中に、まだヴィクトルがいることを感じた。父もそのように振るまっていた。実際に、父はヴィクトルの死を認めようとしなかったのだ」

晩年のギョーム公は、正気を逸していた。

「父が正気に戻ったのは、死ぬ間際だった。彼は、自分とともにヴィクトルの首を埋葬してほしいという一念だけで、正気を取り戻したのだ」

その時のことを思い出したのか、シュリルは双眸を曇らせ、神経質に瞬かせた。

ふたたびシュリルが過去の闇に落ち込むのかと思ったが、それはマクシミリアンの杞憂《きゆう》に過ぎなかった。

いまはもう、彼は正気を保っていた。

それは、マクシミリアンの力によるものだった。

「双眸を青白く炯《ひか》らせ、わたしを憎んでいることを隠さないヴィクトルの首が恐ろしくてたまらなかったので、葬ることに異存はなかった。むしろ、そうすることで、わたしも、ヴィクトルに許されるだろうと思えた。もう、あの双眸に凝視《みつ》められることもないと…だが、父を埋葬する日、初めてヴィクトルの頭部を手に取ったわたしは、恐れ続けていた彼の双眸が……、表面に粉のような黴《かび》を浮かべたガラス玉だったことを知ったのだ」

自嘲的に、シュリルは言葉をさえぎり、喉の奥を顫《ふる》わせて笑った。

「恐れ続けたものの正体が判って、わたしは安堵《あんど》したと同時に、なにをしたと思う？」

間を置かず、シュリルは言葉を続けた。

「わたしは、ヴィクトルの首を父の棺に入れなかったのだ」

そう告白してしまってから、シュリルは、絶えず心の片隅に存在していたヴィクトルの亡霊と、父親を裏切った罪の意識が、薄れてゆくのを感じていた。

「首は、本来あるべき場所に、ヴィクトルの墓に戻した……」

「…俺も、そうしただろうな」

呟《つぶや》くように、マクシミリアン・ローランドはシュリルに向かって言った。

シュリルは、彼を凝視めた。

昨日、あれほど酷《ひど》い仕打ちをした男と、目の前の男が同一であることを、シュリルは信じられない思いがした。

それからシュリルは、幾つかの扉を潜り、階段を降りて、マクシミリアンの部屋がある階へ連れて行かれた。

マクシミリアンの居間は、洗練された家具に囲まれた、居心地の良い場所だった。

城全体に漂う埃《ほこり》と湿気の臭いが、そこにはなかった。

壁一面の本棚、手の届く位置には、まだ新しい本が並び、シュリルは背表紙をみながら、マクシミリアンが、幾つかの国の本を、原書で読めるのだと気づいた。

昼食は、マクシミリアンが自ら用意した。

「ルーベンスが出かけているからな」

彼は、簡単な食事であることをそう言い訳して、栗を甘く煮とかした栗蜜《くりみつ》と、辛菜、卵の三種類のサンドイッチ、温めたミートローフ、シュリルのために熱い紅茶、自分のためには珈琲《コーヒー》を淹《い》れた。

「城のなかを歩きまわってもかまわんぞ」

昼食の後で、マクシミリアンはまたもシュリルを驚かせた。

「もっとも、また何かあってもすぐに助けにいけるとは限らないが」

脅すような物言いだが、何時もみせる冷淡な様子が、そこにはなかった。

却《かえ》って訝《いぶか》しんだシュリルは、長椅子に腰かけて、寛《くつろ》いでいるマクシミリアンの様子を窺《うかが》わねばならなかった。

シュリルは、何か言葉で答えようと思った。

その時、廊下側の扉が小さくノックされる音がして、それきりこの話は中断された。

マクシミリアンに頼まれ、朝早くから出かけていたルーベンスが戻ってきたのだ。

彼は、二言、三言、マクシミリアンと話していたが、小さなビロード張りの箱を手渡し、下がって行った。

扉のところでマクシミリアンは箱のなかを見て、すぐさまそれを閉じてしまうと、ふたたび長椅子の所へ戻ってきた。

マクシミリアンから離れて、シュリルは窓際の寝椅子に座った。

城のなかを見て回る気持ちにはなれなかった。たとえ、逃げられるかもしれない可能性があったとしても、今のシュリルの状態では、すべてが無理だった。

何をするわけでもなく、シュリルとマクシミリアンは、午後の大半の時間を、居間で過ごした。

二人きりでいて、静かに時間を過ごせるのは、初めてだった。

シュリルは、干渉されず、自由にしていてよかったのだ。

夕食は、別の階にある百年も前のものと思われる室内装飾で飾られた優雅な小広間『聖生誕《十二》月の間』に用意され、給仕にルーベンスがついた。

マクシミリアンと向かい合って食事をするのは、これで二度目になるが、彼のマナーは、宮廷礼法に適《かな》ったものだった。

領民を統治する貴族でもあり、同時に軍人でもあるマクシミリアンは、二面性を有していた。洗練された上品さと、獰猛《どうもう》な獣のような野蛮さ。シュリルは、この男がラモン・ド・ゴール戦将軍と気があう理由をみつけた。

似ているのだ。

そんなことを考えて、あまり凝視しすぎたのだろうか、

「なにを見ている？　俺が食事をするのが珍しいのか？」

マクシミリアンにそう訊《き》かれ、シュリルは自分が悪いことをしたかのように、瞳《ひとみ》を伏せた。

その様な、恥じらった様子をみせたシュリルは、マクシミリアンの興味を引いた。

しかし、次にシュリルが、

「人間は、食事をしている姿に本性が出ると聞いたことがある……」と、言うのを聞いて、マクシミリアンは口元を皮肉に歪《ゆが》めた。

「俺の食い方が気に入らないなら、はっきりそう言え」

シュリルは男を不快にさせたことを悟ったが、言い訳や、取り繕う言葉が出てこなかった。

マクシミリアンもそれ以上は言わなかったので、どうやら収まった。

気まずくなったが、夕食は、鴨の肉料理が中心で、葡萄《ぶどう》酒も、チーズをつかったデザートも、申し分なかった。

領地からとれる葡萄で醸成される葡萄酒を、三度の食事に飲むことが、マクシミリアンの仕事の一つでもあるようだった。

実際、彼は、もっと別の酒類を欲している様子があったからだ。

午後八時をまわる頃、シュリルは小綺麗《こぎれい》に整えられた寝室へと連れて行かれた。

壁に青い花柄の壁紙を使い、大理石の装飾暖炉と天蓋付寝台《キャノピー・ベッド》、大きな衣装箪笥《だんす》に、鏡を乗せた化粧箪笥も置かれているという、いくぶんか女性的な優雅さを漂わせている寝室で、奥には専用の浴室がついていた。

マクシミリアンは、ローズ色の陶器で出来た浴槽が置かれてある浴室をシュリルに見せ、それから、

「気にいったか？」と訊いた。

どう答えてよいのかに戸惑い、シュリルが黙っていると、マクシミリアンは扉のところまで歩いて行き、そこで振り返った。

「俺は、二つ隣の寝室にいる。用があったら、自分から訪ねてくるんだな」

そう言うと、シュリルに与えた寝室から出ていった。

悲しげな、風のすすり泣きが聞こえる塔の部屋に戻されずにすんだことに、シュリルは安堵《あんど》した。

第四章　愛か、憎しみか…

一

雪が降り続いた三日ほど、シュリルは、塔の部屋に戻されることもなく、城の中で自由に歩き回ることを許されていた。

夜も、一人で眠ることが出来た。

マクシミリアンは、この三日間、シュリルに指一本触れてこなかった。

心の裡《うち》に甦《よみがえ》ったヴィクトルの記憶は、それきり、シュリルを悩ませることはなかった。

シュリルは、あの陶器の頭が置かれていた部屋へ行ってみる機会があったが、床は片づけられていて、跡形もなくなっていた。

歴史と、消えさった栄華と、行き過ぎていった人々の気配だけを残して、闇に変え、内蔵しているこの城は、もはや侵入者であるシュリルを拒まなかった。

その証《あかし》として、城は、彼に絨毯《じゅうたん》の秘密を読み取る力を授けた。

シュリルは、城のなかを、どこへでも、迷わずに行けるようになっていたのだ。

それにしても、広大な内部だった。

複雑に交差する回廊と階段が、城のなかを迷路のように構成していて、それぞれの役割を与えられた百を超える部屋と、めくらましに造られた偽りの部屋とが、果てしなく続いているのだ。

一年の始まりの『雪月《一》の間』から『聖生誕月《十二》の間』までの十二か月の季節を室内装飾に取り入れた優美な小広間などを見て回り、シュリルは、かつてはこの国も、ロマン思想のなかに生きていたことを知った。

彼はまた、旧《ふる》い城に棲《す》む亡霊や、過去の情景の再現、――例えば、不意に扉が開いて、百年も前の衣裳《いしよう》をつけた人々が、その時代の一瞬を繰り返し、再生してみせるといった言い伝えにも、出会うことはなかった。

四日目の朝。

「わたしが、逃げないと思うのか？」

朝食の後、昨夜のうちに届けられた報告書を読みはじめたマクシミリアンに、シュリルはそう言ってみた。

「元気が戻ったようだな？」

書類から注意を逸《そ》らさず、マクシミリアンは笑って言い返した。

シュリルが戸惑い気味に男をみると、次にマクシミリアンは、片手で窓の外を指し示した。

「外を見ろ、この雪だ。逃げられると思っているのか？」

その言葉に、窓へ近づいたシュリルは、降り積もった雪の量を見て驚いた。この地は、エスドリアとはくらべものにならないほどの雪が降るのだ。

マクシミリアンが自分を塔から出して、束の間の自由を与えた訳を、シュリルは理解した。

「このまま、お前に囚《とら》われ、凌辱《りようじよく》されつづけるよりは、外へ出て凍死した方がましだ」

男の気持ちを知ったシュリルは、訳もわからず胸が締めつけられる思いがして、挑むように口走っていた。

「では、そうしろ」

あっさりと、マクシミリアンは答えた。

「お前の死体は、裸にしてエスドリアへ送りつけてやる」

続いて放たれた言葉に、シュリルは、はっとして振り返った。

報告書をしまうと、マクシミリアンは立ちあがった。

「元気になったところで、相手をしてもらおうか」

彼の動作を眼で追っていたシュリルは、そう言ったマクシミリアンの言葉に、息を詰めた。

男は、決して許したわけではなかったのだ。

シュリルが、自分以外の者に恐怖し、許しを請い、疲れ果て、怯《おび》えに肌の光沢を失っているのを望まなかっただけなのだ。

男の裡からたちあがってくる牡《おす》の匂いを感じながら、シュリルは、追い詰められて窓に張りついた。

「人形のようなお前でも、欲望は処理できるからな」

マクシミリアン・ローランドの、貴族の仮面が剝《は》がれ、獣の顔が顕《あら》われてくるのを感じると、シュリルは、覚悟を決めた殉教者として、身体の力をぬいた。

マクシミリアンはシュリルの覚悟を嘲笑《あざわら》うと、足元から彼の身体を掬《すく》って抱きあげ、居間を横切った。

向かったのは自分の寝室であり、巨大な寝台にシュリルを放り投げると、起きあがる隙も与えずにのし掛かった。

押さえ込まれたシュリルは、纏《まと》った長衣《ローブ》を、一気に引き裂かれてしまった。

真珠の釦《ぼたん》が飛び、手製のレースは無惨に破れたが、かわりに、光沢のある絹のような肌が露わになった。

なめらかな腹部から、淡い翳りを有する下肢までも剝きだしにさせたマクシミリアンは、シュリルの膝頭を摑み、抱えあげて開いた。

下肢をひらかれ、すべてを男の目の前に曝《さら》けだされたシュリルは、マクシミリアンとは力の差がありすぎて、身を捩《よじ》ることもできなかった。

マクシミリアンはいつも、左手だけで押さえつけ、右手ではシュリルを自由に弄ぶことができるのだ。

今も、シュリルを屈辱的な姿に磔《はりつけ》たマクシミリアンは、曝けだされた薔薇色《ローズピンク》の花弁に、指で触れた。

咄嗟《とっさ》にシュリルは瞳を閉じあわせた。

柔らかな花弁が顫《ふる》えながら、男の指の感触を受けている。

すぐに指先は、白い双丘へとすべり、秘裂の可憐《かれん》な蕾《つぼみ》へと移った。ラモンの怒張によって限界まで押しひらかれ、気を失うまで擦《こす》りあげられた蕾は、直後に、痛々しく喘《あえ》いでいたが、いまはもう、頑《かたく》なに咲くことを拒んでいる花蕾のようだ。

そして、花芽。

膝を掲げさせたまま、マクシミリアンは、シュリルの秘部へ顔を近づけ、舌先で、幼い花芽の先端に触れた。

く…と、シュリルが口唇を嚙《か》んだ。

そこに触れられるのは、初めてだった。

マクシミリアンは、まだ無垢《むく》な、薔薇《ばら》の蕾の容《かたち》をしている先端に触れ、指先でその包皮をまくりあげるようにした。

うう…と、腰が喘いで、シュリルがひらかれている両脚を閉じあわせようとする。それができないと判ると、彼は腰を捩らせて抵抗しようとした。

マクシミリアンは顔を近づけ、先端を口唇に含んでしまう。

シュリルは、

「アアッ……ッ」と狼狽《ろうばい》した声をあげ、腰を引きかけた。

「動くな、動けば、噛み切るぞ」

穢《けが》れのない少年のような、剣状の花芽を口に含んだまま、マクシミリアンが脅して言うと、ビクン…と、シュリルの身体が硬直した。

熱い口腔《こうこう》に含まれ、舌と、歯による刺激が、シュリルの官能を刺激し、狂おしい波が沸き起こった。

狂おしく、めくるめく昂《たかぶ》りが身体のなかで渦巻き、マクシミリアンに愛撫《あいぶ》されている一点へと流れ込んでいくのだ。

舌と歯を使って、マクシミリアンは器用にシュリルの花芽を剥《む》いた。

「痛い……」

はじめての激しい充血に、突起した先端が痛みを発する。シュリルは怯えながら喘いだ。

「どうした、嫌か？」

シュリルは微《かす》かに頷《うなず》き、またも「痛い」と呟《つぶ》いたが、すぐさま「あぁ……」声音を顫わせた。

感覚の凝りとなった花芽を舌先で刺激されながら、マクシミリアンの指が、花弁の奥にまで触れてくる。

「や……」

やめてくれと言いかけた言葉が、不意に、下肢をとろかされるような快美感にとぎれ、ひらいた口唇は、甘い喘ぎを洩《も》らしていた。

すでに痛みはなく、逆に、怺《こら》えがたい感触が、シュリルのすべてとなった。執拗《しつよう》な口技と、指の感触に、形の美しい頤《おとがい》が反りかえり、白い喉元《のどもと》が艶《なま》めかしく伸びあがる。

シュリルは下肢を淫《みだ》らに悶《もだ》えさせた。

すらりと長い脚の、爪先までも張り詰め、力が入った。

シュリルが充分に潤い、感じていることを確かめながら、マクシミリアンは花唇に二本の指を挿入し、花弁の奥にひっそりと息衝《いきづ》いている、女の性を刺激するように蠢《うごめ》かした。

シュリルの口唇から、吐息が洩れる。

それから、マクシミリアンの舌先がさがって、シュリルの花弁へとはわされてきた。

蠢く舌が、女芯の奥深いところへまで入り込もうとしてくる。悍《おぞ》ましさに、口唇を噛んでいたシュリルだが、舌先に花弁の内側深くをまさぐられているうちに、突然、ビクンッと、腰を喘がせた。

「ああ…」と、彼から、あえかな呻《うめ》きが洩れでて、拒絶するように頭が振られた。

微妙な彼の変化を感じとり、マクシミリアンが指を同時に挿入させると、一段と、シュリルの狼狽が激しくなった。

シュリルは、自分に起ころうとしている信じられない変化に抵抗しようと下肢を捩らせたが、その行為は、内部に入り込んでいるマクシミリアンの指で、我が身を刺激してしまうことになった。

「あ……あ……あ……」

屈辱的な箇所を舐《な》められ、指で掻《か》き乱《みだ》されて、シュリルはすがる瞳《ひとみ》でマクシミリアンを瞪《みつ》めたが、次には、何時ものように男を無視しようと決心して、双眸《そうぼう》を閉じた。

だが、その異様な感触は、シュリルを許さなかった。

マクシミリアンが、絞り込んだ美しい形をしている蕾にまで指をはわせ、ゆっくりと挿入しはじめると、シュリルは前方を昂らせ、戦慄《せんりつ》した。

内部に入り込んだ指と指とが、薄い媚膜《ねんまく》を一枚隔てただけで擦りあわされると、二人の牡に犯された記憶が戻ってきて、シュリルはおぞけあがったが、すぐさま、甘やかな痺《しび》れで下肢が重く、だるくなっていった。

シュリルは、狼狽《うろた》えた。

「やめてくれ、こんな……」

焦燥感に苛《さいな》まれ、シュリルは喘いだ。

「どうした？　何時もはそうは言わないぞ」

花弁の奥の指が、くじられる。その刺激に怺えかねて、シュリルは激しい反応を返した。

「あぅ……」

それればかりでなく、しばらくの間、全身が顫えつづけて止まらなくなっていた。

いまの僅《わず》かな刺激だけで、花弁からは透明なキラキラとした蜜液《みつえき》が滴り落ち、かたくつぼまっていた花蕾は、爛《ただ》れた息衝きをはじめた。

マクシミリアンは、愛蜜を滴らせる花唇から指を引きぬくと、かわりに、くつろげた股《こ》間《かん》の牡をあてがい、自分の腰に力を込め、挿入した。

「あ…おぅ……う」

身をよじらせて呻いたシュリルは、咄嗟に、伸《の》し掛《か》かってきたマクシミリアンにしがみついて、瞳に驚愕と狼狽を混えて瞠《みひら》いた。

「身体が、…なにを、したんだ…」

肉体がおかしいと言おうとしたが、それは自制され、かわりに怯《おび》えが鎌首を擡《もた》げた。

「どうし、て……わたし……」

呻いたシュリルの口唇を、マクシミリアンは奪った。

「マ…クシミリアン……」

シュリルの瞳には、マクシミリアンが映し出されている。

冴々《きえざえ》と怜悧《れいり》に煌《きら》めいていた緑潭色《エメラルド》の瞳が、いまは妖《あや》しい紫菫色《ヴァイオレット》に濡《ぬ》れて、揺らめいている。

アレキサンドライトの瞳。

マクシミリアンは覆い被《かぶ》さると、男の楔を打ち込み、顫える口唇を舌先で愛撫した。

抽送をはじめると、うっ、うっ…と、喘ぐシュリルの声と、腰の慄《ふる》えが同調しはじめた。

シュリルは、熱に浮かされたようになっている肉体をマクシミリアンにかき乱されながら、心も乱れはじめていた。

ククク……と、マクシミリアンが笑った。

「青い果実も、ようやく熟れてきたな」

その言葉に、ハッとなったシュリルは、身体の上に覆い被さっているマクシミリアンを退けようと、抗《あらが》いはじめた。

「いやだ、嫌、こんなことは嫌だッ」

シュリルの叫びも、抵抗も、圧倒的な力で封じて、マクシミリアンは突きあげる。

シュリルの抗いは次第に弱まり、やがて弱々しく、頭を振るだけとなった。

逆に、マクシミリアンの牡《おとこ》を受け入れている花は、散らんばかりに蹂躙《じゅうりん》されていながら、甘く喘ぎ、蜜を滴らせているのだ。

マクシミリアンが、深く突き刺したまま下肢を揺すった時に、シュリルは小さな到達点をみた。

彼は、甘い香りのする春風に身体を巻きあげられ、空中から落とされたような、ショックを受けた。

シュリルの状態に気づいたマクシミリアンが、なおも腰を使って、官能を刺激する動きを繰り返すと、彼は激しく身悶えた。

痛みと屈辱に身体を強張《こわば》らせ、身悶えさせていた時とは違う、緩慢で、甘やかなうねりをもった煩悶《はんもん》が、わきおこっているのだ。

石像か、冷たい人形のように抱かれていたシュリルが身体中で快楽を求め、反応しようとしていた。

「あッ！」

さらに強い刺激で責めるために、背後の蕾《つぼみ》に指を挿入すると、シュリルは白い頤をのけ反らせて絶叫した。

「や…やめて、たのむ、もう、……あっ！　あっ、……い…や……」

語尾が弱々しく消えた。シュリルはマクシミリアンにしがみついたまま、足の爪先まで痺れ、眩暈《めまい》がするような感覚を味わわされていた。

マクシミリアンは、腕のなかの、白百合がごとき麗人が、はしたなくも果てたことを知って、抽送を早めた。

「や、やめてくれ、もう、もうやめてくれ……」

過敏になっている花弁をまだ蹂躪されるのだと判って、シュリルの紫菫色の瞳から、涙があふれてくる。

程なくして、マクシミリアンは熱くたぎった奔流を、シュリルの体内に叩《たた》きつけた。

「マクシミリアンッ……んッ、あ、あ…」

熱い奔流に刺激され、シュリルは、ふたたび小さな到達点に達していた。

萎《な》える様子もない牡を引きぬいたマクシミリアンは、下肢を喘《あえ》がせているシュリルを見下ろした。

シュリルは、力の入らない腰を引きずって寝台の上を後退《あとずさ》りながら、マクシミリアンから逃れた。

「やめてくれ……」

男の股間をみて、続け様に犯されると思ったのか、シュリルは頭を振った。

「…こんなことは嫌だ」

初めて犯された女のように、シュリルは怯え、狼狽《ろうばい》していた。

「わたしを憎んでいるのなら、痛めつけ、傷つけろ、こんな、こんなことは嫌だ」

「ふ…ん」と、マクシミリアンは鼻先で嗤《わら》った。

「俺のせいにするのは虫がよすぎるぞ。お前が感じたのは、俺のせいじゃない」

その一言に、シュリルは慄えあがった。

これから先、マクシミリアンを受け入れさせられる度に、シュリルは自分が悦楽に弄《もてあそ》ばれるではないか…と恐れた。それは、彼にとってこの上もない屈辱であり、怺えがたいことだった。

「…殺してくれ、このままでは耐えられない……」

「なぜだ？　苦痛を感じていた時には、あれだけ耐えてみせたお前が、なぜ、快楽を感じてしまうことを恐れるのだ？　そんな当たり前のことが、お前は怖いのかッ！」

怒ったマクシミリアンは言い放つと、シュリルの頤《おとがい》を鷲摑《わしづか》みにし、口唇を奪った。

舌を探りあうような激しい口付けを与えられ、シュリルは頭の芯《しん》が甘く痺れてめくるめき、身体の奥が、ジ…ンと疼《うず》くのを感じた。

シュリルの目覚めを、マクシミリアンは承知していた。

「言え、もう一度して下さいと俺に頼め、シュリル」

ああ…と、喘いでシュリルは頭を振ったが、肉体がマクシミリアンに応《こた》えるために、淫《みだ》らにひらきはじめていた。

シュリルは羞《は》じらい、男の視線から逃れたかったが、身体が甘く痺れていて、自分の思い通りにならないのだった。

それでも、膝裏《ひざうら》に両手をかけられ、下肢をあられもない姿にひらかれて、秘部のすべてを晒《さら》されたとき、シュリルは頭を振って、哀願するように男の名を呼んだ。

しかし、許されなかった。

散らされた花に、ふたたび触れられる。

花弁をめくるようにして、挿入した指で蜜をあふれさせたマクシミリアンは、身体の位置を変えると、猛《たけ》り勃《た》った牡を、透明な蜜を滴らせている花弁へと沈めた。

「お…う……」

シュリルは、衝撃に呻《うめ》いたが、すぐさま、なき咽《むせ》ぶ声を洩《も》らし、肉悦を極めた。

マクシミリアンはそれでは満足せずに、花蜜に濡れた牡を引きぬいたかと思うと、シュリルの後方へ移し、花蕾へと押しつけた。

人間としてこれ以上はないという屈辱と、引き裂かれる激痛をともなう肛姦《こうかん》を挑まれることに気がつき、シュリルは覚悟を決めたようだが、嚙《か》み合わせた歯がカチカチと鳴った。

そこを、媚肉《びにく》の襞《ひだ》を軋《きし》ませ、マクシミリアンの牡が押し入る。

「ウ…ウウッ……」

蜜の潤いに助けられて押し入った牡を、根元まで含まされたシュリルは、苦悶の呻きを洩らしたが、悦楽に酔っていた肉体は、熱い猛りを迎え入れ、歓喜に慄えた。

シュリルの反応に気づいたマクシミリアンは、包皮を剝《む》かれ、充血に凝った柘榴《ガーネット》色の花芽を爪で摘みあげた。

「いやっ、いやぁっ……」

鋭い快感に苛《さいな》まれて、シュリルが声音をうわずらせた。

「言うんだ、もっと…酷《ひど》くしてくださいと」

シュリルは紫菫色の瞳《ひとみ》を涙ぐませながら、マクシミリアンを瞠《みつ》めた。

「もっと、強く握って、痛めつけて下さいと言え」

濡れた口唇をひらいて、シュリルはすすり泣きを洩らした。

歔《すすりな》き声は、やがて喘ぎに変わった。

シュリルは、肉悦に身悶《みもだ》え、果てた。

降り続いた雪がようやく落ち着き、聖生《十二》誕月にしては暖かな陽光が差しはじめると、シュリルは素肌のうえに毛皮を裏打ちしたケープを纏《まと》っただけの姿にされ、マクシミリアンの馬で一面の雪野原へ連れ出された。

上等な毛皮を使ったケープは、ほとんど崇拝にあたいするほど贅沢《ぜいたく》なものだったが、マクシミリアンは惜しげもなくシュリルに与えたのだ。

城に閉じ込められてから初めて外へと出されたシュリルは、冬の、冷たく澄んだ空気を全身に浴び、身体の中に取り入れた。

無垢《むく》の肉体を、力ずくで官能に目覚めさせられたシュリルだったが、いままた、新鮮な空気が、彼の裡《うち》に、生きているのだという実感のようなものを感じさせていた。

——遠い昔、恐ろしい思いをしたあとでも、命が助かった時ですら、シュリルはいまのような、生きているのだという感触を得たことはなかった。

感覚などという生易しいものではなく、いまは感触として、それを感じている。

その感触があまりに強すぎて、シュリルは全身を慄えあがらせたほどだ。

後ろからシュリルを抱きかかえて馬の手綱を操っていたマクシミリアンが、その慄えを感じたのか、声をかけてきた。

「寒いのか？」

シュリルは、小さく頭を振って「違う」と否定すると、今度は、前方にひらけた雪の平原に眼をうばわれた。

遠くの山並みは、美しい稜線《りょうせん》に縁どられ、降り積もった雪は、太陽を浴びて銀色に輝いているのだ。

海のあるエスドリアに生まれたシュリルにとっては、何もかもが珍しい風景だった。

マクシミリアンは、思いがけなくも、シュリルが楽しんでいることに気がついた。

しばらく雪原を、雪をはじくように走ってから、霧月《十一》のあの夜、シュリルを追い詰めた湖へと馬首を返した。

遠くから白鳥の鳴き声が聞こえてくると、シュリルは微《かす》かに緊張した様子をみせるようになった。

やがて湖が見え、湖上に舞う白鳥の群れが視界に飛び込んでくると、シュリルは、驚きに双眸《そうぼう》を瞠《みひら》いた。

「白鳥…、これほど沢山の白鳥を見るのは初めてだ」

初めて見たものに対して驚きを隠せない子供のように、シュリルは素直な感情を顕《あらわ》にしている。

完璧《かんぺき》に刻まれた古典的な彫刻のごとき美貌《びぼう》の裡に押し殺されてきた感情が、ひそやかに息衝《いきづ》いているのをマクシミリアンは見た。

「ルーベンスが餌を与えているから、人にも馴《な》れている。近くで見たいか？」

彼はそう言うなり、シュリルの答えも聞かずに、馬を駆って湖畔へと降りた。

シュリルを馬に残したまま、自分で桟橋《さんばし》へ降りてゆき、雪が積もった小舟《ボート》をひっくり返すと、ロープを解いてもどってきた。

「聖生誕月《十二》に小舟に乗ろうというのは、俺たちくらいだがな」

マクシミリアンは、馬上のシュリルにむけて両腕を差し出しながら、誘《いざな》った。

靴を履いていないシュリルは、マクシミリアンに抱かれる以外に方法がなかった。戸惑っていると、毛皮をぐいと引っ張られ、それに引《ひ》き摺《ず》られるようにして、男の腕の中に抱きとめられてしまった。

シュリルの身体を抱いたマクシミリアンは、湖畔によせた小舟に乗り込むと、手際よくオールをさばいて、所々シャーベット状になった雪が浮かんでいる湖に漕ぎ出した。

素晴らしい速さで進む小舟の上で、シュリルは身体を強張《こわば》らせた。

爪先が白くなるほど力を入れて船の縁に摑まっているので、胸元であわせていたケープの前がひらき、豪奢《ごうしゃ》な毛皮の間から、官能的な白い肌がかいまみえる。

シュリルはいま、身仕舞いを取り繕うどころではないのだった。

時おり、好奇心の強い白鳥が近づいてきて、二人が乗った小舟すれすれに泳ぎまわったが、シュリルは白鳥を見ることもできなかった。

「以前、湖で溺《おぼ》れたことがあるそうだな」

まだ薄氷が残っている湖のなかほどまでくると、マクシミリアンは漕ぎ手を止め、そう言った。

シュリルは面をあげた。

マクシミリアンが知っていることを、いまさらシュリルは驚かなかった。だが、この冬の最中に小舟に乗ろうとした理由が、白鳥を見るためなどではなかったことに、男の残忍さと、復讐心《ふくしゅうしん》が表われていて、恐ろしく思えた。

男は、あの日の恐怖と絶望を、もう一度シュリルの前に再現しようとしているのだ。

「お前が十二歳まで育ったギドゥーの離宮で、教育係をしていた神父がいたな、ブラン神父だ。彼から聞き出した」

ブラン神父の名前が出たとき、シュリルは動揺し、落ち着かない様子をみせた。構わずにマクシミリアンは、衝撃的な言葉を継《つ》いだ。

「お前を突き落とし、殺そうとしたのは、ギョーム公、お前の実の父親だそうだな」

シュリルは、肯定も否定もせずに、口を噤《つぐ》んだ。

白鳥の声が遠くに聞こえる。

「運よくブラン神父が駆けつけて、お前は一命を取り留めた……」

思い出させるために、ゆっくりと、マクシミリアンはその恐ろしい出来事を口にした。

シュリルは、鏡のような水面を凝視《みつ》めた。

どこか、空の高いところで、鳶《とび》が餌を探して旋回していた。

その影が水面に映る。シュリルは、遠くへ視線を移した。

空は穏やかだったが、シュリルの双眸には、あの日の、荒れていく空が甦《よみがえ》っていた。

「あの日、珍しく父が訪ねてきて、離宮から連れ出されたのだ。わたしは、父と出かけられることが嬉《うれ》しくて、その時が来たのだとは思わなかった……」

病に見せかけて毒殺されるか、夜眠っている間にくびり殺されるか、自分が普通ではなく、エレオノール家にとって不名誉な存在でしかないことを悟った日から、シュリルは、その時が来るのを恐れ、怯《おび》えながら、そして待っていた。

「他人に聴かれたくない話があるから、小舟に乗ろう」と言われて、父親と湖に出たシュリルは、湖の奥まった深み、水の色がそこだけ違っているところに連れて行かれたのだ。

遠くで、雷が鳴っていた。

シュリルは、背後に迫った父の表情が水鏡に映ったとき、すべてを悟った。

普段、決して触れようとしてこなかった腕が伸びてきて、首筋を摑《つか》まれ、力を加えられた時、咄嗟《とっさ》に眼を閉じて心の裡で祈った。

――「殺さないで」

嘘であることを願った。

自分を切り裂いて、身体に流れる赤い血を、父に見てほしかった。

青白い肌の奥に、他の人と変わらない赤い血が流れていることを、知ってほしかったのだ。

――「殺さないで、決して、決して知られないようにするから、殺さないで……」

必死の祈りを、シュリルは口にしなかった。

父親の心がとうに定まっていることを知っていたからだ。

首を絞められながら、湖に突き落とされた。

シュリルは泳げなかった。多量の水を飲んで、すぐさま意識が遠くなった。

異変に気づいたブラン神父が、シュリルを助けあげ、蘇生《そせい》させたのだ。

「子殺しは大罪、ギョーム公を教会に訴える」そう言った神父に、シュリルは父親はなにもしていないと反論した。

自分の不注意で溺れたのだと、言い張ったのだ。

懸命に父親を庇《かば》おうとした八歳の少年を、その後、ギョーム公は二度と殺せなかったが、愛することもできなかった。

シュリルが十二歳の年、跡取りに決められていたヴィクトルが落馬事故で死に、ギドゥーの離宮生活から、エレオノールの城へ連れ戻されたのだ。


空で弧を描いていた鳶は、何か獲物を見つけたのか、威嚇《いかく》するように鳴き声をたてた。

シュリルは瞬き、空の青さに気がついた。

彼はもう、あの嵐が迫っていた過去の日から、現実に戻ってきていた。

「あの時、わたしが死んでいれば、クラウディアを死なせることもなかった…。この身体、呪わしい肉体がある限り、わたしは誰にも愛されず、誰も愛せない」

遠くへ思いを巡らせているシュリルへ腕を伸ばしたマクシミリアンは、彼のまとっている毛皮を、肩から一思いに引き下げた。

雪花石膏《せっこう》の肌が、胸元まであらわになり、冬の空気に収斂《しゅうれん》して、光沢をはなった。

シュリルが羞恥《しゅうち》に身動《みじろ》ぐのをみながら、マクシミリアンはブーツの爪先で彼の脚を左右にひろげさせ、腕を差し入れた。

まだ潤っていない花弁をまさぐられる痛みを予測して、シュリルが口唇を噛《か》みしめた。

ところが、マクシミリアンの指が花芯に触れただけで、シュリルの身体は熱くなった。

花弁の奥からは蜜《みつ》が溢《あふ》れ、触れている指を柔らかく迎え入れたのだ。

さらにもう一本、マクシミリアンの指が入り込むと、シュリルの内部は待っていたかのように、締めつけていた。

花筒の内で二本の指が、淫《みだ》らな、湿った音をかもしだした。

「どうして欲しい？」

耳元で囁《ささや》かれ、シュリルは、口唇を喘《あえ》がせた。

「俺に、どうして欲しいのだ？」

瞬間、入り込んでいる指で内部を掻《か》き乱《みだ》されたシュリルは、「ウッ…」と呻《うめ》いて、身体を前屈《まえかが》みに、マクシミリアンの支えを必要としてすがった。

「こ、ここは、嫌だ」

シュリルは欲情する肉体に眩暈《めまい》を起こしかけていたが、

「ここは、怖い……」と、言葉を吐き出した。

シュリルの奥深いところから指を引き抜いたマクシミリアンは、黙ってオールを操り、小舟を岸に向けて漕ぎはじめた。

シュリルは、はだけられた胸元をかきあわせ、両手で毛皮を摑んだ。

その時、湖面を優雅に泳いでいた白鳥たちが警戒を告げる鳴き声を放ったかと思うと、中には飛び立つものもあらわれた。

なにごとか起きたのかと辺りを見回して、シュリルもマクシミリアンも、ほとんど同時に、湖の向こう岸に数人の男たちがいるのをみた。

男たちもまた、湖に小舟を浮かべている二人に気がついている様子だった。

「密猟者だ」

驚いた様子もなく、マクシミリアンが言った。

そういわれて見れば、男たちの中に野兎を片手にさげているものがいた。

手製の猟銃。貧しい身形《みなり》。生活に追われ、やむにやまれぬ事情でマクシミリアンの領地へ入り込んだのだろう。彼らは、小舟が岸に着くのを見るや、森の中へ姿をくらませた。

マクシミリアンに抱きあげられ、ふたたび馬の背に乗せられたシュリルは、

「…密猟者を、どうするのだ？」と訊《き》いてみた。

「お前ならどうする？」

後ろに跨《また》がり、シュリルの身体を抱いて支えたマクシミリアンが、逆に問うてきた。

「エスドリアでは、領地を荒らすものは死罪だ」

手綱を操りながら、マクシミリアンは笑った。

「恐ろしいな、では俺も死罪だな？　お前の聖地を荒らした」

「あ……」

マクシミリアンの指が、シュリルの前方に触れた。

指先で花芽の包皮をめくりあげ、扱《しご》きはじめる。シュリルは、馬のたてがみにしがみつくように摑まって、頭を振った。

「腰を浮かせろ、指を入れてやる……」

「いや、だ…」

「嘘をつけ、お前の身体は、いやだとは言っていない。どうだ？」

可憐《かれん》な花芽を乱暴になぶられ、シュリルは、うッぅッ…と、身体を喘がせた。

喘ぐたびに、前のめりに腰が浮く。その隙を狙って、マクシミリアンの指が花芯をとらえた。

「あぁ……」

手袋を嵌《は》めたせいで、いつもの二倍はある指が、花弁をなぞり、侵入してくる。

「い、痛い……」と、シュリルは呻いた。

不意に、マクシミリアンは手綱を引いて馬を止めると、キラキラと陽光を弾《はじ》いている雪のうえに、馬上からシュリルを突き落とした。

「あッ」

短く叫んで、防ぎようもなく投げ出されたシュリルは、雪のなかに埋まった。

落ちた拍子に、あわせていたケープの前がはだけて、雪を欺くかのように白い肌が露《あらわ》になった。

馬から降りてきたマクシミリアンが、彼の足元に立った。

「脚をひらけ」

そう言うとマクシミリアンは、懐から水晶のディルドを取り出し、陽光に透かしてみせた。

シュリルは全身をぞくりと慄《ふる》わせたが、両膝《りょうひざ》を立てたまま、白い内腿《うちもも》を微《かす》かにひらかせた。

男の力がそれをさらに、割くように押しひろげる。

雪の上に敷かれた毛皮に横たわっている恰好《かっこう》で、シュリルは秘部をさらけだされた。

純白の雪のなかに咲いた淡色の花は、マクシミリアンを性急に追いあげた。

彼は、シュリルの花芽を弄《もてあそ》びながら、水晶を花唇へと挿入した。

受け入れさせられる瞬間、覚悟していた水晶の冷たさを感じなかったシュリルは、この塊が、男の懐深くでぬくもりを与えられていたことを感じ取った。

「あああぁ……」

痛みも、屈辱も忘れて、女芯は、蜜を滴らせながら水晶を迎え入れ、マクシミリアンの体温を感じているような錯覚に酔いかけたまま、食いしめてゆき、シュリルを身悶《みもだ》えさせた。

毛皮の上でのけぞらされたシュリルは、陽光に水晶が輝いて、淡薔薇色の花襞が覗《のぞ》かれていると判ると、両手で顔を覆ってしまうが、マクシミリアンは、さらに彼の羞恥心を煽《あお》るように腰を掲げさせた。

水晶をのまされた花の奥、双丘をひらいて花蕾をむきださせたマクシミリアンは、指先で、その慎み深さを確かめた。

あぁ…と、あえかに、シュリルの吐息がこぼれた。

「優しくしてやる。いまはな……」

時間をかけ、マクシミリアンは舌先と指をつかって、丹念に寛《くつろ》げた。

花蕾が慎みを失って、とろけたようになると、マクシミリアンはシュリルを雪の上から抱き起こし、馬に跨がらせた。

ガクガクと慄えながら、シュリルが馬のたてがみにしがみつく。彼の後ろに乗ったマクシミリアンは、白い尻《しり》を抱えて持ちあげ、位置を確かめながら、自身を挿入した。

「だめ…だ、やめて、やめて、苦しい……」

双花を犯されることが、シュリルを苦しめると同時に、異常な昂《たかぶ》りで彼を翻弄《ほんろう》することも知っているマクシミリアンは、容赦しなかった。

「力をぬけ、そうだ…」

前屈みにさせ、すべてを含ませると、マクシミリアンは鐙《あぶみ》を当てて、馬を走らせた。

馬上での振動が、シュリルを追い詰めてゆく。

息詰まる狂おしい感触に、シュリルは嗚咽《おえつ》しながら、呻いた。

身体の奥深いところで、マクシミリアンと水晶のディルドが、擦《こす》れあっている。別々の、眼が眩《くら》むような刺激が生まれ、シュリルは翻弄されてしまう。

「ど、うして……」

シュリルは、自分の肉体が制御できずに、狼狽《ろうばい》し、すすり歔《な》いた。

「屈辱を感じれば、感じるほど、お前の内が熱く燃えあがる」

マクシミリアンは、シュリルの耳元に囁いた。

「獣になって、狂え」

腕の中で、艶《あで》やかな紫菫色《ヴァイオレット》の瞳《ひとみ》をもつ獣が見悶えるのを、マクシミリアンは抱きしめた。

二

マクシミリアンの居間で過ごしていたシュリルは、廊下側の扉から入ってきたルーベンスが、来客を告げるのを聞いた。

机で書き物をしていたマクシミリアンが立って出てゆき、それから一時間ほどして戻ってくると、

「先日、湖のほとりでみた男たちを憶《おぼ》えているか?」と、訊いてきた。

「……憶えている」

同時に、雪原でのすべてが思い出され、シュリルは羞恥《しゅうち》に目元を染めた。

そんなシュリルをもっと愉《たの》しみたかったが、マクシミリアンは、

「顔に覚えは?」と、次に問わねばならなかった。

「…いや、見覚えのない男たちだったが」

訝しげにシュリルが訊き返すのを、マクシミリアンは、領いて受けとめた。

　彼はもったいを付けずに、あっさりと男たちの正体を告げた。

「俺の領地で密猟をしていたのは、どうやら、エレオノール領の農民らしい」

――え？　と、驚いた表情になったシュリルに、マクシミリアンは満足した。

「越境して兎を狩っていた者の一人が、お前に気づいた。それで、領民の代表者たちと計って、さっそくやってきたというわけだ」

一瞬、シュリルは顔色を変えたが、すぐさま、とるべき道に気づいた。

「わたしを彼等に引き渡すがいい。この首には賞金が懸かっている。彼等が、密猟をせずに一冬を過ごせるくらいの金にはなるだろう」

そう言ったシュリルを、はすかいから、マクシミリアンは眺めた。

「晒《さら》しものにされるかもしれないな」

あぁ…と、シュリルは息を詰めて、双眸《そうぼう》を閉じた。

殺されるか、晒しものにされるか……。

シュリルが無駄な足掻《あが》きを見せなかったことで、マクシミリアンは、面白くなさそうに鼻を鳴らした。それから、顎《あご》をしゃくって、彼に部屋を出ろと合図した。

領民たちの前に連れ出されると判って、シュリルは、女物の、裾《すそ》の長い部屋着をまとっている自分の姿に戸惑った。

彼等が、自分の姿を見てどのように思うのか恐ろしかったが、マクシミリアンに連れられて居間を出ると、東の廊下づたいに『謁見の間』へ入った。

そこは、マクシミリアンに捕らえられ、はじめて連れてこられた広間だった。

しかし、なかには誰もいなかった。

彼等の代わりには、様々な食物や、獣皮、織物などが床上に積みあげられていた。

「塩漬けの肉と魚、チーズ、干した果物、木の実、反物に兎の毛皮、おまけにエレオノール領の農民は、俺の領地で最高の葡萄《ぶどう》酒がとれることを知らないらしいな、すっぱい葡萄酒を二樽も運んできた」

呆《あき》れながら、マクシミリアンは山と積まれた品々をシュリルにみせた。

そして、戸惑っているシュリルに、

「お前は、領民にとってはいい領主だったようだな」と、言葉を継いだ。

「今日、彼等はこれだけのものをかき集めて、運んできたのだ。この俺が、お前を捕らえ、凌辱《りょうじょく》しているとも知らず、匿《かくま》っているのだと勘違いしてな。お前を頼むと頭を下げて帰ったという訳だ」

シュリルは言葉を失い、立ち尽くした。

肥沃《ひよく》なアメリス国に近いという地理的な恵みと、自治権を与えられ、酷税を搾られることもなかったエレオノール領の農民は、僅《わず》かながらも蓄えを持ち、この三年続きの干ばつにも餓死者を出さずに乗り切った。その残り少ない蓄えを持ちより、彼等はマクシミリアンの城へ運んできたのだ。

寝台に仰臥《ぎょうが》したマクシミリアンの顔を、両膝で挟むように跨《また》がされたシュリルは、男の昂りを口腔《こうこう》に含むことを強要されていた。

四《よ》つん這《ば》いに跪《ひざまず》かされたシュリルが向けている尻の、絞り込んだように引き締まって、うつくしい形をしている花蕾の向こう、——白い双肉の間に、うっすらと蜜《みつ》を滲《にじ》ませた秘花の咲いているのがマクシミリアンに見える。どちらの花も、顫《ふる》え、戦《おのの》いている。

屈辱的な口淫《こういん》の強要は、男の眼に、秘部のすべてを曝《さら》けだしている羞恥とあいまって、シュリルの心をえぐるのだ。

視《み》られていることだけで、シュリルは狼狽し、息も満足に継げずにいたが、それが妖《あや》しい感覚に変わることも否定できず、拒否もできなかった。

その上に指で触れられることがあると、シュリルは尻を顫わせて身悶えた。

「あ……」

男の昂りで喉《のど》を塞《ふさ》がれたまま、シュリルは声をたてた。

すでに彼の瞳は、紫菫色に潤んでいる。

あまりに艶やかな紫に変じてしまっている双眸から、零《こぼ》れる涙があるとすれば、それは、床に落ちて、アメジストに結晶するのではないかと、マクシミリアンは思うほどだ。

「もっと尻を落とせ、なかまで舐《な》めてやろう」

アメジストを見たいと思ったマクシミリアンがそう言うと、シュリルの下肢が強張《こわば》った。

それを、彼は声をたてて笑った。

「無残に裂かれて泣くか、舐められて歔《な》くか、どちらにしろ泣くのだろう？　素直になるんだな」

言うが早いか、下肢を力ずくで引きよせ、マクシミリアンは舌先をはわせた。

「ん――」

おぞけあがるようにシュリルは身震いしたが、すぐさま、耐え切れないとばかりに頭を振った。

口唇をつけられ、吸われ、舌で刺激されると、女花の奥より蜜をしたたらせ、歔欷《すすりな》いた。

肉の歓びに目覚めた双花は、いまは麗しく開花して愛らしいほどだ。まさぐっていると、マクシミリアンに応《こた》えようと、花唇がいじらしく締めつけてくる。

小さな歓びをいくつも極めたシュリルは、やがて、マクシミリアンの牡を欲して、花唇や花蕾《からい》を喘《あえ》がせはじめる。

「さあ、今度は俺の上に乗れ」

そう言って促したマクシミリアンの下肢を跨がされて、シュリルは男の昂りを内腿《うちもも》に押しつけられた。

「お前の欲しい方に、自分から、――そうだ、苦しくはないだろう？」

花唇にシュリルはマクシミリアンを迎え入れようと、身体の位置を下げた。

腕をのばして、指で花芽をいじってやりながら、マクシミリアンは戸惑っている彼を駆りたててゆく。

とろけるように柔らかく、繊細な花弁が、マクシミリアンの男を包み込もうとして、喘いでいた。

思い切りをつけてやるように、マクシミリアンが腰を突きあげる。

「アッ」とシュリルは声をたてたが、彼の媚花は、触れた牡を離さなかった。

シュリルが、ゆっくりと腰を落としてくる。苦しいと感じると、彼は、自分の身体を支えている両腕に力をいれ、挿入を中断させた。

時間が掛かったが、すべてがおさまると、シュリルの内部に眼も眩《くら》むような快美の痙攣《けいれん》が起こった。

マクシミリアンは褒美をくれてやるように、優しく彼の口唇を吸い、指と指をからめて、掌をあわせあった。

お互いの掌から、身体の中に滲み入る甘やかなものが感じられる。

ある種の一体感。

男に優しくされていることを感じるだけで、シュリルは昇りつめた。

黒曜石の瞳《ひとみ》に瞪《みつ》められているうちに、もう一度、口付けて欲しいと思った。

心が通いあったように、マクシミリアンがうっすらと口唇をひらく。自分から口付けを求めるためには、シュリルは前屈《まえかが》みにならなければならなかった。

屈むことで、牡が深く入り込んでくる。

——苦しかった。

それでもシュリルは、マクシミリアンに口唇を吸って欲しかった。

応えるように、マクシミリアンはシュリルの口唇を貪《むさぼ》り、舌を深く吸い込んだ。

お互いに、相手の内部に入り込んでいた。

シュリルは吸われるままに、舌先でマクシミリアンの口腔を犯していた。

マクシミリアンの牡が、シュリルの女の唇を深く貫いていた。

狂おしい快感がわきたち、二人はひとつの獣になっていた。


思わぬ邪魔が入った。

ルーベンスが来客を告げにきて、マクシミリアンは寝台を離れなければならなかった。

シュリルは寝台のなかに置き去りにされた。

月が替わり、年が明けて雪月を迎えた頃から、急にマクシミリアンの身辺は慌ただしくなっていた。

城都から、国王印の捺《お》された親書が頻繁に届けられるようになり、雪のなかをおして、使者が訪れはじめた。

思わぬ邪魔は、やはり、城都からの使者だった。

使者が来るたびに、シュリルは部屋に閉じ込められ、鍵《かぎ》をかけられた。

閉じ込められることは辛《つら》くはなかったが、——今は違っていた。

彼は、火をつけられた肉体を持てあましながら、何か気つけになる強い酒を飲みたいという強迫的な欲求にかられた。

壁際の、巨大な装飾戸棚に並んでいる酒類の中から、一番強い蒸留酒《ブランデー》を取り出してグラスに注ぐと、一息に飲みほした。

喉が塞がれたようになり、激しく咳《せ》き込《こ》んだが、身体のなかがカッと熱くなり、ゆっくりと、体温が戻ってくる時の心地好さがひろがった。

二杯目を注ぐと、装飾戸棚にデキャンタを戻し、またも一思いにグラスを傾けた。

味わう余裕などなく、喉を焼くようにして通りぬけたブランデーが臓腑《ぞうふ》に染みこんでゆくと、シュリルは揺曳感《ようえい》にとらわれ、近くにある机に凭《もた》れかかった。

その時、扉がひらいて、マクシミリアンの影が、廊下側の窓から差し込む光によって、長い影となり、室内にのびた。

マクシミリアンはシュリルの方へ近づいてくると、軽く指で頤《おとがい》をとらえ、口唇を奪った。

突然の強引な口付け。シュリルは、ブランデーに酔った身体が、甘く痺《しび》れるのを感じた。

口唇が離れると、マクシミリアンはシュリルの手の中にあるグラスを取りあげ、自分のために棚のなかのブランデーを注ぎたして、一口飲んだ。

「今日限り、塔の部屋へ戻ってもらう」

彼は、そう言った。

すぐさまマクシミリアンの言葉は実行に移され、シュリルは塔の部屋へ追い立てられた。

冷えた石壁に囲まれた部屋の暖炉に、火が入れられるのを見ていたシュリルは、続け様に飲んだ強い酒が利いて、だるくなった身体を、寝台に寄りかからせた。

近づいてきたマクシミリアンが、抱きかかえようとする。抗《あらが》う力もなく、シュリルは寝台に横たえられて、口唇を貪られた。

マクシミリアンは頤を獲《とら》えたまま、シュリルに「舌をだせ」と言い、おずおずと差し出された舌先を、自分の舌で絡めるように舐めた。

それが激しくなり、嚙《か》みつく仕種《しぐさ》になって、楔《くさび》のように口唇が嚙み合い、あわせられた。

口付けの刺激で、紫菫色《ヴァイオレット》の瞳が妖しく潤むのをマクシミリアンは凝視《みつ》めた。

「エスドリアの情勢が変わった。ガルシアへ戻った王妃が、グスタフ四世の息子をたてて、王位継承権を主張している。これを機にガルシアは、エスドリアを手にいれようと言うのだ」

マクシミリアンは、その先を告げた。

「俺も、軍へ戻らなければならなくなった」

シュリルの瞳が収斂《しゅうれん》し、瞬く間に、澄んだ緑潭色《エメラルド》へと変じた。

「ならば、わたしを殺してゆけ」

そう言ったシュリルを、マクシミリアンは厳しく睨《にら》んだ。

「俺のいない間は、ルーベンスが面倒をみてくれる。だが、逃げられるなどと思わないほうがいいぞ、彼は、若い頃アメリス国の傭兵《ようへい》部隊に籍をおいていた退役軍人だ。老人だと思って侮らないことだな」

そう告げると、マクシミリアンは、シュリルの上から離れ、身を翻した。

あまりの素っ気なさに、シュリルはすがるように手を差し伸べた。

気配に気がついたのか、マクシミリアンが振り返った瞬間、シュリルはその手を、恥知らずなことでもしてしまったかのように、慌てて引っ込めた。

なにも言わずに、マクシミリアン・ローランドは塔の部屋を出ると、鍵を回した。

三

今朝方もまた、シュリルは、マクシミリアン・ローランドの夢をみた。

夢の中の彼は、一匹の黒豹《くろひょう》と化していた。

黒豹は、シュリルが閉じ込められている城の、尖塔《せんとう》の壁を駆けあがり、さらなる超自然的な力をもってして、窓の鉄格子を潜りぬけて現われるのだ。

そして、耀《かがよ》う月の光を浴びながら、人間へと変化をはじめる。

彫刻家が完璧《かんぺき》を目指して刻みこんだ、整った顔だち。

闇の彼方まで見透かす力を持っているのではないかと思われる、凄味《すごみ》のある黒曜石の双眸《そうぼう》。

髪の色は、瞳と対になっている漆黒だった。

——彼ほど見事な黒髪を、シュリルは見たことがなかった。

上背のある靭《しなやか》な肉体は、男として理想的なうつくしさをもっていて、シュリルの前に晒《さら》している裸体には、強烈な衝動を煽《あお》る魅力が満ち溢《あふ》れている。

マクシミリアンの訪《た》れは、凌辱《りょうじょく》を意味していた。

凌辱されることは堪え難い。

だが、半獣神の前で、シュリルはまとっている衣裳《いしょう》の襟元をくつろげ、すべてを身体の上からすべり落とし、男でもなく、女でもない、神秘の性をさらけ出さねばならない。

そしてシュリルは、夢の中に現われるマクシミリアンに、あるいは黒豹に、身を捧《ささ》げるのだ。

雪月のおわりにマクシミリアンが成都へ行ってから、塔の部屋に閉じ込められたシュリルは、ただ独りで、灰色の空を見て、長い昼と夜とを過ごした。

その長い時間のなかで、シュリルを置き去りにして行った男は、彼の夢のなかに現われるようになったのだ。

男の手の感触、肌の熱さ、口唇の優しさ、怒りと欲望に昂《たかぶ》った烈《はげ》しさに貫かれる時の、うずくような痛みと恍惚《こうこつ》感を、シュリルはすべて憶《おぼ》えている。

夢は、その再現なのだ。

しかし、いかに超常的な夢のなかでも、彼の肉体は満たされることなく、朝を迎えなければならない。

目覚める前に、シュリルはやはり自分は一人きりのままで、塔の部屋に閉じ込められているのだと思い知らされる。

それればかりか、身体の芯《しん》に重苦しい気怠《けだる》さがのしかかり、花芯の奥が、熱く疼《うず》いていることを感じるのだ。

うずく花芯に心を惑わされて指をはわせると、ジ…ンと、痺れるような快感が脳髄にまでのぼってくる。その妖《あや》しい感触に戦《おのの》きながらも、シュリルは、抗うすべを失ってしまうのだ。

彼は、こみあげてくる欲情に眩暈《めまい》を起こしながら、可憐《かれん》な花を指先でなぞり、さらに触れているうちに、いつしか、指は、マクシミリアンの指へと変じてゆく。

シュリルは、双眸を閉じあわせると、彼の姿を見ることができた。

瞼《まぶた》の裏に、マクシミリアンの居間が思い浮かんでくる。

——書類を取り払った机の上に、彼はシュリルを横たえさせ、ドレスの裾《すそ》をたくしあげる。陽光が差し込む窓際で、さらけ出される羞恥《しゅうち》に身悶《みもだ》え続けていると、マクシミリアンは、花園を指先でつくろげながら、

「もっと、男を欲情させる色に染まってみせろ」と、淡い薔薇《ばら》色の花びらであることを責めるのだ。

マクシミリアンは、シュリルの花皮を爪先で剝《む》きあげ、守られている花芽があらわれる

と「柘榴色《ガーネット》が嵌《は》め込まれているようだ」と言った――。

ゆるやかに指先で花芽を刺激しながら、シュリルはのぼりつめてゆく。

「あ…ぁ…マクシミリアンッ、マクシミリアン……」

その瞬間、シュリルは小さく、鋭く、男の名前を呼んで果てるのだ。

すぐさま、激しい嫌悪に苛《さいな》まれ、肉体が、制御できない虞《おそれ》を感じるとともに、マクシミリアンを求めている自分に戸惑わずにはいられなくなる。

凌辱され、踏《ふ》み躙《にじ》られていながら、会えない時間が、男から受けた仕打ちに対する屈辱感を醱酵《はっこう》させ、やがて性質の異なる感情、――慕情。あるいは、肉体の欲望というものを醸成したのか……。

シュリルは、信じられないと否定し、激しく狼狽《ろうばい》するが、石段を登ってくる足音に気づくたびに、肉体の奥が疼くことをとめられはしなかった。

マクシミリアンの訪れを予感して、警戒し、恐怖し、同時に待ち焦がれるように肉体が疼くのだ。

強い抱擁と、熱い吐息、牡《おす》の昂りをうける時の苦しさと、わきおこる肉の歓び。

かつて、実の父親にすら忌み嫌われた肉体に、最初に触れたのは彼だった。マクシミリアンだけが、シュリルを限界にまで苦しめ、痛めつけ、やがて目眩《めくるめ》く陶酔にいざなった。

だが、その男は、シュリルの裡《うち》に焔《ほのお》をつけておきながら、彼の元へ戻ってこない。

シュリルには、マクシミリアンが必要だった。

肉体的にも、精神的にも、それを戸惑い、否定しながらも、登ってくる足音に期待をかけた。

一日、また一日と、裏切られ続けると、肉奥の焔を持てあまし、満たされない肉悦に煩《はん》悶《もん》させられるシュリルは、そこにマクシミリアンに復讐されているのだと思うようになった。

マクシミリアンにとってシュリルは、妹を死に追いやった人間だった。

シュリルは時おり、この城のどこかに、クラウディアが眠っている気がするほどだ。

以前、マクシミリアンが城のなかを自由に歩き回らせてくれていた時に、シュリルは聖堂の地下に墓地があることを知った。

あのマクシミリアンならば、妹のために、自殺者が入れられる忌み墓地を暴くことさえ厭《いと》わないだろう。妹の亡骸を取り戻し、地下の霊廟《れいびょう》に埋葬しなおしているかもしれない。

愛する者を失ったとき、人間は思いがけない、神をも欺く力を発揮するのだ。

ギョーム公が、ヴィクトルの首を取り出したように……。

彼女のことを思う度に、シュリルは、マクシミリアンが妹によせる愛情の強さを感じた。その深さは、シュリルを妹の敵と憎む、憎悪の深さでもあった。

監禁を強いられた生活であっても、シュリルは日常において不自由を感じることなく、過ごすことができた。

塔の部屋へ連れ戻されたのが雪月だったこともあり、少しでも部屋のなかを暖かくするために、窓にはベルベットのカーテンがひかれ、四柱だけになっていた寝台にも、垂れ布がかけられた。

昔の流行の物ばかりだったが、一度も手を通したことがないとわかる高価な女物の衣裳と、暖かな室内履も与えられた。

入浴も好きな時間に、存分に湯を使ってできるように準備され、花精油や、贅沢な薔薇水、髪を洗うための特別の石鹸《せっけん》も切らされたことはなかった。

寝具は常に清潔で、暖炉の薪《まき》も、不足したことはないのだ。

その上に、階下の書斎から、読みたいと思う書物は届けられ、自由に読むこともできた。

何時までも湯の冷めない銀製の湯差し《ポット》には、シュリルの好みにあった淹《い》れ方でお茶が用意されていた。

三度の食事は、必ず決まった時間に届けられる。執事の勤勉さが、シュリルに時間というものを取り戻させ、日数を数えることを可能にさせた。

食事は、山うずらや雷鳥、鴨といった新鮮な肉が中心の申し分のない献立で、真冬の雪月であっても、二種類の果物が添えられていた。

ただ、ひどく夢にうなされて目覚めの悪かった朝、レーズン入りのオートミールに蜂蜜《はちみつ》をたっぷりかけたものと、デザートにはへビークリームにまぶされた早生苺《わせ》という朝食がだされて、シュリルは困惑させられたことがある。

以前にも一度、こういった朝食を出され、戸惑った日のことを憶えていたからだ。

それは、ラモンとマクシミリアンに二人がかりで犯された翌朝のことだった。

この異常なメニューが、密《ひそ》かに葬られる運命にあった王妃の私生児というマクシミリアンを委《ゆだ》ねられたルーベンスが考え出した、泣いている子供をあやすための特効薬だったと知ると、シュリルは複雑な感慨にとらわれた。

傷ついたシュリルに対して、マクシミリアンは自分の知っているやり方で慰めてくれたのだ。

それを思うと、彼のことが判らなくなってくる。

復讐心から、シュリルを凌辱した男。

百の昼と夜。

マクシミリアン・ローランドは、憎しみの爪でシュリルの肉体を引き裂き、恥辱に貶《おとし》めておきながら、同時に、過去の闇に呪縛《じゅばく》され続けているシュリルの心を救ってくれた。

思いやりというものに耐性のできていなかったシュリルは、男が肉体を責めながらも、垣間見せるいたわりや、気遣いというものに敏感に反応した。

飢えていたシュリルの心をかき乱す慰めが、マクシミリアンにはあったのだ。

男の思いがけない優しさに肉体が呼応して、シュリルの官能は開花した。

開花させられた肉体を、いまは置き去りにされている。

夜ごとの夢が、黒い獣が、シュリルの裡に灯《とも》された官能を刺激しつづけ、マクシミリアン・ローランドという男を忘れられなくさせていた。

壁に刻んだ日付が、この城の主が去ってから、三月が過ぎたことを教えるころになって、肉奥の疼きは、不思議と鎮まった。

悦楽に蝕《むしば》まれたシュリルの肉体は、人の手に触れられたところから腐っていく果実のように爛《ただ》れてゆくことはなく、男との別離の時間が、彼を、蒼《あお》く清麗な花へとかえた。

それはさながら、海の泡から生まれたという美と愛欲の女神が、悦楽の後、海水で身体を禊《みそ》ぐことで処女性を取り戻すのにも似ていた。

肉の疼きが鎮まると、シュリルは孤独に苛まれることになった。

冬の間、シュリルの世界は色彩を欠き、部屋のなかは、常に、圧倒的な静けさに満たされていたことで、彼はことさらに孤独感を煽《あお》られた。

時おり、静寂をやぶって、さらなる凍土へ旅立つ白鳥たちの鳴き声が聞こえてくることもあったが、それはシュリルの心に宿るマクシミリアンとの思い出が聴かせる幻聴だったのかもしれない。

二人で過ごした束の間の、穏やかな時間。

優しさと、官能と、復讐心と暴力とが危うい均衡で存在していた日々の記憶なのだ。

かつてシュリルは、長い時間を放っておかれ、だれにも心を配って貰《もら》えなかった子供だった。

孤独という寂しさや、悲しみの痛みは誰よりも判っていた。いまさら、怺《こら》えられないはずがなかった。

それが、肉体を晒《さら》し、心までも翻弄《ほんろう》された彼は、今までのように一人で孤独に耐えることが出来なくなっていた。

シュリルをそうさせたのは、マクシミリアンだった。

雨月《二》、風月《三》、芽月《四》の三月の間に、マクシミリアンからは二度だけ、シュリル宛てに手紙が届いた。

最初の手紙は、アメリス国が、エスドリア側についたということを報《しら》せるものだった。

二度目の手紙には、四角いマスの中にならんだ絵を入れ替えて、様々な模様をつくって楽しむという一人遊び用のゲーム板が添えられていて、手紙の内容は、その遊び方が短く書かれていただけだ。

微《かす》かに、右肩があがったマクシミリアンの文字は、奇妙に懐かしかった。シュリルは幾度も読み返し、すべて文面を暗唱できるまでになってしまうと、今度は、爪先で文字の上をなぞってみた。

爪の先から、髪、足の先まで、マクシミリアンがどうやって触れたのか、今でもシュリルは憶《おぼ》えていた。

男の書いた文字を爪先でなぞっていると、感触が甦《よみがえ》ってくるような錯覚にとらわれ、不意に、切ない気持ちになってくる。

だが、シュリルは、マクシミリアンへ返信を送らなかった。

彼がそれを必要としていないことは判っていた。理由はそればかりではなく、シュリル自身が、手紙を書くこと、心を、あるいは想っていることを相手に伝えるということが巧みにできなかったからだ。

子供の頃に、愛されずに育つと、そういう大人になってしまうのかもしれない。

それとも、シュリルは返事を書くべきだったのかもしれない。これ以後、マクシミリアンからの連絡も、手紙も途絶えてしまった。

シュリルは、まるで恋しているかのように、――彼のことを考え、待っていたというのに……。

五

花月に入っていた。

窓から差し込む暖かい陽射しと、風が薫る匂いに、シュリルは季節を感じとった。

相変わらず、マクシミリアン・ローランドから連絡はこなかった。

花月も半ばに入った頃になって、寝苦しさに窓をあけ、夜気に頬から髪をなぶらせるようにしていたシュリルは、扉の向こうにある階段を、誰かが登ってくる足音に気づいた。

ルーベンスの、どこか引《ひ》き摺《ず》った感じのある足音ではなく、一歩、一歩、足元を確かめている音が、夜の静けさのなかではっきりと聞こえてくるのだ。

まさか――と思い、シュリルは心の裡《うち》で疑ってみる。

もはや幾度も、その音を聞いたのだ。

昼も夜も、幻の音として耳にしたはずだ。今夜もまた、裏切られるのかという冷めた思いに心が覆われかけた時、扉が開き、彼は現われた。

緑潭色《エメラルド》の美しい双眸《そうぼう》を、シュリルは大きく瞠《みひら》いたままで、黒い影を携えている男、マクシミリアン・ローランドを瞪《みつ》めた。

「元気そうだな」

彼は、本物である証拠に、声を発した。

四か月ぶりに会うマクシミリアン・ローランドは、シュリルが記憶している時よりもいくぶんか痩《や》せて、精悍《せいかん》な男ぶりを示していた。

シュリルは応《こた》えずに、微かに視線をそらした。

眼の前にいる男を正視し続けることができなかった。シュリルは、マクシミリアンを瞪めて、胸の鼓動が激しくなるのを抑えなければならなかったのだ。

「どうした、言葉を忘れてしまったのか？」

窓際に立ちすくんでいるシュリルに、またもマクシミリアンは声をかけてきた。

シュリルは、自分の気持ちが、――心が摑《つか》めずに、困惑している様子を隠せなかった。

彼に会いたかった。

戻ってくる日を待っていた。ところがいざ戻ってきたのだと判ると、二人の間にあるもの、その隔りを意識せずにはいられなくなってくるのだ。

マクシミリアンは、部屋の中央へ歩いてくると、ゆったりとした背もたれのある椅子に腰を下ろし、窓際に立っているシュリルを瞠めた。

「…今日、帰ってきたのか？」

見られていることを感じながら、シュリルは訊《き》いたが、

「いや、戻ってきたのは十日前だ」というマクシミリアンの答えに、今度は驚きを表わした。

「知らなかった。ルーベンスはなにも教えてくれなかった……」

落胆したような言葉を洩《も》らしたシュリルに、マクシミリアンは皮肉を含んだ冷笑をもって応えた。

「俺に逢いたかったような口振りだな」

からかう口調でそう言ったマクシミリアンは、目の前のシュリルが動揺するのを感じとると、

「この四か月の間、独りでなにをしていた？」と、訊いた。

「本を読んでいた……」

シュリルは答えてから、微かな間をおいて、

「それから……」と、言葉を流した。

「それから？」

肘掛《ひじか》けに凭《もた》れかかりながら、マクシミリアンはその先を促した。

「……いろいろなことを、考えていた」

「色々？」

いつも多くを喋《しゃべ》らないシュリルだった。

「例えばどんなことだ」

マクシミリアンは、それでは判らないとばかりに促した。

すこし戸惑いながらシュリルは、

「沢山のことだ。……マクシミリアン・ローランド。君のことも……」

と、口にしてしまってから、睫《まつげ》を伏せ、視線を床へと落とした。

「君のことか、少しは昇格したようだな」

マクシミリアンはそう、おかしくもないのに笑って付け加え、

「俺も、成都では、…君のことを考えていたよ、シュリル」と、言った。

その一言で、辺りの空気が和み、夜の濃密さが増した。

シュリルは、目の前にいる男に引き寄せられるような錯覚をおぼえていた。

夜ごとの夢に現われた男。

何かしらの情熱を持ってシュリルを瞪めていたマクシミリアンだったが、次の瞬間、苦しげに眉根《まゆね》をひそめた。

彼の裡でなにか怺えがたい苦痛が起こり、それが端整な表情を歪《ゆが》ませたのだ。

「お前を殺していかなかったのは、俺のしくじりだった」

甘やかなものが瞬時に一掃され、苦悩を漂わせたマクシミリアン・ローランドの昏《くら》い声

音が放たれた。

「…お前は、俺を苦しめた」

まったく同じ言葉を、シュリルは目の前の男に言いたかった。

置き去りにされ、苦しかったのだと。だが、どうしてそんなことが言えるだろうか。シュリルは、代りに、

「今からでも遅くはないのだ、マクシミリアン。わたしを、殺してもいいのだ」と、言った。

凍りついたような時間が二人の間を流れ、静寂が部屋のなかを支配するものとなった。

その静寂を破ったのは、マクシミリアンだった。

「階下の部屋へ行って休むといい。部屋はルーベンスが整えてくれたはずだ…」

そして彼は、深く腰掛けていた椅子から立ちあがり、シュリルへ背を向け、出て行ってしまった。

取り残されたシュリルは、一人で塔の部屋を出ると、長い階段を降り、幕布を潜り、延々と続く回廊をわたって青い花柄の壁布が美しい部屋へと向かった。

その部屋は、大理石の装飾暖炉と大きな天蓋《てんがい》付寝台、曲線の優雅な家具がそろっていて、広い浴室にある浴槽は、ローズ色の陶器製といった女性的な部屋だったが、石積みの塔の部屋から比べると、どれだけシュリルの心を和ませてくれたか計り知れない。

その部屋も、今宵ばかりはシュリルを慰めてはくれず、眠れぬ夜となった。

夜ごと、黒い獣に抱かれる夢に倦《う》み疲れた日々の記憶に、シュリルは苛《さいな》まれた。

十日も以前に戻っていながら、マクシミリアンは塔へは訪れなかったのだ。

男が自分を求めていないことを感じとり、同時に、自分が浅ましくもマクシミリアンを求めていることを悟ると、シュリルは、恥じて、狼狽《ろうばい》した。


翌朝、窓際のテーブルで朝食を摂っていたシュリルの所へ、突然マクシミリアンが姿を現わした。

彼は、昨夜の気まずさを一掃するかのように言った。

「午後から俺は、領地の視察に出かけるが、妙な気を起こさないと誓えるのならば、一緒に連れていってもいい」

「妙な気、とは？」

意味を解さずにシュリルが訊き返すと、マクシミリアンは面倒臭そうな口調で答えた。

「逃げようということだ」

微かにシュリルは視線を伏せた。

たとえ、マクシミリアンの元から逃れられたとしても、エスドリアに戻れるはずがないことはシュリル自身が知っている。祖国において彼は、相変わらず、革命の贄《にえ》であり、高額な賞金が懸けられた国王派の貴族でしかないのだ。

シュリルの憂いを敏感に感じとり、マクシミリアンは自分なりに解釈して言った。

「エスドリアに戻りたいのだな？」

その言葉にシュリルは戸惑った。――自分は戻りたいのだろうか？　と。

結局、逃げたいとも、戻りたいとも答えられなかったが、午後になると、マクシミリアンはシュリルを城の外へ連れだした。

豊かな自然に恵まれたアメリス国の晩春は、遅れを取り戻そうとでもするかのように、様々な花がいっせいに咲き誇る見事なものだった。

風は柔らかく、香《かぐわ》しい。

鉱物を腕《かいな》に潜めた山々は、峰に万年雪をのこし、一年を通じて豊かな水を約束しているも同じだ。

肥沃《ひよく》な農地。広大な葡萄《ぶどう》園と葡萄酒造りの工場。

ローランド領の一部は、王族の狩猟地にされてもいた。

彼の領地が豊かであることは、シュリルの目にも見てとれたが、大雪だったために、葡萄棚はかなり壊れ、麦畑を仕切っている畦《あぜ》も所々崩れていた。川の堤は崩壊し、橋が流されているという被害も大きかった。

マクシミリアンは、被害に応じて金を出してやる前に、自分の眼で細かく見て回っている。

乗馬服に着替えたシュリルは、与えられた栗毛の馬を並んで走らせながら、マクシミリアンのもうひとつの顔、――領主としての顔を見た。

彼は、シュリルを連れているためにか、注意深く、人に出会わない道を選んでいたが、それでも時おり、高台に立ち、辺りを見回しているマクシミリアンに気づいた領民たちが、帽子を取って、頭を下げるのが遠目にも判った。

子供たちなどは、彼が立ち止まって応えてやるまで、手を振って歓声をあげている。エスドリアの貴族領主とは、性質が異なっていた。

マクシミリアンは、税を徴収するばかりの領主ではなく、彼らの財産の管理人だった。その上彼は、広大な領地の、すべてを知っているのではないかとすら思われた。

一通り、今日の予定を見回ってしまうと、マクシミリアンはシュリルを促して、狩猟地のなかを速走《はやが》けに馬を駆った。

自然をそのままに残し、起伏に富んだ地形を有する狩猟地には、領民は足を踏み入れることはない。二人は誰の眼も気にせずに、存分に馬を走らせることができた。

マクシミリアンは、どのように馬を駆っても、シュリルが遅れずに付いて来れることを知って、満足している様子を隠さなかった。

雪解けの水が溢《あふ》れ、氾濫《はんらん》した小川を、シュリルが飛び越えて付いてきた時に、ついにマクシミリアンは、

「見事なものだな」と、讃《たた》えるような響きで口をひらいた。

微かに息を弾ませながら、シュリルはうっすらと微笑した。

「子供のころの愉《たの》しみといえば、馬に乗ることだけだった……」

その答えを得て、マクシミリアンは「ギドゥーでか？」と問い返す。

シュリルは、今度は頷《うなず》いて応《こた》えた。

「ギドゥーはどんなところだ？」

「何もないところだ。あらゆる自然の恵みを授けられていながら、農地でもなく、民家もない。森と湖と、静けさだけがある土地だ」

過去へと思いをはせるかのように、シュリルは遠い眼をみせた。

隔離された離宮は、シュリルのために建てられたのだ。

決して、彼が他の者と出会わないように。決して、誰かが彼を見つけないように。周りに外界から閉ざすための高い塀を巡らせ、……離宮というのは名ばかりで、牢獄に近かった。

あるいは、珍しい獣を飼っておくための、檻《おり》に。

「あの川の水は、エスドリアへ流れてゆく」

しばらく並んで馬を歩かせながら、岩場へとあがり、マクシミリアンは下方の川を鞭《むち》で指し示した。

雪解け水が、濁流となって流れてゆく大川を見下ろしながら、シュリルはその川の下っていく先、遥か遠くへと視線を巡らせた。

春霞《はるがすみ》に、彼方がかすんでいる。晴れていたならば、エレオノールの平原が見えるだろうとマクシミリアンは言った。

どうどうと激しい水音が響いてくる。水飛沫《しぶき》があがって、高台にいるにもかかわらず、シュリルにまで飛び掛かりそうな気配がした。

ふいに、シュリルは眩暈《めまい》を覚えて、馬首にしがみついた。

「エレオノール領は、ここからそれほど遠くはない。半日も馬を駆れば……」

マクシミリアンはそう言って振り返ったが、蒼白《そうはく》になっているシュリルに気がつき、馬首を返して彼に近づいた。

「少し、休もう」

シュリルのほうは、頭を振って大丈夫だと否定した。

「大丈夫かそうでないかは、その顔色を見れば判る」

先に馬から下りたマクシミリアンは、草むらにマントを広げて、強引にシュリルを横たえさせた。

まだ強くない春の陽射しが、マクシミリアンが傍らに腰を下ろしたことで遮られて心地好い翳《かげ》りとなり、シュリルは、まるで眠りに誘われるように目を閉じた。

束の間、シュリルは頭の中で渦を巻く濁流に意識をのまれていった。

マクシミリアンは、呼吸を楽にしてやるために、喉元《のどもと》の釦《ぼたん》を外して襟をくつろげ、現われた透けるような白い肌に、新緑に馴染《なじ》んでいた眼を射貫かれた。

目元を覆っていた影が動いたことで気がついたのか、シュリルが瞳《ひとみ》を瞠《みひら》き、ふたつの双《そう》眸《ぼう》が瞬間、瞪《みつ》めあう。

　同時に二人は、お互いに求めあっていることを感じとった。

　言葉も、意味を含んだ合図も、なにもかもが不必要なものだった。マクシミリアンは、彼にとっていつものしぐさで、横たわっているシュリルの髪を額からかきあげるように撫《な》で、そのまま、彼の顎《あご》にまですべらせた。

　その指で、形の佳《よ》い顎を持ちあげると、口唇《くちびる》を合わせ、舌先で触れ合い、お互いを確かめあおうとした。

　さらに深く、今日までの飢えを満たそうとでもするかのように、マクシミリアンは口づけで探ってきた。

　息苦しさにシュリルが身動《みじろ》ぐのを、伸《の》し掛《か》かっている男の力が封じている。

　触れあった身体から、熱が入り込んでくる。

　シュリルは、肉奥の疼《うず》きに熱を与えられて、あえかに、喘《あえ》ぎ声を洩《も》らした。

　美しい喘ぎ声に、マクシミリアンは心を奪われたようになった。

　シュリルは、自分を瞠めている男に、もっと触れてもらいたかった。

　優しく触れて、感じさせて欲しかった。そう願う淫《みだ》らな自分がたまらなく羞《は》ずかしかったが、マクシミリアンは、すべてにおいて、素直に反応することを責めたりはしないのだ。

　復讐《ふくしゅう》という激しい意識で、力ずくでシュリルを蹂躙《じゅうりん》した男だが、感じる限りの悦楽を与えてやろうとしてくる。そして、開花したシュリルの肉体は、応えるのだ。

　男の手が、シュリルの前盾をひらいて侵入してくると、滑らかな指が、なぞりかけてきて、花びらの襞《ひだ》をひらいた。

瞼《まぶた》を閉じたシュリルの口唇が、うっすらと、開いた。

花びらに触れたまま、マクシミリアンは口唇を吸い、舌をからめてくる。

すでに怺《こら》えられなくなっていて、シュリルは、熱くあえいでいた。マクシミリアンは、花びらから、花芽へと指先を移し、シュリルを狼狽《ろうばい》させた。

だが、その時、二人は同時に甲高い叫び声を聞いた。

ハッと身体を強張《こわば》らせたマクシミリアンは、夢から覚めたように冷淡になり、素早くシュリルから離れた。

ふたたび、悲鳴が二人の耳にとどく。

「川だ…」

叫ぶと同時に、高台に立っているマクシミリアンの目には、なにが起こっているのかが見てとれた。

増水した川を渡っていた途中で、橋が崩れたのだろう、木片と化した残骸《ざんがい》にしがみついた子供が流されていた。それを川岸から、母親と兄弟らしい子供たちが泣き叫びながら追いかけている。

春の陽光に、流されていく子供の金色の髪が、痛々しく光を弾《はじ》いていた。

シュリルもその光景に気づき、蒼白になった。

彼は、「あぁ…」と、呻《うめ》いて後退《あとずさ》り、マクシミリアンにぶつかるようにして支えられた。

「ここにいろ、いいか、動くな。ここで待っているんだ、シュリルッ」

今にも頽《くずお》れそうになっているシュリルに、強い調子で命令したマクシミリアンは、鐙《あぶみ》を踏んで馬に跨《また》がると、崖《がけ》を斜めに、流されていく子供を追いかけて、一気に駆け降りていった。

「…マクシミリアンッ」

馬から飛び下りたマクシミリアンが、迷いもなく濁流のなかへ飛び込んだ瞬間、シュリルは全身から血が音をたてて引くのを感じた。

濁流にのまれて、マクシミリアンは一度、沈んだように見えた。

「ここにいろ」と言われた言葉を忘れたかのように、シュリルは、自分もまた馬を駆って崖へ飛び出していった。

「マクシミリア…ンッ」

男の黒髪が、水のなかに見え隠れしている。流されていたマクシミリアンが、堤防に引っかかった子供に追いつき、抱きかかえたのが見えると、シュリルは崖の上にとどまった。

やがて、岸に向かって力強く泳ぎはじめたマクシミリアンは、恐怖で火が付いたように泣きだしている男の子を、母親の手に抱き取らせた。

これだけ泣き声が出るので心配はないと思ったが、一応医者に連れて行けと指示をして、マクシミリアンは、崖の上に立っているシュリルの方を見あげた。

何気ない彼の仕種《しぐさ》につられて、そこに居たすべての者が、同じように崖の上に立っている黄金の輝きに眼を奪われた。

シュリルは、ずぶ濡《ぬ》れになって戻ってきたマクシミリアンに、彼が置いていったマントを差し出したが、渡そうとした時に、思わず彼の腕に摑《つか》まり、指先が白くなるほどの力を込めた。

蒼白になっているシュリルの顔色から、マクシミリアンは彼が感じた恐怖を思いやることができた。

「怖かったのか？　大丈夫だ」

宥《なだ》めるようにマクシミリアンは言ったが、シュリルは、食い込んだ指を外さなかった。

「…あの子は助かったんだ」

マクシミリアンはそういうと、熱を与えるようにシュリルの口唇を啄《ついば》んだ。

何度か、啄むように繰り返しているうちに、シュリルの強張りが解けて来たのを感じ、マクシミリアンは口唇を外した。

「お前が、…死ぬかと思った」

突然、そう口走ったシュリルを、マクシミリアンは驚いたように凝視《みつ》めなおしてから、笑った。

「俺は訓練している軍人なんだぞ。あんなことは何でもないことだ。それよりも帰ろう、着替えたいからな……」

　その一言に、ようやくシュリルは現実に戻ってきたのか、マクシミリアンを摑んでいた手を離そうとして、ぎこちなく動かした。

「しっかりしろ」

　もう一度言って、マクシミリアンはシュリルの手を上から覆うようにして叩《たた》いた。全身ずぶ濡れのマクシミリアンよりも、シュリルの方が今にも死にそうだった。

「今まで、何に対しても自分から立ち向かおうとしなかったから、恐怖を克服できないのだ。お前が怖いものはなんだ?」

　マクシミリアンが突然、そう訊《き》いてきた。

　咄嗟《とっさ》に、シュリルに答えられるはずがない。彼は何時も、思っていることを伝えようとするには、言葉が足りなかった。

「水が怖いのか?」

　たぶん彼はもう、そんなシュリルを理解しているのだ。だから、無理に聞き出すというのではなく、誘導するように話しはじめた。

「雷が怖い、水が怖い、ヴィクトルの首が怖い……」

　マクシミリアンはそう言い、最後に、「それから、…俺か?」と、付け加えた。

　はっと視線をあげて、シュリルは緑潭色《エメラルド》の双眸で男を瞪《みつ》めた。

「いま判った……。わたしには、お前が必要なのだ」

唐突にシュリルが言い出した言葉に、さすがにマクシミリアンも面食らった様子を見せた。

「なにを言っている。俺は、お前を犯した男だ。その上、殺すかもしれないのだぞ」

そしてマクシミリアンは、

「怖くはないのか？——殺されるということが」と、訊いてみた。

実の父親に殺されかけたシュリルだった。その時の記憶が、彼を苦しめていることをマクシミリアンは知っていた。

「殺されるのは怖いと思う。だが、わたしにはもっと恐ろしいことがある」

何時になく饒舌《じょうぜつ》にシュリルが反応するので、マクシミリアンは興味を持って訊き返した。

「それはなんだ？」

「自分で、自分の命を絶たなければならない時が来るということだ……」

シュリルは、自分の気持ちを口にしてしまったという戦《おのの》きに慄《ふる》えた。

男は、そんなシュリルに対して敏感に反応した。

「クラウディアはその罪を犯したのだ」

真っ直ぐにシュリルを凝視しながら、マクシミリアンはそう言葉で射貫いた。

男の視線から、シュリルも眼をそらさなかった。

「…わたしは、自分に都合の良いことを考えているのだ。クラウディアに大罪を犯させておきながら、自分だけ救われるために誰かに殺されることを待っている……」

「救われる？」

「父が、わたしの身体を厭《いと》うとき、それが前世の罪だと言った。わたしはきっと、自刃した者の転生なのだろう」

自殺は大罪。その罪を犯したものは、神の祝福を受けられぬ生き物に転生すると信じられている。

まさしく、神秘の性をもたされたシュリルは、それこそが前世の罪と信じた。ゆえに、二度とその罪を犯さないことが、彼のすべてとなっていた。

だが、クラウディアを救ってやれなかった罪はどうなるのだろうか？　それは、マクシミリアンの手に掛かって殺されることで、贖《あがな》うしかないのだ。――シュリルは、殺されることを恐れているわけではなかった。

彼が恐れるのは、自らの手で命を絶たねばならないことだった。そこまで追い詰められることとなのだ。

「お前の父親のギョーム公爵は、聖将軍だったな？　だからそんなことを言うのだ。神だの、祝福だのと……」

吐きすてるようにマクシミリアンは口にしてから、問い返してきた。

「殺してもらうために、俺が必要だと気がついたのか？」

答える代わりに、シュリルは視線を伏せた。

「戻ろう、風邪をひきそうだ」

その一言で、マクシミリアンは今の状態を、――話し合わなければならない過去を、終わらせることにした。

二人は押し黙ったまま城へと続く道を引き返し、国王からの使者が訪れていることに気づいた。

マクシミリアンが着替え、使者と会っている間に、シュリルは厩舎《きゅうしゃ》で、自分が乗った栗毛の手入れを、自分の手で行わなければならなかった。

当然、マクシミリアンも馬の手入れは自分で行うのだ。ここの暮らしは、そういうものだった。

この日からしばらくの間、シュリルは馬で出かけることが日課になった。

マクシミリアンは、彼に陽光をあびさせ、息衝《いきづ》きはじめる自然の蘇生《そせい》力を見せ、適度の運動を与えた。

お互いに会話を必要としない、同じ時間を共有したのだが、城に戻ると、彼はまるで突き放すかのようにシュリルから離れた。

あれほど激しく、憎しみをもってシュリルを犯した男は、復讐《ふくしゅう》のためにも、自らの肉欲《にくよく》のためにも、もはやシュリルを求めては来なかった。

それでも、日々の変化が、シュリルを倦《う》ませることはなかった。

彼は、変化に富んだ自然のなかに連れ出されることに喜びを感じ、共有する時間で、満たされないものを埋めようとした。

だが、かつて毎日のように過ごしたマクシミリアンの居間の前を通る時、ふと立ち止まり、重々しい樫《かし》の扉に手で触れてみることがあった。

いまや、二人が共通の時間を過ごすのは、季節の間である『花月《五》の間』であり、数日前からは、新緑色に飾られた『若草月《六》の間』に代わっていた。

それでも、マクシミリアンの居間のなかには、二人で過ごした静かな時間が、まだ残っているはずだった。

——マクシミリアンは隣にある書斎を使うよりも、居間の机で書き物をした。

居間の机は、使い込まれて飴《あめ》色の光沢をはなつマホガニーで、縁に金の象嵌《ぞうがん》が施されていた。その机に座っているマクシミリアンを、シュリルは容易に思い出すことができた。

彼は、寛《くつろ》いでいる時も身嗜《みだしな》みの良さが損なわれることのない男だった。かと言って、上品な男でもなかったが、机に向かっている時は、自分の領地をきちんと治めている領主貴族の威厳を持っていた。

領民から出される何通もの嘆願書、諍《いさか》いの仲裁。彼を懐かしむ友人からの手紙や、早急に返事を要する物、国王印が捺《お》された重要な書簡などを、彼らしいやり方で片づけ、幾つかの、新しい農作物の品種改良の報告を受け、金を出してやっていた。

何度か、シュリルに書類を書くのを手伝わせたが、文字が神経質すぎるといって、結局は自分で書き直したりもした。

時々、その机で爪を磨き、頰杖《ほおづえ》を付いて本を読む。

その机で、シュリルを跪《ひざまず》かせ、肉体をひらかせ、欲望に従わせることもあった。

そういう時のマクシミリアンは、貴族の仮面をかなぐりすてた一匹の牡獣《けもの》になっている。

黒曜石の双眸《そうぼう》と漆黒の髪をもった黒い獣、黒豹《くろひょう》に——。

抱かれた時の記憶が肉体の奥によみがえってきて、シュリルは息苦しくなってしまい、思い出を振り払うように扉の前を離れ、与えられている部屋に逃げ込んだ。

四

本来ならば成都にとどまっていなければならないマクシミリアンだったが、自分の城に戻ってしまったことから、成都と彼の間を頻繁に使者が訪れるようになっていた。

使者が訪れる度に、シュリルは身を隠して部屋に閉じ籠《とこも》らなければならなかった上に、連絡だけではどうしても用が足りずにマクシミリアンが出かけて行く日は、場合によっては塔の部屋に戻されることもあった。

シュリルは、部屋に閉じ込められている間に、城のなかを大勢の人間が移動する気配を感じたり、家具を動かす音、物のこわれる音などの騒音を耳にした。

漠然とした不安が、彼を落ち着かなくさせ、意味もなく苛立《いらだ》ちを感じさせるようになった。

何かが起こっているのだ。

変わっていこうとしている。――あるいは、束の間の、この平穏な時が終わりに近づいている予感がして、シュリルを不安にさせた。

なにが終わろうとしているのか、マクシミリアンはどの事柄を終わりにするつもりなのか、シュリルには思い測ることは出来なかった。むしろ、感じている漠然とした不安が、すべて勘違いであるのかも知れなかった。

摑《つか》みどころのない不安を覚えた時は、想像を逞《たくま》しくするしかなかった。

特にシュリルのような人間の場合の想像力は、悲観的な方向性をもっていた。

収穫月《七》を目前に、マクシミリアンは領主として出かけることが多くなり、シュリルが城の外へ出られる機会がなくなったことも、影響していた。

そんなことが続いたある日のこと、塔の部屋に戻されていたシュリルは、

「陛下の居間で、お客さまがお待ちです」と、ルーベンスに告げられ、突然に塔を出された。

来客に思い当たらないシュリルは、老執事に誰がきているのかを訊《き》こうとしたが、必要なこと以外を口にしないルーベンスが黙っていることで、訊く機会を逸してしまった。

マクシミリアンの居間へ行ったシュリルは、把手《とって》に手をかけ、樫の扉を押し開いた時、最後に見た時と様子が変わっていない部屋のなかに、ラモン・ド・ゴール戦将軍が座って

いることに気がついた。

「ラモン……」

口唇から呻《うめ》きのように彼の名が迸《ほとばし》った。

ラモンの訪れは、シュリルに不吉な思いを抱かせ、二人がかりで凌辱《りようじよく》された記憶を甦《よみがえ》らせた。

――嵐がおとずれようとしていた日のことだった。

シュリルは、ラモン・ド・ゴール戦将軍に、肉体の秘密――複雑に男と女が入り込んだ、神秘の肉体であることを知られたあげくに、熱蠟《ねつろう》をつかって秘花をなぶられるという惨《むご》たらしい責めを受けたのだ。

「…いっそ、殺せッ」と、叫んだシュリルを弄《もてあそ》んで歔《な》かせ、二人の男は、駆り勃《た》てた牡《おとこ》で、彼の双花を散らした。

未熟な女花と、白い谷間に隠された花蕾を蹂躙《じゆうりん》されて、シュリルの心は砕かれたのだ。

二匹の獣に貪《むさぼ》りくわれた時の屈辱と苦痛を思い出すと、肉体の奥ばかりか胸に苦しいものが突きあげてきて、シュリルは眩暈《めまい》を感じた。

あの後、ラモンは二度と、シュリルの前に現われなかった。

マクシミリアンもまた、ラモンを招かなかったのだろう。それゆえに、シュリルは、褐色の肌と、琥珀《こはく》色の双眸をもったエスドリアの戦将軍に対する恐怖心を忘れることができたのだ。

その男が、今になって、突如として現われた。

シュリルは、ラモンを見た瞬間から、足元が崩れてゆくような不安を感じただけではなく、後退《あとずさ》って逃れたい衝動に駆られ、それと闘うことを、心の裡《うち》で完全に放棄していた。

だが、すかさず椅子から立ちあがってきたラモンによって手をとられ、部屋のなかに招きいれられたシュリルは、宮廷の貴婦人に接するように、恭しく礼をつくされた。

「相変わらずお美しいですな、シュリル聖将軍。白いドレスも素晴らしくお似合いだ。マクシミリアンは趣味がいい…」

シュリルが女物の衣裳《いしょう》を着けているところを初めてみるラモンは、口元を笑わせている。

そんな男から腕を引いて、シュリルは身体を遠ざけた。

「どことなく憂いをました雰囲気が、なんとも、色っぽい」

低いが良く通る声音のラモン戦将軍は、大袈裟《おおげさ》な身振りで、讃《たた》えるとも、揶揄《やゆ》するともとれる物言いをしていたが、後退ったシュリルを壁ぎわまで追い詰めてゆき、筋肉に鎧《よろ》われた腕《かいな》に抱きしめた。

抗《あらが》い、そらされた白い首筋に、ラモンは舐《な》めんばかりに顔を近づけた。

「いい匂いがする肌だ…」

その言葉に反応し、シュリルが、身体を強張《こわば》らせた。

強い腕の力、抱きしめられる息苦しさ、男の重み、腕の熱さにシュリルは眩暈をおこしそうになっている。

「放せ、ラモン…ラモン戦将軍、……こんな、ことのために越境してきたのか？　エスドリアの将軍ともあろう男が」

抱かれたままシュリルは、突き放したように言葉を吐き出した。

「いかにも。今日参ったのは、まずは第一にお報《しら》せしたいことがありましてな。そして第二に、この麗しい白百合を手折るため」

男がそう言うのを、シュリルは煌《きらめ》く緑《エメ》潭《ラル》色《ド》の双眸で見据えた。

ラモンが笑った。

「どうやら、あなたの冷たい心は俺を忘れてしまったようだ……」

面白くなさそうに言うと、ラモンは、窓際のソファーにシュリルを腰かけさせ、自分は元の席へと戻った。

そして唐突に、

「あなたとマクシミリアンの間に何があったのか、俺は知らない。なぜ、マクシミリアンがあれほどあなたを追い詰め、手に入れようとしたのか、本当のところは判らないのだが、今となっては、そんなことはどうでもいいことかもしれん」と、言い出した。

男の真意を計り兼ねているシュリルに向かって、ラモン・ド・ゴールは、はっきりとした口調で言葉を継いだ。

「シュリルどの、エスドリアへ戻られよ。王政が覆され、共和主義に変わっていこうとする祖国を、あなたは見届けなければならないのだ」

困惑している様子を隠せないシュリルに向かって、ラモンは、

「お判りにならないのか？　これは、マクシミリアンの意思でもあるのだ」と、口にした。

「マクシミリアンの？」

動揺がシュリルに走り、それを男は見逃さなかった。

シュリルは、自分とマクシミリアンとの関係を、目の前の男にどのようにして判らせるかに戸惑った。

マクシミリアンは、妹の復讐《ふくしゅう》のためにシュリルを手にいれ、凌辱したのだと。

——だが現在《いま》は、成都から戻って以来この方、彼はシュリルに触れようとしない。お互いに、求めあっていることを感じていながらも、もはやマクシミリアンは、シュリルの肉体、神秘の性を味わおうとはしない。

それが、新たなる復讐のやり方であると言わんばかりに、禁欲的な接し方をする。

シュリルの肉奥にあるうずきを癒《いや》すことを拒むやり方で……。

わずかな、そして効果的な間をおいて、ラモンが言葉を継いだ。

「マクシミリアンは、あなたが邪魔になったのだ」

頬を打たれたような衝撃を受けたシュリルは、ハッとして、男の顔を凝視《みつ》めた。

ラモンは、自分が使用した言葉が、思いがけなくも、致命的な効果をもたらしたことに気がついた。同時に、そこに、シュリルのマクシミリアンに対する心を感じとった気がして、妬心《としん》というものが生まれた。

次の言葉はわざと、シュリルに思い出させるように発せられた。

「どういう事情があるにしろ、あなたとて、暴力で自分を犯した男の元にとどまっていたいとは思われぬだろう?」

そう言った男を、逆に、シュリルは睨《ね》めつけた。

「そ…れは、お前とて、同じこと……」

ラモンが笑って、やり返した。

「同じではない。俺は、マクシミリアンほど惨い男ではないぞ」

シュリルは、男から視線をそらした。

昔から、この大男に対して良い印象を持ったことがないのだ。ラモン・ド・ゴールは、シュリルに興味があるようでいて、嘲笑《あざわら》っているかのようなところがあった。ラモンが、自分の肉体の秘密に気づいているのではないかと、シュリルは疑ったことすらあるのだ。

「俺が悪いようにはしない。エスドリアへ戻るのだな、シュリルどの」

——マクシミリアンは、シュリルをなぶり殺しにすると言った。彼は、クラウディアの復讐のためにシュリルを捕らえたのだ。自分の所から逃がすとは思われなかった。逃がすくらいならば、殺すはずだと。

しかし、シュリルがこの城にいることは、エレオノールの領民に知られている。さらに、ラモンにも知られているのだ。

殺せる機会を逸してしまったのかと思ってみたが、あれだけの憎しみを持っていた彼が、そんなに心の弱いはずがないからだ。

慎重で、裡に熱い情熱——それは復讐と言う名を持たされていたが——を抱えもった、男。マクシミリアン・ローランドが、別の名の付く情熱を心に棲《す》まわせたのならば、さぞかし激しいことだろうと想像できる。

「わたしが邪魔になったのならば……」

——彼は、わたしを殺せばいいことなのだ。と、うわ言のように口唇から言葉を洩《も》らしたシュリルだったが、ゆったりと腰掛けていた椅子から大男が立ちあがる気配に、びくりと、戦《おのの》いた。

ラモンが立ちあがったのは、扉の向こうに人の気配を感じたからに他ならなかった。

その時、扉があいて、マクシミリアンが姿を現わした。

エスドリアの軍人であり、現在は革命政府の長であり、国民議会の幹部でもあるラモン・ド・ゴールは、入ってきたマクシミリアンに礼を尽くして、立ちあがった。

「先客があったもので、待たせて済まなかったな」

そう言ったマクシミリアンに、ラモンは頷《うなず》いた。

「アメリス国王のご使者だな？」

ゆえに、ラモンは遠回りして、城の裏門から入ってきたのだ。まだアメリス国の者に姿を見られるわけにはいかなかった。

「どんな用件で来たのか、だいたいの予想はつくが……」と言って笑ったラモンを、マクシミリアンは見た。

成都より訪れた使者は二人。国王の親書を携えた者と、それを警護する者。それがこの国の習わしで、彼らは緊急を要する黄色の制服を着用していた。

使者は、「シュリル・アロワージュ・エレオノール公が、この城に滞在されていることを知った」と切り出した。

「それが？」と問うたマクシミリアンに、使者は、「ローランド卿の領民がエレオノール公を見て、領主の恋人と勘違いしている」そう言い出したのだ。

「こういう噂は、すぐさまひろまり、国王陛下の下へも届きました。本日、エスドリアの新議会から、公爵の帰国を要請する書簡が届けられてきたのです。卿は間もなく、バウア伯爵夫人のご令嬢との結婚が決まっていることを、くれぐれもお忘れなきように、これは国王夫妻両陛下からのご親書でございます。エレオノール公を一日も早く、エスドリアへ戻されることと、これが両国間の関係にもよい結果をもたらすだろうと……」

——同じ時刻に、ラモンが現われたのだ。

シュリルは、ラモンに対して、以前のような親密さがマクシミリアンの方にみられないことに気がついた。

そればかりか、向かい合った二人の間には、なにか言い難い危ういものが、存在していた。

「シュリルどのは、以前よりもさらに美しくなられた。久し振りに見ると、眼が痛いくらいだ。あれを、使ったのか？」

不意にラモンはマクシミリアンにむかって、二人の間だけで通じる事柄を訊《き》いた。

マクシミリアンが、否と頭を振ると、「ほう…、それではこれは、いったいどうしたことだ？」と、呻《うめ》くように言葉を継いだ。

シュリルは、そのような男たちから視線をそらした。その瞬間、以前この部屋になかったもの、なにもかも知り尽くしていた部屋に、新しく加えられている物に気がついた。

それは、マクシミリアンの机の上に置かれていた。

机の上は乱雑になっており、最近の彼がどれ程の仕事をこなしていたのかを物語っていたが、そこに、一枚の焼き絵が加えられていたのだ。

金と赤の縁取りがある焼き絵で、淡い空色の衣裳《いしよう》をまとった優しげな面立ちをしている少女が精密に描かれている。

かつて、シュリルも同じ金と赤で縁取られた焼き絵を持っていた。

金と赤。それはアメリス国で婚姻を意味する色だった。この二色に縁取られた焼き絵は、結婚相手に贈られるものなのだ。

シュリルの視線を追っていたラモンもまた、焼き絵に視線をとめた。

「どことなく、クラウディア姫に似ているところがあるな」

わざとラモンは、シュリルの心情を掻《か》き乱《みだ》させる言葉をもらした。

それ以上の含みはなかった。ラモンは、シュリルの妻であったクラウディアがマクシミリアンの妹である事実を知らないのだ。

「気になるのかな？　焼き絵の美姫は、マクシミリアン・ローランド卿の花嫁になる女性だそうだ」

聞こえよがしにそう言ったラモンを、シュリルが見た。

ラモンは、シュリルが自分に興味を持ったことに気を良くしたようだった。

「それも、アメリス国王が、寵妾《ちょうしょう》のバウア伯爵夫人に生ませた姫というわけだ」

マクシミリアンが、口元に冷笑をはかせたことにシュリルは気がついた。

さらにラモンが、言わなくてもよいことまで、シュリルの耳にいれるために口にした。

「マクシミリアンは、王妃が切れ者の宰相と密通して生まれた私生児。その二人を娶《めあわ》せる。…国王と王妃が和解するために仕組まれた婚儀。最高の茶番劇だな」

「よさないか、ラモン。俺は返事をしたわけじゃない」

喋《しゃべ》りすぎる男を、マクシミリアンが止めたが、逆にラモンは驚いて切り返した。

「何を言う、まさか断るとでも？　そんなことをしたら首が飛ぶぞ、マクシミリアン。第一、国王の家臣であり、王妃の息子であるあんたが、断れるはずがないだろう…」

シュリルは、美少女の焼き絵から、視線をそらした。

王族と、軍人との最高の血によって交配されたマクシミリアン・ローランド。

彼が、時に優雅な獣のように見え、それでいて、野の獣を思わせた訳が、理解できた。

ラモンが訪れた理由は他にもあった。エスドリアの情勢が落ち着いたことをシュリルに報《しら》せることの意味も含んでいた。

ガルシアに戻っていた王妃の幼い息子、七歳のヨーゼフ王子が王位を継いでエスドリア国王に即位したことをシュリルは知らされた。

王妃は、ヨーゼフ国王をたてて、摂政政治をしこうとしたが、新しくできた議会に阻止され、弟王子とともに、エスドリアに帰国することは認められなかった。

帰国する場合は、亡き国王の正后として僧院に入れという条件を、王妃は拒絶したのだ。

亡命していた貴族の多くは、新しい議会政治がしかれることになったエスドリアに帰国することを拒んだ。また、戻ってきた領主を、領民たちが拒絶するという事件まで発生している。

エスドリア全体が変わろうとして、急速に動き出していた。

そんななかで、シュリルは自分に懸けられている賞金が外されたことを聞かされた。

「もはや、あなたには何の力もないということを、国民と議会が認めたからだ」

ラモン・ド・ゴール戦将軍は、そう言って、嘲《あざけ》るように、あるいは気の毒がっているかのように、口元を歪《ゆが》めて笑った。

この日のラモンは、晩餐《ばんさん》の席に着いただけで、夕闇の迫るなかをエスドリアへと戻っていった。

ラモンを送ってマクシミリアンは戻ってくると、居間で待っていたシュリルに、「飲むか」と言い、返事を聞く前に、装飾戸棚のなかに並んでいる葡萄酒《ぶどう》を取り出した。

それから、入れ替えるように、焼き絵を葡萄酒の瓶を取り出した位置にしまいこんだ。

突然、焼き絵が乗っている装飾戸棚のところだけが、特別の聖域でもあるかのように変わった。

マクシミリアンは寛《くつろ》げるソファーの方のテーブルを片づけると、シュリルに向かい側に座るよう指先で示した。

腰を下ろしたシュリルは、戸棚のなかに立て掛けられた令嬢の、淡い空色の瞳《ひとみ》が、すべての肖像画がそう感じさせると同じように、自分を見詰めていることに気がついた。

恐らく、彼女の眼は、マクシミリアンをも瞪《みつ》めているのだ。

シュリルは、彼女の視線から逃れたいと思った。

マクシミリアンのほうは、そんなことには気がつかない様子で、新しい葡萄酒を開け、グラスに注いで差し出してきた。

「収穫を祝って…」

そう言って、乾杯の仕種《しぐさ》をしてみせる。シュリルもそれに応《こた》えて、軽くグラスを傾けたが、今度は肖像画ではなく、マクシミリアンが自分を凝視していることに気がつくと、慌ててグラスに口唇をつけた。

何の疑いもなく、シュリルは、その芳醇《ほうじゅん》な美酒を味わおうとした。

「アッ……」

舌に触れた瞬間、彼は驚いたようにグラスから口唇を離し、中身を確かめ、それからマクシミリアンを見た。

葡萄酒は、酸味をおびた、腐っているかのような代物だった。

ただ、旧《ふる》い物でない証拠に、香りだけは悪くない。

驚いたシュリルを見て、マクシミリアンが向かい側から笑った。

彼は久し振りに声をたてて笑うと、償うように、自分もまずい葡萄酒を飲んでみせた。

「エレオノールの農民が、君のために運んできた葡萄酒だ。飲み干すのが領主の義務だとは思わないか?」

まだ笑いながら、マクシミリアンはそう言って、自分のグラスをテーブルに戻した。

「今までエスドリアの貴族連中は、この葡萄酒を美味《うま》いと言って飲んでいたのさ」

マクシミリアンの城へ連れてこられ、この国の葡萄酒を知ってしまったシュリルの舌が驚いたとでも言うのだろうか……。

「俺の城にある貯蔵庫は、この四か月の間にエレオノール領の農民が持ってきた食料で満杯だ。おまけに、このすっぱい葡萄酒が臭くてたまらん。持って帰らせるんだな」

笑いながら、マクシミリアンはそう言うと、自分のために、装飾戸棚のなかから蒸留酒《ブランデー》を取り出して、新しいグラスを満たした。

「土地があわないのだな。それに葡萄は、病害虫に強いものを接ぎ木して品種改良していかなければならない。それにも相性というものがあって、手間がかかる……」

彼はしばらくの間、葡萄の木のことを話していたが、不意に、以前の強引な雰囲気を醸し出し、シュリルに近づくと、力ずくで彼を押さえ、口唇をうばった。

狂おしいほどに激しい口唇。

口唇が外され、腕が離されると、シュリルは、掴《つか》まれていた両手首が赤くなり、男の指の跡を残していることに気づいた。

指の痕《あと》を、マクシミリアンもみた。

「…お前はすぐに傷つく、花のようだ」

裡《うち》から熱く昂《たかぶ》るものが込みあげてきたマクシミリアンは、しなやかなシュリルの身体を抱きしめて、最奥のぬくもりを感じたい。蜜《みつ》にからまり、甘やかな声を聞きたいという牡《おす》の衝動に突きあげられた。

怜悧《れいり》に煌《きらめ》く緑潭色《エメラルド》の瞳を悦楽に乱れさせ、妖《あや》しい紫菫色《ヴァイオレット》に変えさせてみたい。シュリルのアレキサンドライトの瞳を見たいという飢えに似た欲望に、彼は苦しみだした。

マクシミリアンはもう一度、シュリルの口唇を奪った。

口付けは、永劫《えいごう》のように永く、瞬きのように一瞬でしかなかった。

シュリルの裡を、情欲が満たしはじめた。

本能的に、シュリルはマクシミリアンもまた、自分と同じ欲望に支配されているのを感じとった。

夜がはじまろうとしていた。

甘苦しい官能に支配された夜が、シュリルに襲いかかろうとしていた。

この時またもマクシミリアン・ローランドは、眉間《みけん》に苦渋を浮かべ、自らが苦しむ選択を行った。

まるでそうすることで、自分を罰しているかのように。——あるいはそれが、彼が見出した、あるひとつの証《あかし》であると言わんばかりに……。

唐突に、彼は話しはじめた。

「今日は、成都から二組の客がきた」

話すことは、今のマクシミリアンには必要なことだった。なぜならば、己の立場を思い出させてくれることになるからだった。

「最初にきたのは、俺の部下で、軍務規定に違反した者の処罰を問い合わせてきたのだ。その後に来たのは、国王の使者だ」

なにが物語られようとしているのか、シュリルは判らずに、押し黙ったままでマクシミリアンの表情から真意を読み取ろうとした。

人の表情というものは、必ずしも意志の力で統御できるものではない。どんなに無表情を身につけている人間でも、皮膚の下にある筋肉の微妙な動き、肌の色合いといった自律性の現象までは取り繕えないのだ。

今、マクシミリアンが漂わせているのはある種の苦悩に近いものだった。

シュリルには、その苦悩の原因までも思い測ることは出来ない。

実際、マクシミリアンの感じている苦悩は、一つではなかったせいかもしれない――……。

「いや、使者のことはどうでもいい……」

使者の話を打ち切って、マクシミリアンは、何か焦《じ》れたように指先を蠢《うごめ》かせていたが、ふっと昏《くら》い面立ちをあげ、シュリルのほっそりとした首筋に両手をからませてきた。

ハッとしてシュリルは面をあげた。

黒曜石の瞳と、緑潭色の瞳が、交差しあい、二人は、お互いの裡に隠したものを、見透かそうとでもするかのように瞪めあった。

マクシミリアンは、今日まで言わずにいたことを、口にしようとしていた。

いまさらながらの事柄を、彼は蒸し返そうとしていた。

――あるいは、過去と和解するために……。

「シュリル……」

苦悩を漂わせ、首筋に這《は》わせた手に力をこめながら、マクシミリアン・ローランドは昏い声音で言った。

「俺に、隠していることがあるな」

答えさせるためにか、微《かす》かに、マクシミリアンの指の力がぬけるのを感じ、シュリルは双眸《そうぼう》を瞠《みひら》いた。

真っ直ぐに、自分を凝視《みつ》めている黒い瞳に眼を奪われ、黒い豹《ひょう》を思い出す。

「隠せたものなど何もない。お前は、わたしのすべてを知っているはずだ……」

　肉体の秘密。苦痛の悲鳴。歓喜にすすり歔《な》く時の淫《みだ》らな姿。そればかりではない、もっと内面の、弱さも知られているのだ。

　シュリルにとって、首筋にそえられた腕は、マクシミリアンの手でありながら、父親の手でもあるということも……。

　だが、マクシミリアンは力を込めなかった。さらに愕く、嗄《しわが》れた声音で問うてきた。

「クラウディアのことだ」

　シュリルに視線を逸《そ》らすことを許さずに、マクシミリアンは、彼女の名前を口にした。

　微かな狼狽《ろうばい》がシュリルに生じる。すかさず彼は、

「成都にいる間のことだ、俺の部隊に少年聖歌隊の慰問があった」と、言葉を継いだ。

　今頃になって、数か月も前の事柄をマクシミリアンは持ち出した。

　黙っているつもりだった訳ではなかった。話すきっかけを失っていたのだ。

　今日訪れた国王の使者といい、ラモン・ド・ゴールのことといい、マクシミリアンは、もはや時間がないことを知った。

「聖歌隊に付き添ってきた尼僧院の教師のなかに、俺の知っている女がいた。……クラウディアの侍女だった娘だ」

　腕のなかで、シュリルが慄《ふる》えるのが感じられると、彼はさらに促すように先を急いだ。

「クラウディアは妊娠していたのだな？」

大きく、シュリルの瞳《ひとみ》が瞠かれて、マクシミリアンを映し出した。

「お前は知っていたのか？」

次に、マクシミリアンはそう問うた。

「…まさか……」

シュリルは知らなかった。

「夜盗どもに襲われ、誰の子とも判らない子を、クラウディアは身籠《みご》もった」

緑潭色のうつくしい輝きを宿した瞳が、一瞬でも、思い当たることがあったのか、動揺を隠せずに揺らめいたことを、マクシミリアンは見逃さなかった。

「旅行の名目で、アメリス国へクラウディアを追い払ったのはお前か？」

マクシミリアンは、口ごもるシュリルに、

「本当のことを言え」と、声音を荒らげた。

「…それは、彼女が言い出したのだ。わたしの領地にある小城に移って二月ほどしてからだ。ここでは心が癒《いや》されないから、アメリス国へ一時的に戻りたいと――」

「クラウディアは、堕胎のためにアメリス国へ戻ったのだ。だが、離婚するには絶好の機会だったたな。グスタフ国王は、すぐさまお前たちを離縁させた」

その言葉に、シュリルはおののいた。

「お前は、その命令に従ってクラウディアを見捨てた」

「ああ……そうだ」

シュリルは、自ら認めた。

「グスタフ王の意志に逆らうことなど、わたしには考えられなかった」

「国王の命令で結婚し、命令で離婚する。…お前の心は、どこにも感じられないのだな」

そう言ったマクシミリアンから、シュリルは視線を伏せた。

実際に、エスドリアの貴族にとっての婚姻は、跡取りをもうけるためでしかなかったのだ。

恋愛や、性愛は別のところで満たした。

エスドリアの宮廷にいた頃のシュリルは。――その歯車に組み込まれていた時のシュリル・アロワージュ・エレオノールは――自分独りだけ違う動きをしないように、特別に気をつけていたものだ。

ただひとつ、領民に自治権を与えたのは、シュリルの代でエレオノール公爵家が途絶えることが判っていたからだった。それ以外は、エスドリアの宮廷を中心とした貴族社会の一員として、良くも悪くも、因習を曲げないことを気遣ってきた。

宮廷にはびこる悪しき風潮も、度を越した贅沢《ぜいたく》も、当然のごとくおこなわれる姦淫《かんいん》も、それに加わることもなかったが、批判することもしなかった。

他の貴族が当たり前に受け入れていることに疑問を持ってしまうのは、自分が、――自分の肉体が普通ではないからなのだと、思ったのだ。

そして、盲目的に、国王に忠実であろうとしたのだ。

首筋を押さえている男の力が、重く感じられてきた。シュリルは、命乞いのための詭弁《きべん》を弄《ろう》する必要があったのかもしれないが、クラウディアに対しての罪をあがなうかのように、彼はマクシミリアンに肉体を捧《ささ》げた。いまさら、あの時に、そうしてやればよかったと嘆くのは、むしろ卑怯《ひきょう》だとすら、思ってもいた。

シュリルは、瞼《まぶた》をとじた。

すべての諦《あきら》めと、決心が、彼の全身から強張《こわば》りを解いた。

だが、心を持っても、これが報いられない哀しみをマクシミリアンは知っているのだろうか? 誰かを愛したくても、誰かを愛していても、愛しては貰《もら》えないだろうというシュリルの絶望が、すべてをとざし、頑なにしてしまったのだ。

彼は、喉元《のどもと》を絞めあげるマクシミリアンの手に、自分の両手を添わせるように重ねた。男の手を振りほどこうとするのではなく、その行為を確実なものにするために、手助けする形で、触れたのだ。

憎しみの力が増して、マクシミリアンの腕がシュリルの細い喉元を絞めあげてきた。扼《やく》される苦痛が、シュリルの口唇を苦悶《くもん》にひらかせたが、彼の指は、男の腕を引《ひ》き剝《は》がす努力を行わなかった。

「シュリル……」

囁《ささや》くように、マクシミリアンは彼の名を呼んだ。その声に引き戻されて、遠のきかける意識が覚醒《かくせい》する。シュリルは、首筋に這わせられていた腕がほどけるのを感じた。

「シュリル・アロワージュ・エレオノール。明日の午前十時に迎えがくる。エスドリアへ戻るんだな」

ハッと、双眸を瞠いて、シュリルは目の前のマクシミリアン・ローランドを瞪《みつ》めた。

「な…ぜ、クラウディアの復讐《ふくしゅう》をするので…は？　わたしを、殺すつもりだったのではないのか？」

顫《ふる》える声で呻《うめ》いたシュリルから、マクシミリアンは身を引いて遠ざかった。

「そうだ。最初はなにもかもが復讐だった。クラウディアの受けた屈辱と苦しみをお前に思い知らせてやるためのなッ。だが――…」

そう言い掛けながら、口を噤《つぐ》み、さらにマクシミリアンはシュリルから遠ざかろうとした。

シュリルは、その姿からあることを悟った。

煌《きらめ》くほどに怜悧《れいり》な緑潭色《エメラルド》で、彼はマクシミリアン・ローランドを睨《ね》めつけた。

「これが、お前の復讐なのだ…な」

思わずそう口にしたシュリルは、その言葉に、マクシミリアンが反応を示したことを感じとると、――確信をもった。

「……わたしが、お前を必要だと言ったことへの、仕打ちなのだな…」

これは復讐の続きなのだ。

マクシミリアン・ローランドは、過去と和解することに、しくじったことを悟った。

「――よけいなことは考えずに、部屋に戻って休むといい。明日は早いぞ」

感情を抑えた声音で、マクシミリアンはそれだけを告げると、シュリルの前から踵《きびす》を返し、大股《おおまた》に歩いて居間を出て行った。

取り残されたシュリルは、男が触れていた首筋に手を這《は》わせながら、双眸を閉じた。

――「マクシミリアンは、あなたが邪魔になったのだ」と、ラモンは言った。

シュリルは、自分が自殺しなければならないほど追い詰められることが怖いとマクシミリアンに告げた。

だから彼は、シュリルを殺さないことにしたのか……。

生きて行くことのほうが苦しいのだと悲鳴をあげたシュリルを、楽にしてやらないことにしたのか？

マクシミリアン・ローランドは――。

「それならば、なぜ、わたしに優しくした……」

シュリルはマクシミリアンに問うてみたかった。

マクシミリアンに……。

あの、おだやかな時は、なんだったのかと。

眠ることの出来なかった夜が明けると、シュリルは寝台のなかで朝食を摂り、入浴をすませてから、用意された衣裳《いしょう》を身につけた。

詰め襟の長衣は、襟元から肩にかけて細かいビーズ刺繡《ししゅう》で覆われ、ゆったりとした袖口《そでぐち》と背後にひきずる長い裾《すそ》が優雅で、透けるような白い肌を持つシュリルが纏《まと》うと、そこに白百合が咲いたかのごとくにみえた。

約束の午前十時を寸分も違えることなく、古城は慌ただしくなった。

謁見の間として使われていたあの広間、かつてシュリルが囚《とら》われ、鎖に繫《つな》がれた大広間に、エスドリアからラモン戦将軍、リビア護将軍、ダリル鎮将軍の他に、エレオノール領の代表が一人加わり、アメリス国からは二人の立ち会い人が来ていた。

シュリルは、ルーベンスによって、彼らの待つ広間へと連れ出された。

古《いにしえ》の闇を閉ざしているかのような大きな扉が開かれると、集まった人々は、そこに現われた麗人に眼をみはった。

シュリルが瞠めているのは、マクシミリアン・ローランドただ一人だけだった。

マクシミリアンは、アメリス国軍の軍服を着て、肩口に大佐の称号をあらわす階級章を下げていた。

こういう場合の、礼にかなった正装をしていることが判る。

「お久し振りです。シュリル・アロワージュ・エレオノール公」

進み出たダリル鎮将軍が、礼をもって頭をさげた。

すでにシュリルの将軍職は解かれている。領地もなく、命と、身分だけが残ったのだ。

それでも、亡命先から無傷で、エスドリアに戻れることは幸運を意味した。

亡命した多くの貴族たちは、かつての領民が受け入れを拒絶しているために、国に戻れずにいた。一時、恩を売っておくつもりで亡命貴族を受け入れた、他国の貴族、富豪、商人たちも、革命が成功し、国民議会が発足した国の貴族を持て余しはじめていた。

ところが、国王にもっとも忠実でありながら、封建的特権を放棄し、領民にはやくから自治権を与え、私利私欲に固執しなかったシュリルは、その領民によって、迎えられることになったのだ。

「お変わりのないご様子。マクシミリアン・ローランド卿の手厚い加護のもとにあられたと見える。我々としても、マクシミリアン卿には感謝の言葉もありません」

エレオノール領民代表の、まだ若い青年がマクシミリアンに礼を述べると、傍らで聞いていたラモンが失笑をもらした。

一瞬、周りが意味を解さずに、しんとなる。

「どうやら、ラモン戦将軍は、我々よりも以前に、エレオノール公がこちらにおられることをご存じだったらしい…」

ダリルもまた意味が分からずに、笑い続けている男と、無表情のマクシミリアン、シュリルを交互に見ながら言葉を継いだ。

どことなく気まずい雰囲気のなかで、シュリルは、ダリル鎮将軍に引き渡された。

シュリルとマクシミリアンとの間には、一言もなかった。

その場を取り繕う儀礼的な別れの挨拶《あいさつ》すら、二人は交わさなかった。

二人はもう、二度と、逢うこともないと思った。

「これで宜しかったのですか？」

去っていく黒馬車を見送りながら、後ろで控えていたルーベンスがマクシミリアンにそう訊《き》いた。

窓際に寄り掛かりながら、マクシミリアン・ローランドは、自分にとって唯一の味方であり、忠実な、老いたる執事を黙らせるために、握り締めた拳《こぶし》で石壁を叩《たた》き付けた。

「俺にどうしろと言うのだ？　いまほど俺は、自分の非力を思いしらされたことはないのだぞッ」

第五章　凌　辱

一

シュリルは、護衛付きの馬車に乗せられ、革命時の暴動によって破壊された町並みがいまだ生々しい成都の、グスタフ四世なきエスドリア城に連れていかれた。

半分は警護の意味もあったが、まるで咎人《とがにん》のように周りを取り囲まれて門をくぐった彼は、かつて絢爛《けんらん》を誇り、笑いざわめく宮廷人に埋めつくされていた城中が、殺伐としていることに気がついた。

いたるところに放し飼いにされていた白孔雀《くじゃく》の姿はなく、着飾った宮廷の貴婦人たちの姿も見当たらない。

その代りに、『黎明《れいめい》の間』に通されたシュリルは、そこに集まった、この国を新しく蘇《そ》生《せい》させて行こうという強い意思に満ちた人々をみた。

反国王として長く憂き目をみていた高位貴族たち、宮廷伺候の栄誉を与えられなかった家格の低い貴族の子弟、僧侶《そうりょ》、革命に賛同した将軍らとともに、見慣れない、簡素な服装をした男たちが同じ席に着いているのだ。

発足された国民議会は、投票によって国民の意見を伝える代表を決めているとラモンが言っていたことを思い、彼らを見る。

国民の代表者たる彼らもまた、シュリルが通ると、眼を見張った。

彼らは、野に咲く花の美しさを知っているが、はじめて目にする、気高き花の、眼も眩《くら》むばかりの美しさに心を打たれた。

同じく、シュリルを知っていた者も、あるいは快く思わなかった貴族ですら、彼の、気《け》圧《お》されてしまい兼ねない美しさに、改めて、この美が失われずにすんだことを神に感謝していた。

満簾《まんれん》の花も、この一輪の白百合がごとき麗人にはかなわないだろう。

シュリル・アロワージュ・エレオノールは、一瞬のうちに、『黎明の間』に詰めた人々の心をすべて征服してしまった。

特に、神秘的な瞳《ひとみ》の色が、人々に強い印象を与えた。

水を湛《たた》えた淵《ふち》の底を思わせる深い緑色だ。

やがて、新しく変わっていこうとする国の中枢を司《つかさど》るものたちが集まった席に、聖司教に付き添われた七歳の国王ヨーゼフ一世が現われ、王座に着席した。

彼らの前で、シュリルは跪《ひざまず》き、三つの誓いをたてさせられた。

第一に、生涯、エレオノール領を出ないこと。

第二に、妻を娶《めと》らないこと。

第三は、子供をつくらないことだった。

シュリルの代で、公爵家を滅《な》くさせるためだった。

むろん、シュリルに異存はなく、すべてが滞りなく運んだ。

そこでも彼は、この国が、重々しく勿体《もったい》ぶった複雑な宮廷儀礼を排除し、新しい礼法をつくりだそうとしていることを感じとった。

どこまでも浪漫的で、虚飾に満ちていた時代が終わり、人々は現実的に目覚めはじめたのだ。

その日のうちに、シュリルは、エレオノール領地の北はずれにある、ギドゥーの離宮へ移されることになった。

領地内にて、謹慎生活を送るというのが、シュリルに与えられた処遇だった。

ギドゥーの名を聞いたとき、シュリルは逃れられない運命というものを感じた。

ラモンと、ダリルの二大将軍に付き添われ、ギドゥーへと到着したシュリルは、まずは、エレオノール領民の代表者たちに迎えられ、彼らの前で、改めて三か条の誓いを繰り返し、署名した。

領民の代表者は、セリムという壮年の男で、彼は、エレオノール領の領事であると名乗ったが、シュリルに対しては、礼儀正しく、臣下の礼をつくした。

シュリルは、自分がヨーゼフ一世と同じく、領地に君臨すれども、統治権を持たない領主であることを理解した。

それを受け入れることは、彼にとって造作もないことだった。

外界から隔絶されたギドゥーの、かつてシュリルが幼年期の大半を過ごした小さな離宮は、相変わらず周りを高い塀で囲まれ、背後には陰気な森を従えていた。

高い塀は補強されていて、一所のみとされた通用門には鍵《かぎ》が掛けられ、門番小屋が新設されていた。

窓という窓に、鉛色の鉄柵《てっさく》が嵌《は》め込まれ、シュリルが檻のようだと感じていた離宮は、よりいっそうそれらしくなった。

昔、家庭教師のブラン神父が使っていた部屋が、内装を新しくされて、シュリルのために用意してあった。

窓には曇ガラスと鉄格子が嵌められるという念の入れ方だったが、古い四柱寝台と、食事と書き物机を兼用した大きめなテーブルが一つ窓際にあり、椅子が二つ向かい合っていた。他の家具といえば、壁に取りつけられている衣裳簞笥《いしょうだんす》が置いてあるだけだ。

装飾品はなく、壁に、花や草を搾った色汁で描かれた小さな風景画が一枚だけ架けられていた。

後にシュリルは、ラモンからこの絵を描いたのがサイソンだと聞かされ、壁から絵を取り外し、簞笥の奥に押し込めることになる。

唯一の絵を失った部屋のなかは、あの塔の部屋よりも、寒々としてしまったが、サイソンに裏切られたという思いは、シュリルの裡《うち》から消えていなかったのだ。

召使いたちは、初老の女性が二人と、穏やかな物腰を身につけているが、どこかしら油断ならないものを垣間見せる男が三人いたが、誰一人として、エレオノール領の者ではなかった。

シュリルは、自分の領地に戻ってきたが、領民とは掛け離れた存在となった。

幼い頃と同じように……。

生活は、朝七時の起床から、夜十一時の就寝時間まで細かく定められていた。

食事は、パンに、肉か魚の料理が一皿のみ。酒類は禁止。着替えは、一日に二度を限度として、装身具や宝石類は身に着けてはならないとされた。

入浴も一日に一度、夕方と決められ、香油をもちいた贅沢《ぜいたく》な湯浴みは許されなかった。

生活するのに必要な品物は、とかく不足がちで、蠟燭《ろうそく》も、マクシミリアンの城では精製された蜜蠟《みつろう》を使っていたのに、ここでは獣脂の混じった蠟燭で、それも充分ではなかった。

このように、シュリルは、召使たちよりも質素なのではないかと思われる生活を余儀なくされた。

面会人がある場合は、小広間で二十分のみ、召使頭のチャードが監視するもとでしか許されなかった。

しかし、すべてにおいてただ一人、例外がいた。

チャードの真の主《あるじ》であるラモン将軍だった。

その夜、シュリルが部屋で夕食を摂っていると、ダリル将軍とともに成都へ戻ったはずのラモンが、引き返してきた。

案内もなく、突如として入室してきたラモンに、シュリルは驚いてテーブルから立ちあがった。

テーブルの上には、少量の温野菜をそえた鱒《ます》料理が一皿と、ライ麦のパンに、水が一杯乗せられているだけだった。

エレオノールの紋章が入った皿と銀の食器が、食卓に不釣合だった。

ラモンは、貧しい食卓の上を見て、鼻で笑った。

「惨めなものですな。栄耀《えいよう》栄華の頂点におられた方が、今は農民と同じ食事を、銀の食器で召しあがっておられる」

マクシミリアンの城に囚《とら》われていた時ですら、これほど惨めな食事ではなかったはずだと、ラモンは続けたが、シュリルがそれに対しては反応を見せずに、ふたたびテーブルに座り直したので、彼もまた話題を変えた。

「今日は、お見事としかいいようがなかった。あの場にいたすべての人間と、あなたに以前は反感を持っていた貴族たちですら、一瞬で虜《とりこ》にしてしまったのだからな。俺も、想い人がそのように周りの者たちを魅了するさまを見るのは気持ちがよかったというものだ」

次にラモンがそう言った時に、あからさまに、シュリルは警戒した視線で男を凝視《みつ》め半ば自嘲《じちよう》的な、それでいてラモンを不快にさせる冷笑を口唇に浮かべていた。

その仕種《しぐさ》は、見事な体軀《たいく》をもちながら、どことなくロマンチストな男の心を傷つけた。

「ふ…ん、相変わらず、冷たき心をお持ちのようだ。年下の俺など、いまだに小馬鹿にしておられるのだろうな」

怒った口調でラモンが言った。

険悪になりはじめたことで、シュリルは戸惑いを覚え、視線を伏せたが、テーブルの端に添えられていた手を、ラモンが褐色の腕をのばし摑《つか》みとった。

びくっと、シュリルの白い手が戦《おのの》いたのを感じとり、ラモンは、気分を良くした。

「力の前では、年齢も身分も関係がない。以前、思い知らせてやったと思ったが？」

言うなり、ラモンは片手でシュリルを押さえたまま、テーブルクロスを引っぱり、上に乗っている食器から、火の点《とも》っている燭台《しょくだい》などすべてを床に放り落とした。

けたたましい音が響き渡り、シュリルは身を竦《すく》ませたが、誰ひとり、駆けつけてくる者はいなかった。

離宮の召使たちは、ラモンの配下の者たちだった。誰もが、見て見ぬふりをしていた。

「また、征服されてみないと、お判りにならないようだな」

慇懃《いんぎん》な口調は、何時もわざとなのだ。

片腕を摑まれたまま、シュリルはもがいて、男の腕のなかから逃れ出た。

咄嗟《とっさ》に、シュリルは扉の所へ走ったが、扉は外側から鍵がかけられていた。

背後にラモンが迫り、シュリルは逃れる隙もなく、腕を摑み取られてしまった。

「無礼な真似をするなッ、ラモン…」

叫んだシュリルだが、いともたやすく押さえ付けられ、それでも抵抗をすると、腕を捩《ね》じられ、後ろ手に、マントの紐《ひも》を使って括《くく》られてしまった。

「観念なさい。エスドリアに戻されるということはこういうことなのだ。俺のものになるということだ」

驚愕《きょうがく》と屈辱感にシュリルが呻《うめ》くのを、ラモンはおもしろそうに眺め下ろしていたが、やがて抱きかかえ、すべて取り払われたテーブルの上に横たえた。

起きあがろうとするところを制しながら、足首を、今度は腰に帯びていた長剣の飾り紐を使ってテーブルの脚に繋《つな》ぎとめてしまう。

狼狽《ろうばい》してシュリルが身を捩《よじ》らせるのを、男は衣裳の裾《すそ》から差し込んだ腕によって黙らせた。

「下着をつけないのはマクシミリアンの趣味でしたか？　それとも、あなたご自身の趣味なのか？」

羞恥《しゅうち》に口唇を噛《か》んでいるシュリルから答えを必要とせずに、淡い茂みを指の腹で撫《な》でまわしながら、ラモンは衣裳を引き裂きはじめた。

「俺は、まだ食事前なんだが、この肉で、飢えを満たすとしよう」

「お前を、軽蔑《けいべつ》する……」

すべてを取り払われ、その神秘の花をさらけ出された時、シュリルは口唇を噛み締めながら、そう口走るのがやっとだった。

ラモンは両足の間に立ったまま、嘲《あざけ》るように笑った。

「軽蔑されても、痛くも痒《かゆ》くもない。それよりも、俺を怒らせても、痛い目に遭わされるとは思わないとしたら、俺を誤解してることになりますな、シュリルどの」

床に散らばった銀のナイフとフォークを拾いあげたラモンが、脅す口調で言うと、シュリルの身体にかすかな顫《ふる》えが走った。

ラモンは、火を点けなおした蠟燭を燭台に立て、テーブルに乗せたシュリルの腰の近くへ置くと、繊細な花の構造を確かめるように覗《のぞ》きこんだ。

「これでよく見える。女の造作とはまたひとあじ違うが、うつくしい形をしている花だな、おまけに、雄しべまで備わっている…」

シュリルが屈辱を感じていることを愉《たの》しみながら、ラモンは、神秘の容《かたち》を言葉で表した。

さらにラモンは、絞りこんだような、小さな後ろ花へも好奇の目を向ける。

「麗しい花をいくつもお持ちだ……」

ビクリッと、シュリルはおののいた。

ラモン・ド・ゴールは、シュリルを追い詰め、諦《あきら》めさせるために、——わざと、

「お判りか？　あなたは、マクシミリアンから俺に譲られたのだ」と、言ってみた。

「あ…ああ……」

自由にならない状態を身悶《みもだ》えさせ、シュリルは呻いた。

「では、ゆっくりと味わって、いただくとしよう」

絶望に、白い身体が慄えるのを愉しみながら、ラモンは、ひらかせた両脚の間に、銀の

ナイフをあてがった。

「おぉ……う…」

ナイフが花弁に触れた瞬間、シュリルは息を詰めた。

ラモンは慎重な手つきで、切っ先を薔薇《ばら》色の秘裂へ差し込み、シュリルの内部へ滑り込ませた。

「う……」

痛みはなく、むしろ、じん…と、痺《しび》れるような甘い感触が秘花に集まり、シュリルからうわずった声が、続けざまに洩《も》れた。

なおもナイフが入り込んでくると、冷たい銀の感触にシュリルは戦き、さらにフォークによって花弁をめくられ、内側を覗かれると、屈辱に呻きが洩れた。

「あぁああ……」

押さえつけられ、さらに力が加わって女の花襞をひろげられると、蜜を滴らせる官能の泉が露わになる。ラモンは、喉を鳴らした。

「取り澄ました美しい顔をしていても、ここは淫《みだ》らに口を開いている花のようだな、シュリルどの」

内部に突き入れたナイフで、弄《もてあそ》ぶように花襞をなぶっていたラモンは、次にスルリと抜き取り、秘裂のうえに小さく慄えている花芽へと標的をかえた。

花皮を被《かぶ》って身を守ろうとしている花芽にフォークの先で触れると、シュリルが叫んだ。

だがラモンは、皿上の果実の皮を剝《む》く手際の良さで、花芽を剝きあげ、敏感な先端を外気に晒した。

「やめ、…やめろッ…あ…」

「あ…ぁふ…」

剝き出され、刺激を受けた花芽は、羞《は》じらいながらも硬く凝《こご》って、刺激的な突起となった。

微《かす》かな刺激にも、シュリルの身体中の官能がざわめいた。

いつの間にか、ナイフとフォークは外され、かわりにあてがわれているのは、ラモンの指先だった。

「なぜ…」

うわ言のように、シュリルは口走った。

肉体が、自分のものではないような、異様な浮遊感がそこにあった。快感で爛《ただ》れてゆく恐ろしさが、彼を取り乱させてしまう。

マクシミリアンだけでなく、ラモンに対してまでも、自分がこんなにも反応してしまうことに、シュリルは信じられないほどの屈辱感を覚えた。

ラモンのほうは、シュリルの肉体がこうも艶《なま》めかしく開花していることで、マクシミリアンへの嫉妬《しっと》が、いやがうえにも増した。

「この前は全身で拒んでおられた奥手のあなたが、この様はどうしたというのです?」

内心の欲望を表すかのように、性急で、巧みで、情熱的な指弄をシュリルに対して続けながらも、ラモンの双眸は、皮肉を含んで冴々《さえざえ》としていた。

「花びらの襞が、吸いついてくる…」

シュリルは羞恥に身体を強張らせたが、すぐさま、意識が遠のくような歓喜を覚えて、下肢の力を失った。

大の男を絞め殺すといわれるラモンの手指が、シュリルの女の内にある官能に触れているのだ。

「ん……ん…っ…」

咥えた指が蠢くたびに、シュリルは身を捩らせ、喜悦の喘ぎを洩らしてしまう。

縛られ、無理やりに両脚をひろげさせられていなくとも、いまの状態であれば、シュリルは自ら脚をひらいて、その秘奥を晒《さら》していただろう。男の指淫《しいん》を受けるために……。

ラモンは、シュリルが乱れて、自分を制御できなくなるまで、長い時間をかけて指淫で翻弄《ほんろう》した。

やがてシュリルがすすり歔《な》きを洩らしながら、もの欲しげに下肢をうねらせるようになると、ようやく足首を縛っていた紐をほどき、両脚を抱えあげた。

下肢が突きあがり、シュリルはすべてを晒けださせられてしまう。

「ああッ」

我にかえって、シュリルが抗《あらが》おうとしたが、硬質な白磁の双丘を、淫らに揺すっただけでしかなった。

きらきらとした蜜を溢《あふ》れさせ、シュリルの花びらは、牡の昂《たかぶ》りを待っているかのように、妖《あや》しく開花している。

ラモンは、自らの下肢をくつろげ、いきり立った牡を探りだすと、花唇を貫いた。

咄嗟に、シュリルは声をたてずに、歯をくいしばった。

忘れかけていた屈辱。ひらかれ、埋め尽くされる圧迫感と苦痛。だが、蜜に濡《ぬ》れた花びらは、ラモンの逞《たくま》しい牡を歓びとともに受けいれていた。

シュリルの目尻《めじり》から涙が零《こぼ》れた。

口唇がよせられてきて、涙が、舌先でからめとられる。

「なぜ、泣かれるのだ？　マクシミリアンを思い出すからかな？」

腰を深く沈めながら、ラモンが見下ろして言った。

昂りきった下肢の熱さとは正反対の、冴々《さえざえ》としたものが、男の表情のなかにあった。

シュリルは乱れまいとしながらも、怒りを孕《はら》んだ烈《はげ》しさで、身体の重みをかけて突き入れてくるラモンに翻弄され、しまいには自制を失った。

ラモン・ド・ゴールは、自分以外の男の記憶が刻み込まれている肉体を、赦すまいと、責めた。

シュリルに怺《こら》えきれないという声をあげさせ、――「こうなることが判っていながら、マクシミリアンはシュリルをエスドリアに戻したのだ」と、ラモンは口にした。

シュリルは顔を背け、なおも涙が零れそうになっていることを男に知られまいとした。

ラモンは、最初の晩にシュリルを征服してしまうと、その後は、訪れの度に自分の当然の権利であるかのごとくに、肉体を求めてきた。

シュリルもまた、抵抗するものの、歴然とした力の差を思い知らされ、苛《さいな》まれ、身体をひらかされた。

無理やりであっても、男の愛撫《あいぶ》は、シュリルを狂わせるのだ。

日常においてラモンは、決して肉体を合わせたもの同士の馴々《なれなれ》しさを見せることはなく、常に、礼儀正しさを漂わせてシュリルに接した。

豹変《ひょうへん》するのは、寝台のなかにはいってからだった。

二

収穫月《七》から太陽月《八》にかけて、日照りが続く時期に、農民たちの祈りに応《こた》えたのか、恵みの雨が大地を潤した。

この国が、ふたたび神の加護を取り戻したことを形で表しているかのような日々が続き、人々のなかに余裕がでてくると、エレオノールの領民たちは、シュリルのことを気遣いはじめた。

隔離されたギドゥーの離宮でのシュリルの生活は伝わってこない上に、彼らは、自分たちが認めた領主に会うことすら許されなかったので、不満を覚えていたのだ。

エスドリア全体では、絶対王権が覆されたとともに、市民階級が勢いを取り戻し、人々の生活に活気が戻る兆しが見えはじめていた。

大地の蘇生《そせい》は生産力を高め、海に面しているという立地条件の整ったエスドリアは、商業活動も復興の兆しをみせた。

市民階級が意識革命を要求されることで、本来の人間らしさに目覚め、社会構造そのものが、急速に、変わろうとしていたのだ。

新しい立憲によって、議会が動きはじめている。そのための手本には困らなかった。商業国への発展を遂げたガルシア公国、軍事国家となっているアメリス国という先例があるのだ。

ラモン・ド・ゴールは、目まぐるしい変動の中核にいて采配《さいはい》を振るわなければならなかった時期がすぎると、ギドゥーへは週末ごとに訪れるようになり、果《九》月が終わる頃には、連日のごとくになっていた。

名目としては、シュリルの監視といったところだろうか。成都から馬を駆けさせて三時間あまりの道程を、ラモンはやってくるのだ。

ラモンの訪れは、すなわち凌辱を意味している。

「いかがかな、年下の男のほうが、味もよかろう?」

ことあるごとに、ラモンはマクシミリアンを意識した物言いをし、彼に負けまいと、シュリルを責め、なぶるのだ。

野獣じみた精力の男から連日のごとくに挑まれて、シュリルは憔悴《しょうすい》させられてゆくが、肉体のほうは、熟れて、妖しく美しい開花をみせる。

ラモンの訪れが頻繁になるにしたがい、シュリルの生活がすこしずつではあったが、贅《ぜい》沢《たく》なものに変わった。

初めは、些細《ささい》な贈物だった。

花の香りのする茶葉や珍しい菓子、果物といったもので、それから日常に欠かせない、細々とした品が贈られてくるようになった。次には、爪を手入れする道具であったり、絹のハンカチであったり、書物になった。

高価な物を身につけてはならないとされたことを盾《たて》に、シュリルが贈物を拒むと、ラモンは、

「誰もが、こういった贈物をしたいと思っているのを、俺が、退けているまでのこと。遠慮には及ばない」と、軽くあしらった。

確かに、近頃では、シュリルには、財力のある高名な貴族たちが援助を申し出ていた。処遇の改善をはかるという申し出も、たびたび届けられるようになった。

その度にシュリルは、チャードを通じて断りを伝えさせた。

幼い頃も、ギドゥーでの生活は、恵まれていた訳ではなかった。

父親に見捨てられた子供であったシュリルは、質素に生活していたのだ。ゆえに、十二の年に成都の城館へ移り、贅沢な環境に囲まれても、彼は馴染《なじ》まなかった。宮廷に出入りすることになった時も、国王の命に従って着飾っていただけだった。他の貴族たちと同じようにすることが、目立たない唯一の方法であるとばかりに——。

今もまた、シュリルの望みは、人々が早く自分を忘れてくれることだった…。

シュリルはラモンからの贈物を他の貴族以上に警戒し、不足がちな品物であっても喜ばなかった。

ただ一度、彼が馬を贈ると言った時だけ、シュリルは、何時になく喜びの感情を表わした。それに気づいたラモンが、さっそく馬を手配し、届く前に、栗毛の馬を描いた絵を贈ってきた。

送り主のことを考えなければ、それはシュリルにとって、一番の贈り物となった。

数日して、馬が届いたと知らされたシュリルは、新しい廏舎《きゅうしゃ》に連れてこられ、興奮している馬を鎮めるのに手古摺《てこず》っているサイソンを見てしまった。

その後、離宮ではサイソンを見かけることはなかったが、シュリルは、馬の絵を描いたのが彼であることに気がついた。

この日より、高い塀に囲まれ、背後には森を従えている離宮の庭を、シュリルは自由に馬で駆け巡ることを許された。但し、チャードを付き添わせるという条件が含まれていた。逃げるつもりもないというのに、常にチャードは、シュリルに従って後から付いてきた。

それさえ気にしなければ、馬に乗ることは、彼の最大の慰めとなった。

常緑樹の深い森と、湖が、離宮の背後に広がっている。森の果てには、南北に五メートルほどの幅がある川が流れていて、その川が塀の役割を担っていた。

シュリルが行けるのは、そこまでだった。

その位置に立つと、遥か彼方にアメリス国の山並みが見えるのだ。

シュリルは、湖へは決して近づかなかった。

湖には二つの、異なった記憶が存在していた。

父親に殺されそうになった記憶と、マクシミリアンと白鳥を見た記憶だった。

どちらも、シュリルにとって、苦しい思い出だったからだ。

豊かな実りを受けた果月《九》と葡萄月《十》の間に、当初、厳格に定められた生活の規則が、大幅に緩和された。

シュリルは、ラモンが一緒であれば、離宮の塀のなかから外へ出ることを許され、エレオノールの領地を巡ることが出来ることになった。

そういう時には、戦将軍の部下も加わり、シュリルを取り囲んだ数名の一団となって、領地を馬で散策するのだ。

そこには、ラモンの奸計《かんけい》がひめられていた。男は、領民に自分とシュリルとの抜き差しならない関係をほのめかすために、彼を連れ出すことにしたのだ。

領民は、いまもまだ、シュリルを崇めていた。

二十歳の時に描かれた彼の肖像画の写しを、家のなかに飾っている者もいた。そういった彼らは、はじめて自分たちの領主を見る機会に恵まれることになったのだ。

実際、目の前にして、これほど美しく、神秘的な人だとは思わなかったようだ。

彼らは熱狂し、沿道に集まっては、シュリルや、彼に寄り添っている英雄ラモン将軍の姿に歓声をあげた。

ところが、シュリルの美しさに対する酔ったような興奮が落ち着いてくると、彼らは、自分たちの領主が、絶えず寂しげにしていることに気づいた。

「シュリルさまはお幸せではないかもしれない」

領民の間で噂が囁《ささや》かれはじめると同時に、人目を憚《はばか》らずに離宮に出入りするラモン・ド・ゴール将軍との関係が、あれこれと憶測されはじめた。

その噂に気づき、ラモンが自分を連れ出す理由を知ったシュリルは、羞恥《しゅうち》をおぼえ、領民たちから顔を背けるようになった。

享楽的に生きてきたエスドリア貴族の間に存在する同性愛は、国内外を問わず、多くの者が知っていた。

正常な婚姻の結果として生まれる子供は、領民たちにとっては貴重な労働力となる。ゆえに、生産性を伴わない、性愛に溺《おぼ》れるだけの同性愛を、領民たちは爛《ただ》れた貴族の悪徳と感じているはずだ。

彼らは、シュリルもまた、その悪癖にひたっているのだと思ったことだろう…。

それゆえに、クラウディアを追い詰めたと噂しているかもしれない。そこまで考えると、シュリルは羞恥とともに突きあげてきた嫌悪感に耐えられず、以後は決して、離宮から出ないことにしてしまった。

黄昏まぎわに、様々な贈物を持参してギドゥーを訪れたラモンは、あたりが葡萄《ぶどう》色に暮れて、真の闇があたりを覆うようになっても、成都に構えた自分の城へ戻る気配をみせなかった。

ラモンの訪れをあらかじめ知っていた召使たちは、晩餐《ばんさん》を小広間に用意し、贅沢な献立にした。

用意された衣裳《いしょう》に着替えたシュリルは、息を呑《の》むような美しさで、彼の行動を規制し、監視という役割を兼ねた召使たちですら、この麗しい花は、粗末な布で包まれていてはならなかったことを知った。

質素な生活も、シュリルの身についている優雅な、どこか物憂げな仕種《しぐさ》を変えはしなかったが、花を楽しむのならば、徹底的に、その最高の美を引き出して楽しまなければならないのだと、ラモンは思った。

その点で、ラモンは、マクシミリアン・ローランドには感心した。

マクシミリアンは、シュリルを閉じ込めている間中、型は以前の流行で、古典的なものだったが、贅沢な衣裳、それも婦人物のドレスをまとわせていたのだ。

男は、シュリルのために、自分が考えつく限りの贈物を用意してきていた。宝石の首飾り、美しい絵巻物、毛皮の小物、香水、花束といった具合に……。

「こんな生活は、あなたには似合わないな」

贅沢な晩餐の後で、部屋に白葡萄酒を一本もってくるよう命じたラモンは、シュリルを前にして、自分に言いきかせてでもいるかのような口調で口走っていた。

「こんな生活？」

聞き咎《とが》めてシュリルが問い返すと、ラモンは血統の良い顔だちに歪《ゆが》んだ笑みを浮かべた。

「そう、その豪華な黄金の髪をなびかせ、冷たく煌《きらめ》く緑潭色《エメラルド》の瞳《ひとみ》と、青白い絹の肌をひきたてる衣裳を纏《まと》い、宝石と毛皮で着飾っていたほうが、あなたらしい」

かつてラモンは、美貌《びぼう》を際立たせるかのような装いに身を固めていたシュリルを、宮廷の飾り人形と陰で嘲《あざけ》り笑ってきたのだが――……。

「あなたが、みすぼらしい姿をしているのを見たら、彼はどう思うだろうな？」

注意深く、ラモンから距離をおいて窓際に立っていたシュリルは、思いがけない言葉に振り返ったが、直ぐに、射るような男の視線に気がつき、瞳を伏せた。

「彼、とは？」

シュリルは、問い返してみる。

ラモンが鼻を鳴らした。

「言わずもがな、マクシミリアン・ローランド卿」

一際大きな声でラモンは口にすると、テーブルの上に灯《とも》されていた燭台《しょくだい》の炎が呼応したのか、ジジジ…と、揺らめいた。

まったくの錯覚でしかないのだが、シュリルは、蜜蠟《みつろう》の甘く香《かぐわ》しい匂いを嗅《か》いだ気がして、眩暈《めまい》を感じた。

同じ思いをラモンも感じたのか、突然、彼は座っていた窓際のテーブルから勢いよく立ちあがった。

突如として目の前にたちはだかった巨石のような体軀《たいく》に、思わずシュリルが後退《あとずさ》ると、ラモンは、テーブルの上の燭台から火のついた蠟燭《ろうそく》をぬきとった。

シュリルが、緑潭色の瞳を大きく瞠《みひら》いて、ラモンと、蠟燭とを見詰める。

大股《おおまた》にシュリルへと近づいて、ラモンは彼の手を摑《つか》み取った。

ジジジ…と、炎が揺らめいた。

押さえつけられ、ひらかされ、怯《おび》える花芯に熱蠟を滴らせられるという惨《むご》たらしい屈辱が思い出され、シュリルは慄《ふる》えはじめた。

シュリルの手を摑んだままテーブルに押しつけ、ラモンは、掲げた蠟燭を傾けた。

「あッ……」

熱蠟があふれ、指の先、形のよい爪の上に滴り落ちると、その熱さにシュリルは声をたてた。

腕を引こうとするのを、ラモンは片手で封じ、別の爪先にも、熱蠟を滴らせた。

「ああ……」

シュリルはその感触に、声を洩《も》らし、身悶《みもだ》えた。同時に、あの日の屈辱が身体の裡《なか》によみがえってきた。

熱さと、恐怖と、——ある種の、被虐的な悦楽。

「ラ…ラモン、ラモン、やめてくれ……」

「駄目だ」

別の爪に、熱蠟が滴りおちた。

「あぁ…う…」

艶《なま》めかしく、シュリルは身悶えを発した。

「いま、誰のことを考えていた？　シュリルどの…、いや、シュリル。今、この蠟の熱さのなかで、マクシミリアン・ローランドのことを思い出していただろう？」

鋭くラモンは言い切ると、憎んでいるかのように、今度は、手の甲に熱蠟を滴らせた。

「あ…あぁ…」

シュリルが、喘《あえ》いだ。美しいかたちに歪む口唇に見とれながらも、ラモンは、

「彼のことはお忘れなさい。今ごろは、美姫と蜜月の真っ最中で、あなたの入り込む隙などないのだ」と口にする。

熱さが、それとも、もっと別のものが、シュリルを戦《おのの》かせたのか、彼はハッとして、ラモンを見返した。

何故この男が、いまさらマクシミリアンのことを口にするのか、シュリルには理解できなかった。

「こんなにも、連日のごとく俺に抱かれていながら、まだマクシミリアンのことが忘れられないというのか？」

自分からマクシミリアンのことを持ち出しておきながら、自分で怒りを煽《あお》って、ラモンは、怒鳴った。

「彼は、あなたを手放したのだッ。自分の立場を守るためにッ」

その時、扉の向こうでノックされる音が聞こえて、ラモンは、シュリルの手を放した。チャードが白葡萄酒と、気を利かせてグラスを二つ、運んできたのだ。

受けとる際に、ラモンは、ちいさな声で一言、チャードに命じた。

柔らかな物腰を身につけているが、油断のならないラモンの腹心の部下は、ちらりと、シュリルを見て頷《うなず》き、下がっていった。

戻ってきたラモンは、立ち竦《すく》んでいるシュリルに、纏《まと》っている衣裳を脱ぐように言った。

一瞬だけ、シュリルはたじろいだが、諦《あきら》めて、襟元に指をかけた。

抵抗することが、男の欲情を煽り、凶暴にすることを、彼は身にしみて知っているのだ。

青白い、光沢のある裸体を男の前に晒《さら》すことになったシュリルは、微《かす》かに身体を捩《よじ》らせて、男の視線を避けようとした。

羞《は》じらう仕種が、却《かえ》って、逸《そ》らそうとしたはずの、男の欲情を炙《あぶ》った。

「テーブルへ、そこに乗られるがいい」

欲情に掠《かす》れた声音で、ラモンは、シュリルにテーブルに乗れと指し示した。

テーブルの上で犯される。

戸惑っているシュリルを、もう一度ラモンは促し、半ば無理やりに、テーブルへと追い詰めた。

テーブルの端に彼の腰が触れたかと思うと、すぐさま、ラモンは両脚をすくってシュリルを突き飛ばすように横たえさせてしまい、両膝《ひざ》を割った。

下肢を引き寄せられ、指先で花園を割られると、声はたてなかったが、シュリルは羞恥《しゅうち》に大きく慄えあがった。

ラモンは指先で、男の象というよりも少年のままであり、花の芽にも見えるシュリルの前方に触れた。

「痛いッ…」

蹲《うずくま》っていた先端を剝《む》きあげられて、シュリルが声をたてた。

可憐《かれん》な大きさの花芽を露わにさせると、ラモンは、先端に口唇をつけた。

口唇にふくまれ、軽く吸われただけで、シュリルは息が止まりそうになった。

悦楽の衝撃が走りぬけ、シュリルは自分が晒している羞恥に満ちた姿を一瞬、忘れたほどだ。

白い内腿《うちもも》の力が同時にぬけてゆき、男は舌淫《ぜついん》を続けることが楽になった。

ラモンは、念入りに舌をはわせてしゃぶりながら、指で下方の花びらをめくった。刺激で、溜《た》まっていた蜜がこぼれて指が濡《ぬ》れてくる。ラモンは、喉《のど》の奥から愉悦の笑いを洩らし、やわらかい花唇の内へ、指を潜り込ませた。

「あうッ……」

官能に触れたのか、シュリルが、下肢を引いて逃れようとした。そこを、ラモンが追う。無慈悲な生き物のように、肉体の内、花唇の奥で指が暴れてくると、シュリルはどうしようもなく昂《たかぶ》ってしまい、媚肉《びにく》でできている花弁を紅珊瑚《さんご》色に充血させ、妖《あや》しく開花させた。

「はしたないとは思われないのか、お口を閉じたらどうだ？」

ほころびをみた花園を、ラモンはさらに指先でくつろげながら、そう言った。

「う…うう…」

羞恥に慄えるとともに、シュリルは、花びらの奥からキラキラと蜜を溢《あふ》れさせてくる。蜜は、繊細な花弁をしとらせ、可憐につぼまった後ろ花へと流れるように滴りおりていく。

ラモンは、屈辱と、打ち消せない肉奥の甘美に動揺し、喘いでいるシュリルをひらかせたまま、贈物の首飾りを取り出した。

宝石の首飾りを、シュリルは喜ばなかったが、彼の女花ならば、悦《よろこ》んで欲しがるだろうと、花びらの奥にある花唇に触れさせた。

大粒の宝玉を連らねた見事な首飾りが、シュリルを犯そうとしている。

「あっ……ああ…うっ……」

甘い声がシュリルから洩れると、ラモンは、指で吊《つ》り下げていた宝石を、開花した花びらの内に落とした。

「…うッ……」

宝石の重みで、生き物のように首飾りがシュリルの奥に入った。

「や……あぁ…」

さすがにすべては入り切らなかったが、首飾りを咥《くわ》えて、シュリルの花唇から花びらまでがひくひくとうごめいた。

「欲張りな口だな。咥え込んでしまった」

ラモンが欲情に掠れた声音でそう言う。

肩で息をつき、腰をあえがせているシュリルは、羞恥に頬をそめ、瞳《ひとみ》を閉じあわせてしまったが、ひらかされている下肢は、男の前に晒したままで押さえられている。

ラモンは、テーブルの上に横たえたシュリルの腰を摑んでさらに引《ひ》き摺《ず》りよせ、宝石を呑《の》まされた花唇の下方で、絞りこんだように慎み深い後花をみた。

「ここは、あなたの心と同じだ。なんど受けいれても、すぐに俺のことなど忘れたように取り澄ましている」

連日の肛交《こうこう》にも、シュリルの後花は開花する兆しがない。だがラモンは、頑なな蕾《つぼみ》の奥には、甘美な肉襞があり、媚肉が、二人の男の手によって熟成させられているのを知っていた。

ラモンは、白い下肢を持ちあげると、割りひらき、背後の花蕾を舐《な》めた。

「いッ……いや……ッあうッ」

白い肉が慄《ふる》えを発し、シュリルが歔《な》きかかった声をあげる。それを心地好く聞きながらラモンは、花唇からあふれた透明な蜜《みつ》の助けをかりて、怒張した牡《おす》の肉剣を突きたてた。

シュリルが悲鳴を放った。

すべてが入り切らずに、ラモンが強引に進めると、辛《つら》さに、シュリルがみじろいだ。その拍子に、垂れ下がっている首飾りが、テーブルに触れて音をたてた。

挿入のたびに、音が鳴る。

ラモンは、シュリルの後花を極限にまで満たし、怒張で埋め尽くした。

柔らかな花びらはめくりあげられ、花唇の奥まで大きな宝石の首飾りが入り込んでいる。双花を同時に犯される衝撃に、シュリルの肉体は悲鳴し、仰け反ったが、わき起こってくる快美感によって、妖しくねじれた。

ラモンもまた、シュリルの肌の色が妖しい光沢を帯び、挿入している牡の昂りを締めつけてくる感触に、彼が悦楽を感じていることを悟った。

衝きあげを早めると、シュリルの腰が動きについてきた。

律動の速さを異なえて責めると、感きわまったかのように、シュリルが呻《うめ》いた。

何度かシュリルを乱れさせてから、ラモンは、花唇に含ませた宝石を引きずりだした。

「あ……んッ…」

シュリルの花びらが宝玉にからまるようによじれる。

ラモンは笑った。

「放したくないそうだ」

笑いながら、ずるずると宝石を引き出してゆく。シュリルは、下肢を身悶《みもだ》えさせながら、喘《あえ》いだ。

「あぁ……」

宝石を引き出すのとは逆に、ラモンはシュリルの後花を深々と突きあげ、貫き、奥で揺すった。

極まって、シュリルが四肢を突っ張らせるのを感じると、ラモンは後花を責めていた肉剣をひきぬき、白葡萄酒《ぶどう》を取りあげてふりかけた。

酒漬けにされた彼の肉剣が、今度はシュリルの花唇を狙い、貫いた。

「ああ…っ…く」

蜜に濡れた花びらはラモンの逞《たくま》しい肉の剣を受け入れ、花唇は歓喜に慄《おのの》いた。

「おお…」と、ラモンが、獅子《しし》のように喚《おめ》きをあげた。

シュリルの肉体が応《こた》えて、ラモンを包み込んでいた。抽挿《ちゆうそう》がリズムを持つ。シュリルは、淫獣と化し、悦楽の沼に引き摺りこまれて、溺《おぼ》れた。

飢えを満たすように貪《むさぼ》りあった時間がすぎると、シュリルは自分の力では立ちあがることもできない状態になっていたが、後始末はすべて、ラモンがやってくれた。

男は優しくシュリルをあやすように抱き締めながら、髪を撫《な》ではじめた。

「シュリル、俺の妻になれ。この肉体の秘密を公にして新たに洗礼を受ければ、俺と結婚できる。そうすれば、こんな田舎で不自由に暮らす必要もなくなる」

ラモンが洩《も》らしたその言葉に、シュリルは戦慄《せんりつ》し、男の腕を振りほどいて後退《あとずさ》ったが、よろめくように床に蹲った。

頽れてしまったシュリルの両腕を摑《つか》んで、ラモンは支えあげた。

「シュリル？」

「…や……めてくれ、それだけは……」

息すら満足に継げないほどに、シュリルは狼狽《ろうばい》し、喘ぎながら言葉を吐き出した。

「ラモン、わたしを自由にするといい。君が飽きるまで、この忌まわしい肉体が珍しくなくなるまで、なにをしてもいい…、決して逆らわない。だから、どうかそれだけはやめてくれ。わたしの身体のことだけは、公にしないでくれ」

「なぜだ？　肉体のことを知られるのがなぜそんなに嫌なのだ？」

思いがけないシュリルの哀願に、却《かえ》ってラモンは困惑を示した。

「まさか、家名に傷がつくとでも？　もう、これで断絶するとわかっているエレオノール公爵家になんの未練がある？　革命で断絶した貴族はごまんといるのだ」

シュリルは慄えあがった。

身体のために、父親に見捨てられ、殺されるところだった過去の傷は、決して癒《いや》されないのだ。

「身体のことを知られるわけにはいかない」

「この肉体のなにが悪い？　誰が、あなたにそんなふうに思い込ませたのだ？　クラウディアか、いや、お父上のギョーム公か？　まったく下らんことを、あなたはこんなにも美しいというのに、なぜ、それを羞《は》じらう」

「美しい？　顔が、それとも身体か？　そんなものは、たいして価値がない。わたしに、好奇の目のなかで生きろというのか」

「落ち着きなさい。俺の妻になるのだ。それもエレオノール公爵のあなたを、この国で誰が侮辱できるというのだ？　先の結婚のことも、同情されこそすれ、あなたを傷つけるものではなくなる」

エスドリアの最高実力者の一人であるラモンの妻となれば、誰もシュリルを傷つけられはしないだろう。

「ラモン、待ってくれ。ラモン……」

シュリルは取り縋《すが》った。

「考え直してくれ。ラモン、なぜ、そんなにもわたしに執着する？　なぜ、放っておいてくれないッ」

「あなたは、ご自分が他人に与える影響というものに気づいておられないのだ」

ラモンは、「あのマクシミリアンとて…」と言いかけて口を噤《つぐ》んだ。

その代わりに、

「放っておけると思うのか？　この美しい花を、自分のものにせずにいられるとでも？」

と、続けた。

憎しみと、自嘲《じちょう》が混っていたが、ぞっとするほどに艶冶《えんや》なる微笑で、シュリルは口唇を歪《ゆが》ませた。

「君はもう、わたしを自分のものにしている。そうだろう？　あの男から、君はわたしを譲られたのだろう？」

「あなたを支配しているのは、まだ彼だ。マクシミリアン・ローランドだ。これほど身体を重ねあいながらも、俺の跡を刻みつけても、あなたの身体から、あの男の記憶を消しさることは出来ない。お気がつかれないのか？　あなたは、彼の名を呼ぶのだ。俺の腕のなかでッ」

鋭く放たれたラモンの言葉に、シュリルは撃たれたように、硬直した。

「そんなあなたを、俺だけのものにするには、結婚が一番いいのだ。俺は欲しいものは何としてでも手にいれる。――心の準備をしておかれるのだな」

三

すべての収穫がおわる葡萄月。新しく定められた税制度を徹底させるために、ラモンも忙しくなり、来訪が途絶えるようになった。

離宮には、これからくる冬のために、乾いた薪《まき》が運び込まれてきた。

シュリルは、床に敷く毛布と、ベルベットの部屋着をダリル将軍から贈られ、その他にも、断り切れなかった細かい品物を受けとった。

やがて、朝と晩に、暖炉に火がいれられる頃になると、国中が、革命記念日がくるといって浮かれはじめ、ラモン・ド・ゴールは、引き続き革命記念日の祝典のために成都を離れられなくなっていた。

ラモンの眼が行き届かない隙に、シュリルは、暖炉の焚《た》きつけに用意された古新聞を引き伸ばして読んだ。

それ以外に、シュリルのところへはなにも情報は入ってこなかった。

最初の頃は用心されていたのか、当り障りのない新聞紙ばかりだったが、革命記念日が近づいていることや、亡命貴族の何人かが、亡命先を追われ、エスドリアに戻ってきたことなどを知った。

シュリルはそのなかの一枚に、果月《九》に、アメリス国の王室関係者が、ローランド領で狩りを行ったという小さい記事を見つけた。

マクシミリアンとともに馬を駆けさせた広大な平原を、シュリルは想い出していた。

想い出すと、あの男の熱さ、昂《たかぶ》り、息苦しさまでもが身体によみがえってきた。

辱められ、傷つけられたのに、彼が、懐かしかった。

シュリルにとって、初めての、ただ独りの、男だった。

――彼は、暴力と、慰めを無意識のうちにもっていた。

痛みと、苦しみと、歓びを与えてくれた男なのだ……。

だがマクシミリアンは、自分の立場を守るために、――ラモンがそのように言った。

シュリルを突き放した。

ラモン・ド・ゴールに、シュリルを与え、結婚した男……。

かつて、シュリルが国王の命令によって否応なしに、婚姻を決められたと同じように。

そして、自分の意志の届かないところで婚姻を終わらせられたように。マクシミリアン・ローランドも、家臣であり、息子であるという立場で、王が命じた結婚をした。

「――お前の心はどこにも感じられない」以前、そうシュリルを責めた男が、自分もまた、心のない結婚をしたのか――…。

シュリルには、それだけとは思えなかった。

あのマクシミリアンが結婚を決めたのならば、その相手を心から愛したからなのだ……。

突然、苦しくも切ないほどの衝動に駆り立てられたシュリルは、チャードを呼び出して言った。

「馬に乗りたい……」

いつ初雪が降ってもおかしくはない霧月《十一》に入っていて、昼過ぎだというのに、辺りは薄暗くなっている。馬で遠出をするには快適とはいえなかったが、チャードは承知して、用意のために廏舎《きゅうしゃ》へ行った。

相変わらず、供を連れずに乗ることは許されていなかったので、シュリルはチャードを伴い、離宮の裏手に広がる、湖を避けた森のほうへ向かった。

身を切られるほどにつめたい霧は、冬の匂いを含んでいる。

シュリルは、全身を霧で濡《ぬ》らしながらも馬を走らせ、心の奥にある迷いと想い出を、振り切ろうとした。

森の外れまで走りぬけたシュリルは、川に阻まれて、馬を止めた。

離宮の背後にある、深く陰気な森の果てを流れるこの川は、かつてシュリルが溺《おぼ》れた湖へ水を供給している川であり、離宮と外界を隔てる役割をも担っている。

シュリルの世界は、ここまでだった。

晴れていれば見えるアメリス国の山峰を、双眸《そうぼう》をすがめ、霧の彼方に透し見ようとした。

もはや、雪に閉ざされているかもしれない彼の城を想ったが、背後に追いついたチャードの気配を感じると、シュリルは諦《あきら》めて馬首を返し、離宮へ戻ることにした。

離宮の廏舎に、ラモンの愛馬グレイが繋《つな》がれているのが見えた。

隣の柵《さく》にも、灰色のみごとな馬が一頭繋がれている。サイソンの馬であることを、シュリルは以前に見て、知っていた。

戻ってくるのを待ち兼ねていた召使たちは、霧をうけてしっとりと濡れているシュリルに驚き、素早く浴室の準備を整えた。

入浴も、着付けも、シュリルは独りですませるので、彼らは、着替えだけを用意して、「ラモンさまがお待ち兼ねでございますから…」と、急がせた。

久方ぶりの主《あるじ》の訪れに、召使たちは緊張していたが、シュリルは、ラモンと逢わねばならない時間を引き伸ばすかのように、ゆっくりと浴室を使い、暖まってから出た。

化粧室で、用意されていた青紫色《ラベンダー》の衣裳《いしょう》を身に着けていると、入ってきた召使に、髪を乾かす暇もなく、部屋へと追いたてられた。

部屋のなかでは、毛皮の胸当てをつけた正装姿のラモンが、独りで待っていた。

精悍《せいかん》な男は、シュリルが扉を開けて入ってきたのを見ると、立ちあがって彼を迎えた。

「この霧のなかを、馬で出かけたと聞いたが、あなたがそんな無茶なことをする方だとは思わなかった。なにが、あなたをそうさせたのか、ぜひとも知りたいものですな」

揶揄《からか》っているかのような口調には、しばらくの間、自分が訪れなかったことで、シュリルが苛立《いらだ》ちを感じたのではないかという期待が混じっている。

シュリルは、ラモンをはぐらかすように頭を振って、それでも、彼を怒らせないために充分に気を遣い、テーブルの向かい側に腰を下ろした。

扉が外から叩《たた》かれ、着替えたチャードがお茶と軽い食べ物を運んできた。

「チャード、酒を持ってきてくれないか。蒸留酒《ブランデー》を一杯ずつでいい」

まだ午後のお茶の時間だというのに、ブランデーを持ってこさせたラモンは、シュリルのグラスにカチンと触れさせて、

「しばらく逢えずに、寂しかった」と言った。

どう答えていいのか戸惑っているシュリルを、おもしろがって瞪《みつ》めながら、ラモンはグラスの強い酒を飲み干した。

「湖のほうへは行かれたのかな？　もう、白鳥が渡ってきている。長老たちの話では、今年は、何時になく冬の訪れが早いそうだ」

シュリルの心の裡《なか》に、白鳥たちの鳴き声と羽ばたきが甦《よみがえ》ってきた。

湖をうめつくすほどの白鳥を見たのは、あの時がはじめてだった。

眩《まぶ》しいばかりの雪原。

――肌を触れさせあうほどに近い身体からは、男の体温が伝わってきた。少しも寒くはなかった。そればかりか、熱く昂った肉体を、雪のなかに沈め、お互いを貪《むさぼ》りあったのだ。

その時の、目も眩《くら》むばかりの陶酔。

罪悪感。そして、解放感が、想い出されてくる。シュリルが極まって、怺《こら》えきれずに男の指を嚙《か》むと、彼は、優しく髪をなでながら、嚙ませたままにしてくれた。

マクシミリアン・ローランド。

彼とシュリルの心が、ひとつに通いあった一瞬が、確かに存在した……。

「では、返事を聞かせていただこうかな？」

想い出のなかに沈もうとしていたシュリルは、不意にラモンの声音によって、現実へと引き戻された。

「返事？」

突然、この褐色の男はなにを言いだしたのだ？　と訝《いぶか》しげにシュリルが繰り返すと、ラモンは大仰に嘆いてみせた。

「お忘れとは、あんまりだ。三週間前、もっと正確に言うと、十八日前に、俺が求婚したことを覚えておられぬのか？」

「あれは……」

驚いたように、シュリルが双眸を瞠き、次には伏せた。

「わたしは、お前とは、結婚などしない…。誰とも、だれであっても……」

「ふ…ん、まあいい。その、情のない言葉を吐き出す口唇から、俺と結婚するという言葉を言わせてみるのもおもしろい」

そう言って立ちあがったラモンは、思わず飛《と》び退《の》くようにして後退《あとずさ》ったシュリルを横目に嘲笑《わら》った。

男は、大股《おおまた》に部屋のなかを横切って扉を開けた。

扉の外に控えていたチャードを呼び寄せ、ラモンはかるく耳うちした。

主の秘楽を知っている忠実な召使は、引き下がったかと思うと、用意してあった革袋を持ってきた。

ラモンは、鼠色の革袋を受けとると、外側から扉に鍵《かぎ》をかけさせ、身を強張《こわば》らせているシュリルを振り返って見た。

「誇り高いあなたが、罪人のように縛られて犯されるのは、さぞや屈辱でしょうな…」

袋のなかから、革紐《かわひも》と、鎖がついた手足の拘束具を取り出して、ラモンはそう言った。

一瞬、シュリルは怯《ひる》んだ様子を見せたが、寝台のところへ行くラモンからは、視線を離さなかった。

ラモンは、拘束具を寝台の天蓋《てんがい》を支えている四柱の後ろ二本に、天と地で取りつけてしまうと、そこがシュリルの特別席であるとばかりに、彼を手招くしぐさをしてみせた。

「なぜいまさら？　何時でも、お前はわたしを好きにしてきたではないか、この肉体を……」

訪れごとに繰り返される抱擁と交歓。生殖を目的とせずに番《つが》う肉体。ただ、欲望のみ、悦楽のみに支配された媾合《まぐわ》いに、シュリルの肉は抗《あらが》えなく、反応する。それゆえに、ラモンは彼を拘束する必要はなかったのだ。

「確かに、あなたの肉体を自由に出来た。麗しい花唇は、俺のために甘い蜜《みつ》をしたたらせる。固く見える花蕾《つぼみ》も、俺を歓んで迎えるが、一度たりとも、俺はあなたの心を自由にできたことなどなかった」

裡より込みあげてくる昏《くら》い情欲に支配されて、ラモンは、嗤《わら》った。

「だから、今日は、心をいただく」

シュリルは、天空より舞い降りた褐色の鷹《たか》に摑《つか》みかかられる獲物も同然だった。摑まれ、ひきずられて、抗う度に、裂けてゆく衣裳から、雪を欺くほどに白く美しい肌を露《あらわ》にし、男の獣欲を煽《あお》った。

ラモンは、欲望を押さえかねて、獣の呻《うめ》きを放ちながらシュリルの身体にまとわりつく布片を引《ひ》き剝《は》いでゆく。

「……ラモンッ」

シュリルの感じている怯《おび》えが、男にとっては、心地好い刺激となっているのだ。

ラモンは、シュリルの両手首を、頭上にさげられた手枷《てかせ》に繫《つな》いでしまうと、両脚はそれぞれ、肩の幅よりもひらかせて、別々に柱の下で繫ぎとめた。

寝台の柱に磔られたシュリルは、閉じられなくなった秘裂に、男の視線を浴びた。

羞恥《しゅうち》を覚えて、シュリルが身じろぐのを、ラモンは腕を組んで、眺めた。

しばらくの間、ラモンは眺めていたが、やがて、指で、蹲《うずくま》っていた花芽に触れ、爪先で表皮を剝《む》いた。

「あ……」

シュリルは声をたてた。

男の爪が、花芽を露出させると、シュリルの白い双丘が慄《ふる》えあがる。反応を楽しむように、ラモンは、爪先で、肉芽を転がすように刺激した。

すぐさま、小さな肉芽はかたく凝《こご》って、ラモンの指に快い大きさへと変わり、そのすべてが、官能の結晶した塊となった。

内腿《うちもも》を顫《ふる》えさせながら、シュリルは強い官能の疼《うず》きに耐えていたが、肉芽を勃起《ぼっき》させたのとは別の指が、花唇に触れ、花びらをくつろげてくると、怺え切れなくなった。

逃れようとでもするかのように、シュリルの下肢がよじれる。そこをラモンが、肉芽をつまんで、押さえつけた。

「うう……」と、刺激の強さに、シュリルが呻きをあげ、身悶《みもだ》えた。

「ハハ……、もう、感じておられるようだな」

花蜜に潤っている花弁を指先でなぞりながら、ラモンはシュリルを追い詰めるように、揃えた指を、やわらかい二枚の花びらに潜りこませた。

「う……ぅあ……」

シュリルの腰が、刺激の強さにくねりだす。逃さぬように摑んだままのラモンは、もう一方の手で、背後の花蕾《つぼみ》に触れた。

ひッ……と、シュリルの下肢が強張ると、ラモンは笑った。

まだ堅くつぼまっている花蕾は、侵入を拒んでいるのだ。

ラモンは花園から視線を外すと、顔を背けているシュリルの方をちらりと見て笑い、拘束具を入れてあった鼠色の革袋から、小さな箱を取り出した。

小箱は、蓋《ふた》をあけると内側にビロードが貼られ、水晶の小瓶が納められていた。

「これが何だか、お判りになるかな？」

取り出した水晶瓶をシュリルに見せながら、ラモンは懐に忍ばせていたナイフを使い、蠟《ろう》で封印された瓶の飾り紐を切った。

香水の瓶であろうかと訝しむシュリルの前で、ラモンは水晶瓶の蓋を捩《ね》じりあけた。

蓋には、爪を染める時に使う刷毛《はけ》のようなものが付いていた。

刷毛をぬき出すと、柑橘色《オレンジ》の、どろりとした液体がからまっているのが判った。

液体は、その色通りの、オレンジの甘い香りを辺りに漂わせた。

ラモンは、刷毛にたっぷりと液体をしみこませると、シュリルに見せつけながら、彼の下肢へ近づけ、指先でひろげた花びらへと滴らせた。

冷たい感触があって、「あッ」と、シュリルが尖《とが》った声をもらした。

さらにラモンは、刷毛を使って、丹念に塗りはじめた。

なにをされるのか、不安を感じているシュリルだが、逃れる術《すべ》もない。されるがままに、花弁を刷毛で蹂躪《じゅうりん》されたあげくに、背後の蕾《つぼみ》にも、念入りに塗り込められた。

たっぷりと塗りこめたのだろう、濃厚なオレンジの匂いが漂うなかで刷毛が離れると、同時に、スゥーッと秘部全体が冷える感触に襲われ、シュリルはラモンを睨《にら》みつけた。

「塗られたところが、ひんやりとした風を吹きつけられている感じがするだろう？」

囁《ささや》くようなラモンの声音。シュリルは、むしろ痛みすら感じはじめた秘部に、これから起きることがまだ判っていなかったが、突然、ビクンッと腰を喘《あえ》がせた。

「ああ……」と、彼から、あえかな呻きが洩《も》れでた。

驚きに瞠《みひら》かれた瞳《ひとみ》が、ラモンを凝視して、放さないでいる。

「俺から、あなたへの贈物だ」

ラモンはそう言うと、蓋を閉めなおし、シュリルの前に瓶を突き出してみせた。

そこへまた、肉体の奥から発生した疼きによって、シュリルは突きあげられたように仰《の》け反《ぞ》った。

「ウッ…」

呻きとともに、自覚のない涙があふれ、目が霞む。

「な…に……これはッ…」

狼狽《ろうばい》した声が、シュリルから発せられるのを聞きながら、ラモンは、箱のなかに瓶をしまいこんだ。

「これと同じ物をマクシミリアンにも贈ったのだが、彼は使わなかったそうだな」

「ああッ、ラモン……」

うっすらと頬を上気させて、シュリルがうろたえた声をあげた。

クク…と、ラモンが笑った。

「あなたに塗ったのは、媚薬《びやく》だ」

ハッと、シュリルの双眸《そうぼう》が瞠かれ、ラモンを映しだしたが、感情の昂《たかぶ》りから、熱っぽく揺らいだ。

シュリルにとっては信じられないことが、下肢に起こりはじめたのだ。

秘部が焼け爛《ただ》れる熱を感じたと同時に、そこに何千、何万という虫が蠢《うごめ》いているような感触がわき起こった。

息を喘がせながらも、シュリルは、抵抗しようと、頭を振り乱した。

痒《かゆ》みにも似た疼きが、花を蝕《むしば》むようにひろがってくる。それは、花蕾の奥にまで、侵入していた。

じんわりとひろがる疼きが、ある一定の間隔をおいて、熱い昂りにかわり、秘部からさらに身体の奥、心にまで侵入してこようとする。シュリルは朦朧《もうろう》となり、ラモンに抱かれ、突きあげられる感触を下肢に覚え、恍惚《こうこつ》となった。

だがそれは錯覚だった。そのような錯覚を覚えた自分を嫌悪する間もなく、怺《こら》えがたい、脳を痺《しび》れさせる甘美感が、秘部を犯し、心へと侵入してきた。

「あッ、あ、…こんな、ああ、こんなことが…あ」

身悶えたシュリルから、歔《な》き声があがった。

「あ、あうッ、あう……」

ラモンに向けて発せられたはずの言葉が、意味をなさない呻きに変わって、シュリルは自由にならない身体を、それでも擦《こす》りあわせるように身悶えさせた。

神秘の双花が、妖《あや》しく痺れ、疼いた。異様に過敏になった秘花は、身近にいるラモンの息遣いにまでビクビクと反応した。

うっとりと蕩《とろ》けてゆくような——、シュリルが今まで味わったことのない異様な快美感が、下肢の一点に集中する。

その爛《ただ》れるほどの快感に、頭の裡が虚ろになる。

瞬く間に、官能の絶頂がシュリルを支配し、彼を翻弄《ほんろう》した。

息を喘がせながら、彼は、あられもなくむせび歔き、下肢を悶えさせた。

絶頂感に満たされて、息を切らせるシュリルに、官能の第二波が湧き起こり、媚肉が喘ぎだす。

たまらずに、ふたたびシュリルは昇りつめる。

激しい悦楽の余韻が醒めないうちに、またも疼きが湧き起こって、彼を翻弄した。

「あッ、あうッ、…そんな、いや、…いやあ…ッ」

肉体のもっとも敏感なところが、すべて、反応していた。

気が狂うほどの絶頂感。だが、何かが足りない。決定的な、何かが、もたらされていなかった。

「さあ、俺の妻になると言いなさい。年下の夫も良いものだ」

取り引きするかのように、ラモンが言った。

「誰が、そんなことを承知すると思うかッ」

息をつめて仰け反りながらもシュリルは拒絶を悲鳴として放った。

「それでは仕方がない。その気になるまで、待つとしようか」

指で、ざらりと、顎《あご》の髭《ひげ》剃《そ》りあとを撫《な》でるようにしながら、ラモンは嗤《わら》った。

「……卑怯《ひきよう》なッ」

焦燥感に苛まれて、うわずった声がシュリルから発せられる。

「卑怯とは、武人に対する侮辱ですな」

ラモンは軽く睨んでみせると、すらりと立ちあがった。

「ああ、待って、ラモンッ」

名前を口にすると、途端にシュリルの全身に快美感が走りぬけた。

心が否定しようとも、肉体のほうが、本能的に悟っていた。この異常な状態から助けてくれる者の存在。その男の、牡《おとこ》が必要なのだということを……。

「あ……ぁああ…」

花弁に何万という虫が蠢く、淫《みだ》らで、甘く、苦しい感触から逃れようと、爪先立っている身体を可能な限りによじらせて、シュリルは下肢を擦り合わせようとした。

けれども、拘束されている身体は、思い通りにはならない。シュリルは全身を汗でしとらせ、荒い息で肩を喘がせるだけだ。

その時ラモンは、虚ろに瞠かれたシュリルの瞳の、怪しい色彩に気がついた。

緑潭色《エメラルド》が濡《ぬ》れたように潤んで、紫菫色《ヴァイオレット》に変じようとしているのだ。

初めてみる、シュリルのもうひとつの色。
途端に、嫉妬《しっと》心が突きあがってきた。
「この眼を、マクシミリアンには見せていたのだな？　シュリルッ」
嫉妬という呪力《じゅりょく》を得て、ラモンは嗄《しわが》れた声音を発した。
なにを言っているのかが判らずに、虚ろな瞳でシュリルは目の前の男を瞪《みつ》めているが、
閉じられなくなっている口唇が、男の名を刻んでいるのをラモン・ド・ゴールは見た。
ラモンは、シュリルの下肢へ手を差し入れ、充血した花芽に指で触れた。
「あっ……」
激しい反応が返ってくる。
指先に心地好い突起となっている花芽を、ラモンは革袋に入っていた錦糸を使って根元
から引っ掛けるようにすくった。
「うッ」とシュリルが喉《のど》を引きつらせて跳ねあがった。
爪先立った脚の先まで、痙攣《けいれん》が走り、ぶるぶると顫《ふる》え続けている。
引っ掛けた錦糸を絞るようにして、ラモンは、花芽を括《くく》りあげ、結んでしまった。
愛らしい少年の象が、無惨に締めつけられ、切なげに括れた。
「ううう…ッ」
屈辱感と、刺激の強さに、シュリルが奥歯を嚙《か》みしめて呻《うめ》いた。
垂れ下がった錦糸の先に、ラモンは今日のために持ってきた大きなルビーをダイヤモン

ドで縁取ったド・ゴール家に伝わる花嫁の指輪を結びつけた。

ラモンは手のなかで指輪を弄《もてあそ》ぶように転がしながら、口唇を嚙みしめているシュリルの前に、糸が届く範囲で、見せつけた。

「これは、我がド・ゴール家の家宝ともいえる指輪。あなたのものだ」

言うなり、男は手のなかから、指輪を取り落とした。

瞬間、シュリルは、ヒッと悲鳴をあげ、下肢を引きつらせた。

「や…めて……」

指輪の重みにひっぱられて、引き千切られる激痛をおぼえ、シュリルが頭を振った。

括られた花芽が、ギュッと締めつけられる激痛が、妖《あや》しい疼痛《とうつう》に変わるのに、それほど時間はかからなかった。

媚薬に侵されているシュリルは、たとえいま、ナイフで花芽をえぐられたとしても、それを悦楽に感じたかもしれない。

ラモンが、糸の先にさがった指輪を、爪先ではじいた。

「うッ、痛いッ」

振り子のように大きく揺れた指輪が、新たな苦痛をシュリルの一点にあたえた。

錦糸が花芽に食い込み、強烈な激痛がシュリルの理性を狂わせる。

「やめて……、痛い、痛いんだ、ラモンッ」

妖しい快美に蝕まれながらも、シュリルは痛みを訴えたが、ラモンは、許さなかった。

次には、懐から指輪と対になっているピジョンブラッドの、見事な耳飾りを取り出して
シュリルに見せながら、その一つを指輪につぎたした。

重みが加わった瞬間、シュリルが叫んだ。

「やめて…、千切れる……」

くくく…とラモンがふくみ嗤った。

喘《あえ》いでいる細い顎を摑《つか》んでうわむかせると、口唇をしゃぶるように吸ってから、「どこが千切れるというのです？」と、囁《ささや》きかけながら、ラモンはもう一つの耳飾りを見せつける。

シュリルが、いやいやと、頭を振ったが、ラモンは錦糸に耳飾りを通すと、指を離した。

落下した耳飾りは、下の指輪にあたって止まったが、振り子のように揺れた。

ズ…ッズシッと糸が沈み込み、食い込んだ花芽をひっぱる。

「おお…うっ……うう、赦して……」

激しく髪を振り乱しながら、シュリルは悲鳴を放った。

ぶつかりあって揺らぐ指輪を見ているラモンは、

「俺の妻になるか？　シュリル」と、問いかけてくる。

ああッ…と、シュリルは眩暈《めまい》がしたように呻いて、

「ならぬ、それだけはッ…」と声をしぼった。

強情なことだと、双眸《そうぼう》に怒りをにじませたラモンは、最後に糸に通した耳飾りを指先で

摘みあげると、高い位置から、下へ、乱暴に落下させた。

花芽を締めあげている錦糸が、ギリギリッと食い込み、

「ひッ…」と、シュリルから金属的な悲鳴があがったかと思うと、ぱたぱたと、ひらかされた足元に、滴がしたたり落ちた。

痛々しく秘花が収縮して、すぐさま怺《こら》えられたが、すかさずラモンが、花弁のあわせに口唇を押しつけて、舌先でこぼれる滴をぬぐった。

「なんの恥じらうことはない。濡らしてかまわぬのだ。幾らでも飲んでやろうほどに」

屈辱に凍りついたように蒼白《そうはく》になったシュリルだが、込みあげてきた疼痛に苛《さいな》まれて、呻きを洩《も》らしはじめた。

「強情なお方だ」

ラモンは半ば呆《あき》れて言うと、失禁した薄紅色の花へと指を這《は》わせた。花びらの間は、被虐に感応して、蜜《みつ》で濡れそぼっている。

「どうだ？　俺が欲しいか？」

耳元に息を吹きかけながら、ラモンは囁いた。

「糸を、解《ほど》いてくれ……痛い……」

絶え絶えになりながらも、シュリルは頭を振った。

「痛い？　偽りを申されるな、痛いばかりではないはず、その証拠に……」

指先がぬめりこむと、シュリルが、

「……ああ……やめて…」と、呻いて、身を反り返らせた。

シュリルの肉体は、ラモンの指を無視することなど出来なかった。浅ましいほどに、感じて、欲していた。

「熱く、たぎっている…」

さらにもう一本、指が入りこむと、シュリルは待ち兼ねたように締めつけていた。内部で、二本の指が、淫らな湿った音をかもしだした。

シュリルは喘いだ。

妖しい疼痛に苛まれる花芽と、媚薬《びやく》に侵されている花唇が、僅《わず》かの刺激にも狂おしく反応してしまい、強い刺激を必要として疼《うず》くのだ。

「あ…あ、ラモン……ッラモンッ」

触れられている花唇を、押しつけるようにシュリルが下肢をふるわせた。

「その声で名を呼ばれると、たまらぬな…」

ラモンは下肢をくつろげ、指で割りひろげた花びらの内に怒張した牡を侵入させてやる。

「おおお…う」と、呻いて、シュリルは受けとめ、身体を反応させた。

激しく突きあげられ、疼痛が癒《いや》されるとともに、淫靡《いんび》な快楽がシュリルを満たし、彼を瞬間へと追いあげたところで、ラモンは身を引いた。

「だめ、ぬかないで、ラモンッ」

いくつもの快楽の弾《はじ》けた末に、昇りつめようとしていたシュリルは、突然ラモンが腰を引いたことで、狼狽《ろうばい》した声をあげた。

薄紅色の蠱惑《こわく》的な花唇が、淫《みだ》らに収斂《しゅうれん》して、ラモンを離すまいとしてくる。

喉の奥で笑いながら、ラモンは花園から完全に身を引いた。

生殺しに置き去りにされたシュリルに、猛《たけ》り勃《た》った牡《おとこ》の姿をみせつけて、ラモンは彼の前に立った。

熱に浮かされた双眸で、シュリルはラモンの牡を凝視《みつ》めた。

「俺の妻になると言われるがいい、さすれば、一思いに絶悦を味わわせてやろう」

弱々しく、拒絶の意味を込めて、シュリルは頭を振った。

その強情なことに、ラモンは金色の眼を光らせた。

怒ってはいるが、愛撫《あいぶ》する手つきでシュリルを撫《な》でまわしながら、ラモンは身体の位置を変え、背後に迫った。

「ああ…」と、シュリルが、狼狽した声をたてる。

ラモンは、背後から、引き締まった白い双丘を、両手をかけて割いた。

「いやッ……」

瞬時に、シュリルが下肢を捩《よじ》って逃れようとする。ラモンが好む後花での性交は、シュリルに屈辱を感じさせるのだ。

それは、肛虐《こうぎゃく》を受けていながら、肉体が快美に痺《しび》れてどうしようもなくなってしまうからだった。

「すべての花で俺を満足させるのですよ…」

欲望に支配され、くぐもった声音を吐いたラモンは、シュリルの冷たい双丘に接吻《せっぷん》すると、秘裂の奥に息衝《いきづ》く花蕾に、蜜まみれの塊を押しつけた。

シュリルは、ぞくりとおぞけあがって、腰を引こうとした。

「ああッ、ラモン……」

そこは嫌だと言いかけたが、シュリルは皆まで口にできずに、慄《ふる》えあがった。

「さあ、ここだけで感じてごらんなさい」

ラモンは、抱えた白い肉を裂くようにして、腰を突き進めた。

肉の芯《しん》を焼くような灼熱《しゃくねつ》の塊が入りこんでくることに、シュリルは狼狽して喘いだ。

「ああッ、やめて、……ラモンッ、あ――…、や…め…うう……」

花蕾の肉襞が蹂躪《じゅうりん》されて充血し、内側から熱を持って妖しくめくれあがってくる。

シュリルの持つ硬質なまでの気高さとは裏腹に、ラモンを咥《くわ》えこんだ媚肉は淫らで、そそられる美しさがあった。

「こちらの方は、なかなか思い通りに挿らない。それがまた良いのだが……」

苦悶《くもん》に喘《あえ》ぐ蕾襞をわりひろげながら、ラモンは牡を沈めてゆくが、巧みに、自分の情欲を制御した。

シュリルは頭を振って拒絶を表わしたが、肉の奥を突いてくるラモンの牡からは逃れられなかった。

「さあ、俺の剣をすべて肉鞘《にくさや》に収めなされ。マクシミリアンよりも感じさせてやろうほどに……」

マクシミリアンの名前がでた瞬間、シュリルの戦慄《せんりつ》が、挿入しているラモンに直接感じられた。

まるで、歓喜を表わすように、肉の奥が淫らに収縮し、うねったのだ。

「……う……うむ……」

いまの官能に罰を与えるために、ラモンが乱暴に捩《ね》じり込んだ。

可憐《かれん》な花蕾が、巨大な肉塊によっておしひらかれ、妖《あや》しい肉襞が珊瑚《さんご》色に充血する。

「あぅ……」

まだすべてが入り切らないラモンの怒張を受けとめかねて、シュリルは縛られている上体をのけ反らせた。

何度か、待ってくれるように、侵入を止めてくれるように哀願の言葉を洩らしたが、許されずに、挑まれてゆく。

時間をかけられ、悲鳴を放ちながらも、やがてシュリルは男の怒張を蕾《つぼみ》の内におさめさせられた。

「ううう……」

身動きが出来なくなり、シュリルはひらいた口唇を喘がせるだけで、苦悶を訴え続けている。ラモンは、そんなシュリルの内で、腰を使おうとした。

「う…動…かないでッ……」

しかし、容赦なくラモンは突きあげた。

「だ、だめだ、…苦しい、く…苦しい、ラモンッ……」

惨めにシュリルは悲鳴をあげた。

「ははは…腹を突き破られる思いがすると?」

そう言って笑ったラモンは、すべらかな、うつくしい胸元に、褐色の腕をはわせた。

「これで、女のような乳房があれば、もっと楽しめるのだがな…」

胸元にはわせた指で、乳嘴《ちくび》を探りあて、爪の先で摘みあげて、ねじった。

「く……ぅ…」

痛みに、ヒッと、シュリルの内部が引きつる。彼は、痛みによって現実に引き戻されるものの、突きあげられ、刺激されることで、またも乱されてゆく。

無遠慮にシュリルを突きあげながら、ラモンは指先を下肢へ埋め、媚薬に侵されている花びらをめくりあげた。

蜜をためて、あえかに咲いた女花は、男の褐色の指を咥えこまされると、びくびくと反応して、締めつけてしまうのだ。

ラモンの指先が、シュリルの官能を刺激して、彼を陶酔にいざなった。

「俺たちは三人で秘密を分けあった。この肉体を間にして……」

薄い粘膜を通じて、ラモンは自分の肉塊に触れた。

「ああ…ぅッ」

男の動きに、重なりあった宝石が触れあって、音をたてる。

その度に、柘榴《ざくろ》色に充血した花芽はキリキリと締めあげられ、羞恥《しゅうち》と官能に痺れたシュリルの口唇からは、悦虐の喘ぎがこぼれた。

官能の昂《たかぶ》りとともに、締めあげられた花芽の苦痛が増していた。

苦痛すらも、悦びにかわっている。

シュリルは、熱に浮かされたようになった肉体をかき乱されながら、心も惑乱していった。

瞬間、ラモンがまたも身を引いた。

「ああッ……いや…」

離すまいと、下肢に力が入ったが、引きぬかれ、花蕾は喘いだ。

ラモンは、まるで遊戯のように、シュリルを追いあげては、突き放した。

彼はほとんど、悩乱したように、歔欷《すすりな》きはじめた。

欲情に支配されて、男の気をそそるために、淫らに腰をうねらせてみせる。そうまでしても、肉の疼きを癒されたかった。楽になりたかった。

追いあげられて、シュリルは歓を極め、正常な心を失ってゆく。

気品ある美貌《びぼう》が、妖艶《ようえん》な、女でもなく、男でもない神憑《かみがか》った美貌に変じていた。

濡《ぬ》れた口唇がひらいて、真珠のように皓《しろ》い歯の間から、陶酔の言葉と、彼の名前が洩《も》れた。

その名を呼んだ瞬間、シュリルの全身を快美感が走りぬけ、双眸《そうぼう》が色を重ねたように、緑から紫菫色《ヴァイオレット》へ移ろってゆく。

シュリルを犯しているラモンは、嫉妬《しっと》という呪力《じゅりょく》を得て狭い内部をえぐった。

「うう……」

爛《ただ》れた時間を過ごしてゆくうちに、シュリルは、ほとんど自失したままの状態で、ラモンに誓った。

「…何もかも、お前に従う。だから、だから、一思いに……」

その褒美として、シュリルは絶息するかのような、激しい瞬間にさらされた。

男のすべてを受けとめかねて、彼は朦朧《もうろう》となってゆき、ラモンが欲望を迸《ほとばし》らせたと同時に、自失して、紫菫色の双眸を虚《うつ》ろに瞠《みひら》くだけとなった。

束縛から解かれて、寝台にあげられてからも、シュリルの意識は朦朧としていた。

口唇に、強い酒が注ぎ込まれて正気に戻ったが、肉体の奥にラモンを感じると、圧迫感に苦しみながらも、甘美なすすり歔きを洩らしてしまうのだ。

縛《いまし》めていた錦糸がほどかれ、惨《むご》く責められた花芽をラモンが口唇に含んで介抱してやると、シュリルは、ふたたび激しい陶酔のなかに堕《お》ちた。

淫《みだ》らにひらかされ、男の肉体が、楔《くさび》のように入ってくる。

長い時間をかけて、揺すられ、かき乱されて花芯から浸透した媚薬は、心にまで入り込んでいた。

シュリルの後花に溺れ、離れられないラモンは、ド・ゴール家の守護宝石であるルビーの指輪を、可愛がってやれない花唇に含ませた。

「うう……」

シュリルは弱々しく、頭を振ったが、媚薬に冒されている花唇は、蜜《みつ》をからめながら、大きなルビーを咥《くわ》えこんだ。

背後のラモンが動きを再開すると、シュリルは双花を犯される衝撃に呻《うめ》いたものの、瞬く間に、昇りつめた。

「ああ、もっと、もっとして……強く……こわい、苦しい……」

「俺の妻になってくださると？」

耳元で、ラモンが念を押す。

「あぁ、なんでも、言う通りにする。従うゆえ、もう、もう、達《い》かせて……」

「強欲なお方だ。まだ足りないとは……」

もう、これで幾度目になるのだ？　と言いたげに、ラモンは激しく、腰を揺すった。

シュリルは短く悲鳴して、締めつけてきた。

濡れた紫菫色の瞳《ひとみ》が、虚ろにラモン・ド・ゴールを映しだして、やがてゆっくりと、睫《まつげ》が覆い隠していった。

「ふたつの瞳――アレキサンドライトだったのか……」

マクシミリアンは、この瞳の秘密を知っているのだと思うと、ラモンは、あらたな嫉妬に煽《あお》られた。

第六章　死を願う逢瀬

一

昼過ぎから立《た》ち籠《こ》めてきた霧は、いまや晩秋の冷たい雨に変わっている。

狂おしい媚薬の効果が薄れても、肉体に宿った情欲によって、シュリルは反応し、ラモンに応《こた》えた。

それも限界をむかえ、断続的な失神から覚めるたびごとに正常な意識が覚醒《かくせい》をはじめると、シュリルはラモンを拒んで寝台から逃れ出た。

「明日にでも、聖司教の前で洗礼を受けてもらう」

シュリルは、彼を妻に出来ることを信じて疑わない男に、絶望した。

「そんなことはできない」

心も、肉体も男に対して怖気《おぞけ》あがっていたが、シュリルはきっぱりと言った。

「もう、言い争うことはないはず。あなたは、俺の妻になるのだ。その口唇で誓ったのですぞ」

脅す調子のある強いラモンの声音に、全身を小刻みに顫《ふる》わせながら、それでもシュリルは頭を振った。

「本当に出来ない。許してくれ」

「許せませんな、ならばもう一度、その肉体に訊《き》いて答えさせるまでだ。よいかシュリルどの、俺はそんなに甘い男じゃない。あなたが俺を騙《だま》すのならば、それなりの罰を加える」

近づいてくるラモンから後退《あとずさ》って逃げていたが、なにを言っても駄目なのだと判ると、シュリルは、暖炉へ駆けより、燃えている薪《まき》を摑《つか》みあげた。

あまりに乱暴な仕種《しぐさ》だったので、火の粉が飛び、シュリルの長い髪に燃え移るのではないかとすら思われた。

「どうしてもと言うのならば、この顔を焼く、焼け爛《ただ》れたわたしを見てから、もう一度考えるのだな、ラモン…」

「馬鹿な真似はするなッ」

怒鳴るなり、ラモンは凄《すさ》まじい勢いでシュリルに摑みかかり、力ずくで燃える薪を奪い取ろうとした。

その手加減を忘れた勢いに、シュリルが床に突き飛ばされ、火のついた薪が手から離れた。すかさず、のばされたシュリルの腕を、ラモンは片足で踏み躙《にじ》った。

「うう……っ」

躪られる苦痛にシュリルが呻《うめ》くのも無視して、ラモンは床で燃え続けている薪を暖炉に放り戻した。

激しいシュリルの拒絶は、ラモンを憤らせた。

「今の行為の償いをさせてやる」

そう怒鳴ると、ラモンはシュリルの片手を摑んでその身体を引《ひ》き摺《ず》るようにしながら、扉のところへ赴き、大声でチャードを呼びつけた。

忠実な召使は、すぐさま現われ、扉の向こうに控えた。

「サイソンを呼べ」

ラモンが命令する。その名前に、シュリルが驚愕《きょうがく》を示した。

気づいてか、ラモンは、

「知らなかったか？　サイソンはいま、俺の部下だ。学ばせることは多くあるが、なかなか有能な男だ、馬の扱いを心得ているし、なによりも、絵の才能がある」と、思わせ振りな物言いをした。

「あなたは罰を受けなければならない」

シュリルを摑みあげ、抱き締めるようにしながら、ラモンは低く呻いた。

「二度と馬鹿な真似をしないための、約束手形だ」

言うなり、ラモンはシュリルがまとっていたガウンの紐《ひも》を使って、彼の両腕を背後に縛りあげると、寝台へ放りあげた。

主《あるじ》に呼ばれ、急いでやってきたサイソンは、部屋のなかの状態に驚きを隠せない様子だった。

さらにラモンの腕のなかでもがくシュリルからは、さすがに視線を逸《そ》らそうとした。

そのようなサイソンに、ラモンは命じた。

シュリルの秘部を紙に写せ――と。正確に、神秘の花を、模写しろと言いつけたのだ。

「今のことでよく判った。あなたが、この肉体を知られることを一番恐れているのだと。だから写しとっておく。身体を焼こうが、自害し果てようとも、絵姿に残して、広く人々に知らしめてやる」

シュリルが悲鳴を放った。

殺される寸前の獣が命懸けで暴れるように、渾身《こんしん》の力で抵抗を示したが、ラモンに封じられ、背後から膝裏《ひざうら》に両手をかけられて、下肢を割かれた。

「よく観ろ、サイソン。この麗しい花園を写しとるんだ」

新たな驚愕に、サイソンが眼を見張った。

みじろいでシュリルがラモンを振り払おうとする。いともたやすく押さえ付けたまま、ラモンは、シュリルの頤《おとがい》をとらえ、のけぞらせて口唇を貪《むさぼ》った。

「観念されよ、俺の妻になるのが、なにが不足だ？」

硬直した舌を引き出して吸い、強張《こわば》りを解いてやろうと愛撫《あいぶ》するが、逆にさらにシュリルは身体を硬くさせていった。

「どうしたサイソン。前の主の秘密を知って驚いたのか？　触れたければ触れてみるがいい、ただし傷つきやすい花ゆえ、優しくな……」

そう言いながら、ラモンの指が、シュリルの敏感になっている花芽に触れた。

した。

勃起《ぼっき》してきた花芽を刺激されて、官能を剝《む》き出しにされ、シュリルの下肢が戦慄《せんりつ》を起こ
「見るがいい、男と同じでいて、同じではないのだ……」

シュリルは頭を振って身を捩《よじ》ったが、ドクンと脈打つように、花芽は姿を露《あらわ》にした。

「ああッ…」

「触ってみろ、サイソン」

「やめろッ……」

シュリルが叫んだ。

残酷に笑いながら、ラモンは花芽を扱きあげ、花唇をひろげた。

畏れ多くて、触れることなど出来なかったが、サイソンは新しい主人の命令に逆らうこ
ともできなかった。

絵の道具と、飲み物をチャードが運んできて、男たちの傍らに置いた。

さらに彼は、寝台脇のテーブルに蠟燭《ろうそく》を用意すると、火を灯《とも》してから部屋を出ていった。

辺りが明るくなって、シュリルの繊細な秘部のすべてがさらけ出される。

散らされたばかりの双花は、言い尽くせぬほどに妖《あや》しく、淫《みだ》らなものだった。

両脚の間にサイソンが入ると、シュリルは、発作を起こしたように激しく身動《みじろ》き、抵抗
を続けたが、やがて、力つき、眩暈《めまい》を起こして、ぐったりとなった。

サイソンは、最初は手が震えて動かなかったが、屈辱の発作でシュリルが意識を失って

しまうと、気が楽になった。

信じられないほどに、シュリルの姿はうつくしかった。

白い肌は、真珠のような光沢があり、黄金の髪が、まるで光の洪水のようにシーツに広がっていた。

やがて、意識が戻ったシュリルは、サイソンが描きあげた絵を見せられふたたび気を失いかけた。

ショックで放心したように俯《うつむ》いているシュリルに、ラモンは、

「あなたがその顔を焼き、身体を焼いて、ふた眼と見られない姿になってまでも俺を拒むと言うのならば、俺は、この絵を国中に公表する」と、言った。

その一言に、シュリルがハッと息を詰めるのを見ながら、ラモンは、精悍《せいかん》な口元に苦い笑いを張りつかせた。

「この絵を公表されたくなければ、馬鹿な真似はなさらないことですな」

「脅すのか？」

喘《あえ》ぐようにシュリルが言葉を吐き出すと、

「脅すとは？　聞き捨てならん言葉だ……」

ラモンは繰り返し、ニヤリとして、

「そう、脅してでも、あなたを我が物にしたいのですよ。シュリル…」と言った。

「遅くとも明日の晩には、俺の妻になるための洗礼を受けていただく」

蒼白《そうはく》となり、慄《ふる》えているシュリルをいたわるように、あるいは束縛するかのようにラモンは腕を回して抱きしめた。

「憂えることはなにもないのだ」

ほっそりとした身体を抱きながら、ラモンは囁《ささや》いたが、シュリルの強張りは解けなかった。

浴室で、愛欲に爛《ただ》れた肉体を洗い清められたシュリルは、寝台の上で虚《うつ》ろなまま、夕食を摂った。ラモンが、赤子に乳を与えるような手つきで、一匙《さじ》ずつ口に含ませてやりながら、最後に、睡眠を誘発させる薬を服《の》ませた。

自分の意思とは関係なく、シュリルは強い薬の力で、男の腕のなかに眠ることになった。

全身に熱を持った気怠《けだる》さのなかで目覚めた時、シュリルは、自分が狂ってしまえなかったことを呪った。

何事もなかったかのように、——無慈悲に朝は訪れている。

窓の外は雨だった。降《ふ》り頻《しき》る晩秋の雨が、ことさらにシュリルの絶望を煽《あお》った。

それればかりか、酷《ひど》い頭痛が、彼の思考の大半を奪っていた。

下肢には力が入らずに、寝台に起きあがることすら出来ないのだ。

寝台のなかには、もう一人の温もりが残っていた。

シュリルは、その男のことを想うと、自分が叫び出すか、泣き出すのではないかという恐れを抱いた。

じっとしていられない。追い詰められた状態で、シュリルは傷ついた小獣のように呻《うめ》きをあげた。

その時、突然、扉が叩《たた》かれ、彼はビクッと竦《すく》みあがった。

「——ラモン……」

その訪れを恐怖して、口唇が喘いだ。

入ってきたのは、銀色の毛皮を抱え持ったチャードだった。

彼の姿を見るなり、シュリルは寝台脇のテーブルに置かれた時計を、習慣的に見た。

時計の針は、午前八時を差している。

チャードは、どんな朝でも、時間通りに行動するのだ。

そして、寝台の奥で青ざめている麗人に近づいてくると、持ってきた毛皮を差し出した。

「今朝は、何時になく冷え込んでおります。このガウンをお召しくださいますようにと、ラモンさまよりお預かりして参りました…」

毛皮は、特別に贅沢《ぜいたく》な品であり、かつてエスドリアの貴族は、富を誇るために夏であっても身に着けたのだ。

光沢がある銀狐の毛皮をたっぷりと裏打ちにつかったガウンは、どれだけ高価なものであるのか、ラモンがこれだけの品をシュリルに与える理由を考えただけで、空恐ろしいほどだ。

シュリルは、毛皮と、チャードとを、恐ろしいものを見るように、交互に見詰めた。

「ラモンは……？」

口唇が、強張って、思う通りの音を発していないことを感じながらも、シュリルは、男のことを問うた。

「数刻まえに、成都へと向かわれました」

成都へ向かったということは、聖司教を迎えに行ったのだ。シュリルの顔から、血の気が引いて、紙のような生気のない白さになった。

昨夜の、おぞましいすべてを知っていながら、――シュリルの秘密を見ていながら、チャードは無感動であり、無表情そのままで、次には、朝食をどこに用意するかと訊《き》いてきた。

食事など喉《のど》を通るはずもなく、シュリルは拒絶を表わし男から顔を背けたが、ラモンの忠実な召使であるチャードは、それでは承知しなかった。

「では、朝食は寝台へお運びいたします」

そういうと、扉の外に控えている者たちに寝台の位置から声をかけ、シュリルには半ば強制的に毛皮をまとわせた。

昨夜、なにがあったのかまでは判らないものの、好奇心を抱いている召使女たちが、寝台にいるシュリルの前に小卓を置き、朝食を並べてゆく。シュリルは虚ろな双眸《そうぼう》でそれらを見詰めていたが、用意が整い、扉が閉じられた音を聞いて、はじめて我に返った。

麦を、ミルクと砂糖で煮込んだ粥《かゆ》と、少量の野菜スープが出され、特別に、グラス一杯の葡萄《ぶどう》酒が添えられていた。

シュリルは、顫える手でグラスを摑《つか》むと、葡萄酒で口唇を濡《ぬ》らした。

酸味の強い、エスドリアの葡萄酒だった。

不意に、握っている手がガタガタと慄えはじめ、離さなければこぼれると思う間もなく、シュリルの手からそれて、グラスが床に落ちた。

くぐもった音を立ててグラスが割れ、赤い葡萄酒が床を濡らした。

すかさず、チャードが近づいてきて、ナプキンを添え、床を拭《ぬぐ》った。

「代わりをお持ちしましょうか？」

そう言って割れたグラスを取りあげたチャードは、虚ろな双眸を瞠《みひら》いて、床に出来た染みを凝視《みつ》めているシュリルに、

「先程から、サイソンが、お会いしたいと申しておりますが」と、付け加えた。

その瞬間、虚ろだったシュリルは、まるで魂を吹き込まれたかのように、鋭く反応した。

「会いたくはない……」

強い調子でシュリルは拒絶を口にすると、寝台のなかで全身を強張《こわば》らせた。

しかしその時にはすでに遅く、チャードの手によって入り口の扉はひらかれ、サイソン・リカドの姿が見えた。

「部屋に入れるな」

シュリルは狼狽《ろうばい》して、叫んだ。

かつて、シュリルに仕えていながら、彼を裏切りマクシミリアンに手を貸した男。そして、いまラモン・ド・ゴールのもとに使われている男。

そのことだけでも許すことができないのに、男は、シュリルの秘密を知ってしまったのだ。

ラモンに言われるがままに、彼はシュリルのすべてを紙に写しとったのだ。

「会いたくないと言っているのだッ」

チャードは、シュリルを無視し、サイソンに眼で合図すると、自分は入れ違いに部屋の外へ出た。

「来るなッ」

入ってきたサイソンから逃げようとして、シュリルは朝食の乗った小卓を払いのけ、寝台を降りたが、下肢に力が入らずに、床に頽《くずお》れた。

「シュリルさまッ」

慌てて助け起こそうと近づいたサイソンから、シュリルは逃げた。

「わたしに触れるなッ」

鋭く拒絶を放って、気力で立ちあがり、男の前から後退《あとずさ》った。

サイソンは、シュリルの悲鳴に撃たれたようになり、その場に両膝《ひざ》を付き、頭をたれた。

「許してくださいッ、シュリルさま」

床に両手を付いたまま、男は声を絞った。

「…あなたさまを、あんな形で傷つけるつもりはなかったのです」

瞳《ひとみ》を険しくさせ、男を見下していたシュリルだったが、昨夜のすべてが思い出されて、涙をこぼした。

溢《あふ》れた涙は止まらなくなって、彼の白い頬をつたって足元へと落ちた。

それを見て、サイソンもまた、跪《ひざまず》いたまま泣き声をあげた。

「……許してください」

マクシミリアンと通じていたことを許せと言うのか、それとも、シュリルの秘密を知ってしまったことを言うのか、何度も、魂を絞るようにして、サイソンは許しをこうてきた。

嗚咽《おえつ》をこらえて口唇を嚙《か》んだシュリルは、

「…許さぬ」と、頭を垂れている男に言葉を浴びせた。

「だが、サイソン。…わたしを殺せ。いますぐ、わたしを殺すのだ。そうしてくれたならば、お前を許す」

冷たいまでに冴《さ》え渡ったシュリルの声音は、心を錯乱させているがゆえの言葉ではないことを物語っていた。

「な、なんとおっしゃいますッ」

戦《おのの》いたサイソンが、取り乱した声をあげた。

「あなたさまを殺すなんて、そんなことは、俺には出来ないッ」

跪いている男に、逆にすがるように、シュリルは言葉を繰り返した。

「わたしを哀れと思い、殺してくれ……」

「できませんッ。シュリルさま、あなたを殺《あや》めるくらいならば、俺は自分の胸を突いたほうがましだッ」

呻《うめ》きをあげたサイソンの前から、シュリルはゆらめくように身を引いて、離れた。

身体中を蝕《むしば》んでいるラモンの責めによる疼痛《とうつう》は、すでに意識の奥に押し込められ、代わりに、思いがけなくも激しい、特別な感情が彼に湧き起こっていた。

「わたしに、自分で決着をつけろというのか……」

喘ぐように呟いたシュリルは、不意に心を定めたのか、なにかに憑《つ》かれたかのようにも見える、凛《りん》とした様子を見せた。

彼は、跪いているサイソン・リカドに、

「お前に出来ぬのなら、わたしに力を貸せ」と、言った。

「シュリルさま？」

「何もかも、わたしが決着をつける前に、一つだけ心残りがある。もう一度だけ、会っておきたい男がいるのだ」

ハッと、頭をあげたサイソンとシュリルは瞳を合わせた。

「——マクシミリアン・ローランドだ」

その名を口唇に刻んだ瞬間に、シュリルの瞳が妖《あや》しい色に変わっていくのを、サイソンは見て、息を呑《の》んだ。

妖しい、二つの色彩が混じりあおうとしているのだ。

「あの男なら、わたしを……」

――殺してくれるかもしれない――。

マクシミリアンの手に掛かって死ぬという思いは、シュリルにとって甘美なる夢となった。

心を定めたシュリルの前で、サイソンもまた迷っている時間はなかった。

サイソン・リカドは、かつての主《あるじ》のために命をかけることにした。

「判りました。俺の馬を使ってください。蹄鉄《ていてつ》を変えたばかりですから、山道も走れるでしょう。チャードも、俺が引き受けます」

サイソンがそう言った時、シュリルがぞっとするくらいに青白い顔で、男を睨《にら》むように瞪《みつ》めた。

マクシミリアンのところへ行くと言った瞬間に、妖しい色彩を放った瞳の色は、怜悧《れいり》にきらめく緑潭色《エメラルド》を深く帯びていた。

「絵が……」

喘《あえ》ぐようにシュリルは口にした。

サイソンが一瞬、表情を強張らせた。

自分の描いた絵で、シュリルが苦しめられるのだと思うと、サイソンはまた、床に平伏《ひれふ》した。

「必ず、俺が処分します。命にかえても、ラモン将軍より取り戻して処分します。……」

ラモンにそれ程抜かりがあるとは思われなかった。シュリルは絶望していた。しかしいまは、彼の言葉を信じ、頼るしかなかった。

サイソンが出て行った後で、シュリルは乗馬用の一揃いに着替え、今朝、ラモンにガウンを贈られる以前は、彼が持っていた唯一の毛皮であったマントを肩から羽織った。

手袋を選んでいるところへ、チャードが戻ってきた。

「今日は、お出かけになることは出来ません」

着替えを終えているシュリルに対して、召使頭は、いつもの、きっぱりとした口調で言った。

「わたしに命令するなッ」

辺りに響き渡るほどの声を、シュリルは男に向けてはなった。

「…わたしを妨げるなッ」

シュリルは、そう言葉をつぐと、チャードから顔を背けた。

「判りました。すぐ馬を用意させます」

チャードは承知したのか、引き下がった。

シュリルは素早く、監視している召使たちの間を通り抜けて廄舎《きゅうしゃ》へ向かい、そこで待っていたサイソンと視線を合わせた。

そして、シュリルに従うために、着替えたチャードが厩舎へ入ってくるのを、二人は息を殺すようにして待った。

この急場で、かつてシュリルの従者だった男、サイソン・リカドは驚くべき働きをみせた。

サイソンは、入ってきたチャードに後ろから飛び掛かると、必要と思うだけ殴りつけ、それから羽交い締めに押さえ込んで、瞬く間に縛りあげてしまったのだ。

あまりの手際の良さに、この男のどこにこれだけの力と勢いがあったのかと、シュリルは驚かずにはいられなかった。

何かに立ち向かおうと決心した時、人は強くなるのかもしれない。その強さが、シュリルにも必要だった。

サイソンは、奥から良く手入れされた灰色の馬を引き出してきた。

馬の扱いに長《た》けている彼が選んだだけあって、彼の愛馬は、頼もしい姿をしていた。

「馬を信じてください、俺が育てた馬です。シュリルさま…」

動物に心がないと思うのは間違いであり、灰馬は彼なりに、今が緊迫した状況にあることを感じていて、興奮を隠せない様子をしている。宥《なだ》めながら、サイソンは手綱をシュリルへ預けた。

灰馬は、それで、シュリルを主人と認めたのか、おとなしく従った。

鐙《あぶみ》を踏んで、素早く馬上に跨《また》がったシュリルは、マントのフードを被《かぶ》り、厩舎の扉を開くようにサイソンに合図を送る。

「国境付近はもう、雪にかわっているでしょう。お気をつけて……」

シュリルは、そう言ったサイソンに軽く頷《うなず》き、雨のなかを飛び出した。

最初は、冷えた空気に馬の筋肉を馴《なら》してゆくように、ゆっくりと、次第に馬をせきたてながら、シュリルは、決して足を踏み入れなかった湖の方向へ向かった。

そちらが森をぬけるための近道であることから、彼は心を決めたのだ。

常緑樹の森に囲まれた湖には、シュリルの過去が沈んでいる。

湖が見えてくると、彼は、恐れつづけていた場所が、実際は小さな湖でしかなかったことを知った。

子供の時に感じたものと、大人になってからの感覚はまったく違った。だが、恐怖だけは、同じ大きさだった。

湖畔を通って、やがて森をぬけた。

森の果てにある境界ともいえる川の前に立つと、一度馬首を戻して引き返し、充分と思われる距離をはかってから、灰色の馬に鞭《むち》を入れた。

瞬発力を発揮した灰馬は、空を駆けるがごとくに跳躍し、余裕を持って向こう岸へと下り立った。

シュリルは、ギドゥーと呼ばれている一帯を走りぬけると、人家がある農道を避けて、山ぞいに入った。

領地内のことは、大体において判っているつもりだった。

狩猟館まで辿《たど》り着ければ、そこから、国境警備兵の目をかすめてアメリス国へ入ることが出来る。一年前の冷たい月の夜、彼はそうやってローランド領へ入った。

地形を頼りに、シュリルは馬を走らせて行った。

雨は氷雨にかわり、次第に激しくなって身体を打ち付けてくるようになったが、シュリルは馬を励ましながら、懸命に駆り立てた。

必死で馬を飛ばしていると、時間の感覚がなくなった。

氷雨を落としている空は、もはや夜が迫っているのではないかとすら思わせる暝《くら》さで、シュリルを不安にさせた。

不安を感じ、迷いが生じたとき、シュリルには、マクシミリアン・ローランドの声が聞こえた。

「何に対しても自分から立ち向かおうとしなかったから、恐怖を克服できないのだ」と。

その声があまりに近くで聞こえた気がして振り返ったが、背後にあるのは森のざわめきだけだった。

すべての不安は、あの男に逢うのだという強い思いによって、否定された。

いつしか平原を抜けたのか、次第に道筋が険しくなり、傾斜が急になってくる。

少し馬を休ませるように歩みを緩めさせながら、シュリルは後方に広がるエレオノール領を振り返ってみた。

議会の前で誓い、領地を出ないことを署名しておきながら、禁を破ろうとしている彼は、心の裡で微《かす》かな戦《おのの》きを感じていた。

今まで、流されるように、虚《うつ》ろに生きてきた。それが、こうしてラモンから逃れ、マクシミリアンの下へ向かおうとする強い意志が、シュリルに生じたのだ。

その力が、彼を駆り立てているのだ。

山地をどれくらい走っただろうか、狩猟館が見えてくると、シュリルは安堵《あんど》とともに、疲れた身体と馬を休ませることを考えた。まとっているマントは、雨を吸ってずっしりと重く、身体は凍えそうなほどに冷えきっているのだ。

駆り立てられる馬も、時おり苦しげに嘶《いなな》きを放っていた。

だが、獣の王にも似た男、ラモンから逃れるために、一瞬の逡巡《しゅんじゅん》も断ち切らねばならなかった。

館を通り過ぎて、峠へさしかかる頃には、晩秋の空は暮れて、辺りに群青の闇を落としはじめた。

その時、遠くで、シュリルを牽制《けんせい》するかのように雪雷が鳴った。

ハッとしたが、手綱を緩めずに馬を駆り立てて、シュリルはついに峠を越え、アメリス国へと入った。

かつて、サイソンに欺かれ、マクシミリアンに追われた平原へと馬を進めていこうとして、峠を越えた辺りから、降《ふ》り頻《しき》っていた雨がやんで、辺りの空気がピンと張りつめてくるのを感じた。

空の彼方で、遠雷の轟《とどろき》。

いまのシュリルは、それすらも、マクシミリアンの下へ近づいている証《あかし》であるかのように聞くことができた。

ただ時おり、なにか不安を感じるのか、晦冥《かいめい》の空に向けて馬が嘶きを放った。

死を彷彿《ほうふつ》させる静寂が、木々と大地と、シュリルを覆いはじめ、迫りくる闇に、行く先が見失われる恐れが出てきた。

頭上の木々を、揺らめかせて冷たい風が過ぎていくのを感じた次の瞬間、シュリルは、舞い降りてきたひとひらの雪をみた。

雪は、まるでローランド領に入り込んだシュリルを待ち構えていたかのように、暗い空の彼方から、降りおりてきた。

海沿いのエスドリアでは、雪はもう少し遅く、聖生誕月《十二》に入ってからだが、アメリス国では、もう降りはじめるのだ。

そしてシュリルは、幻想的な光景をみることになる。

舞い降りる雪は、シュリルの前方を閉ざそうとした夕闇を、白く滲《にじ》ませて、雪明かりで辺りを照らし出した。

まだ時おり、遠くで雷が鳴っているのが聞こえた。

シュリルは喘《あえ》ぐ馬を急がせ、やがて木々の合間に、湖を見つけることが出来た。

視線を巡らせると、静かに羽を休める白鳥たちの姿が目に入ってくる。

湖の上で抱擁しあったあの日のことが、心の奥に、肉体の芯《しん》によみがえってくるのを感じて、シュリルは湖畔ぞいに近づこうとした。

荒々しい馬の気配に驚いた白鳥たちが、怯《おび》え、遠くまで響く鳴き声を放った。

シュリルは湖の端を離れなければならなかった。

駆り立てられ続けてきた馬が、苦しそうに頭を振って、喘ぎ続けている。

「もう少しだ……」

シュリルは、馬の首筋にすがるようにしてなだめながら、遠くに、聳《そび》え立つ城を見つけた。

あたりを圧する威容をそなえたマクシミリアンの城が、一年前と変わらず、シュリルを待ち受けていた。

昔、国境沿いの要塞《ようさい》城であった時代に城を囲んでいた堀は、いまはもう埋められているので、シュリルは城門の崩れたところからなかへ入ることができた。

城門のなかは、人手もないことで荒れ放題になっていて、造園のために用意された幾つかの道具や、外れた馬車の車輪などが置き捨てられ、雪を被っていた。

一年前と変わりないことに、シュリルは微かな郷愁のようなものを覚え、自分が、マクシミリアンのところへ来たのだと、確信することができた。

闇のなかに聳える巨大な城を目の前にした時、馬がまたも興奮したように嘶きを放った。嘶きに驚いて、城のなかに巣をつくっていた鳥たちがいっせいに飛び立った。黒い鳥たちは群をなして、城の尖《とが》った塔をかすめるように飛んで行った。鳥の群を眼で追ったシュリルは、城の、高い位置にある部屋の窓を、ほの白い灯が通り過ぎるのを見た。窓に引かれたカーテンが微かに揺らめき、シュリルはそこに、黒髪をレースで織り込んで結い上げている女の、白い顔を見た。

瞬間に、脳裏に氷を突きこまれたような思いがした。

マクシミリアンに逢いたいという思いに突き動かされて、ここまで来ていながら、突然、正常な理性が戻ってきて、自分たちを取り囲んでいるすべての状況を思い出したのだ。迷いを振り切るようにシュリルは、頭を振った。彼は、どうしてもマクシミリアン・ローランドに逢わなければならなかった。

彼に逢って、すべてを終りにする力を、あるいは、立ち向かう力を、授けてもらいたかった。

まだシュリルは自分で歩き出したばかりで——心を吹き込まれたばかりの人形だったので、誰かの、助けが必要だった。

誰でも良いわけではなかった。

彼でなければ、叶《かな》えられなかった。

二

居間にいたマクシミリアン・ローランドは、奇妙な胸騒ぎを感じていた。

その年初めての雪が降ると、落ち着かない気分になったものだが、そういう類《たぐ》いのものではなかった。

灰白色に変わっていこうとする外界から、荒々しい馬の嘶きが聞こえた気がして、彼は窓を開いた。

白鳥たちの警戒する声がけたたましく聞こえてくる。

こんな日は、森の獣たちは巣穴に籠《こも》っているはずだ。誰かが近づいてくるのを、マクシミリアンは予感した。

妙に落ち着けず、彼は室内着の上にガウンを羽織ると、居間を出た。

回廊を渡って、隠された扉を潜り、階段をほとんど小走りに降りた。

いつになく慌てている自分を、ルーベンスが見たとしたならば、たぶん驚くだろうなどと思い、苦笑が洩れる。だが、時に、運命に関わる特別の場合にのみ、神より与えられる直感のようなものに、彼は動かされていた。

階下へ降りて、謁見の間を横切ったマクシミリアンは、まだ鍵《かぎ》の掛けられていない大広間の開き戸を、自分の手で押し開いた。

扉の外に、シュリルが立っていた。

一瞬、二人ともが目の前にしている状況を理解できずに立ちすくんだ。

旧《ふる》い城は、時おり、夢を見せることがあるのだ。

瞪《みつ》めあったまま、二人は声を喪《うしな》い、言葉を探していた。

実際、マクシミリアンの驚きのほうが、シュリルよりも数倍大きかったようだ。

彼に向かって、シュリルは「マクシミリアン……」と呼んだつもりが、強張《こわば》っている身体から声が出なかった。

シュリルとは逆に、まるで引かれあったように、奇跡が生じたかのように目の前に現われた男は、

「なにをしにきた？」と、扉の向こう側から、冷たく、突き刺す口調で問うてきた。

「領地を出ることは許されていないはずだと思ったが？」

冷たいマクシミリアンの口調に、シュリルは、射竦《いすく》められる思いがして、後退《あとずさ》った。

来るべきではなかったのだという強い後悔が、いままでシュリルを支えていたすべてを壊してしまい、彼はその場に凍えた身体を頽《くずお》れさせてしまった。

瞬間、マクシミリアンのまとっていた冷徹なものが一掃され、彼は、外へ飛び出してくると、床に頽れたシュリルを抱きあげた。

「…大丈夫だ」

身体にまわされたマクシミリアンの腕を遮って、シュリルは自力で立ちあがろうとしたが、男の力がそれを許さなかった。彼はシュリルを抱きあげると、大声でルーベンスを呼んだ。

「馬が外にいるんだ……」

絶え絶えになっていながら、外に繋《つな》いだ馬のことを心配しているシュリルに、マクシミリアンは頷《うなず》いた。

「すぐにルーベンスが来る」

「馬が、走らせ通しで、……疲れて」

「判っている。任せておけばいい」

そう言って聞かせながら、マクシミリアンは抱いたシュリルを、自分の居間へと連れて行った。

暖かい暖炉の前に横たえ、凍りついたようになっているマントを脱がせ、濡《ぬ》れているすべての衣類を剝《は》ぎ取ってしまう。少しは楽になったのか、シュリルの喘いでいた肩から力がぬけた。

だが、まだ身体に熱の戻らない彼を、マクシミリアンは純白の毛皮でくるみ込むように包んだ。

凍傷になりかかっている足先に、獣脂から精練した薬を塗り、一度包み込んだ毛皮をといて、どこかに怪我を負っていないか、凍傷にかかっていないかを確かめた。

雪を欺くかのような白い肌に、愛慾《あいよく》の跡が刻まれていた。

マクシミリアンは、眼を背け、毛皮でシュリルの身体を包み隠した。

「シュリル？」

呼び覚ますように、声をかけると、ふっと眼が瞠《みひら》かれた。

緑潭色《エメラルド》の眼が、マクシミリアンを映し出して、やがてはっきりと収斂《しゅうれん》してきた。

意識はしっかりしていることが判ると、安心したマクシミリアンは、立ちあがって窓際の装飾戸棚のところへ行った。

気付けになる強い酒を選んで戻ってきた男に対して、シュリルは、自分の心を痛めつけるかのように訊《き》いた。

「彼女は？」

「――誰だって？」

純白の毛皮よりも白く、美しい肌をしているシュリルの、すべらかな喉元《のどもと》から、肩の辺りを見ながら、マクシミリアンが訊き返した。

「君の奥方だ」

微《かす》かな間の後、マクシミリアンは酒の瓶に貼られたラベルに眼を落としながら、

「奥の部屋にいる」と、答えた。

シュリルの、完璧《かんぺき》な美貌《びぼう》は、感情に支配されることはなかった。

「すぐに出てゆく。……ただ、もう一度逢いたかったのだ」

掠《かす》れて、弱々しい声がそう言うのを聞いて、マクシミリアンはあらためてシュリルを瞪めた。

先程の冷たさを追い払ったような、静かな黒曜石の瞳《ひとみ》だった。眼差《まなざ》しが絡み合って、数瞬の間、言葉がとぎれた。

「自分の意志で、ここへ来たのか？」

小さく、シュリルは頷いた。

マクシミリアンはそんな彼に近づいてきて、手を取ると、

「冷たい手だ」

そう言って、爪先に口唇をつけた。

「あ…」

ジンと痺《しび》れるような温かみと、心地好さがシュリルの裡《なか》に入ってくる。彼は戦《おのの》いて、指を引こうとした。

それをマクシミリアンは、離さずにいた。

「凍えてまで、来ることはない……」

そう言いながらも、マクシミリアンは、接吻《せっぷん》で熱を与えようとしてか、シュリルの指先に、手の甲に、掌に、口唇をつけた。

触れられたところから、熱が戻ってくるようで、我知らず、シュリルはあえかな吐息を洩《も》らしていた。

うっすらと開いたシュリルの口唇に、マクシミリアンは惹き寄せられ、蒸留酒《ブランデー》を口移しで含ませた。

禁を破って触れあった口唇は、すぐさま貪《むさぼ》りあうように重ねられる。

——甘美な口づけ。

離れていた時間を埋め合わせようと、口付けは、激しく、執拗《しつよう》になり、お互いを確かめあうように繰り返された。

マクシミリアンの口唇が、シュリルの冷たい頬に移り、首筋に、肩に、胸元に、次々と触れて、熱を与えてくる。

それでもシュリルの身体が凍えていることを感じると、マクシミリアンは、自分も全裸になって、彼の冷たい肌を包み込んだ。

瞬間、シュリルは待っていたかのように、男の腕《かいな》に抱かれて、双眸《そうぼう》を閉じた。

強い力が応《こた》えて、抱きしめてくるのを感じると、シュリルは、恍惚となった。

「一年前だ。あの時も、君を凍えさせてしまったな…」

耳元で囁《ささや》かれると、肉体をおしひろげられた記憶が、シュリルを羞恥《しゅうち》に染めた。

時にシュリルを痛めつけ、肉体の奥にまでも侵入し、辱めたマクシミリアンの手が、優しく身体に触れてきた。

触れられるたびに、シュリルの内部では、花が開花するように、変化が起きた。

身体に熱が戻ってくると同時に、シュリルは眩暈《めまい》がするほどの欲情に突きあげられていた。肉体の奥底にある淫《みだ》らな生き物が、彼を追いあげるのだ。

冷たく研ぎ澄まされていた緑潭色の双眸が、情欲という昂《たかぶ》りに溶けて、紫菫色《ヴァイオレット》に色を変えてゆく。その妖《あや》しい変化をマクシミリアンは瞪《みつ》めた。

アレキサンドライトの瞳。

その二色の瞳を持つものは、二つの心を持つと言い伝えられるが、シュリルは、二つの性を持っているのだ。

「俺に、抱かれたいのか？」

潤んだ紫菫色の瞳から視線をそらさずに、マクシミリアンは問うた。

「ああ……」と、シュリルの口唇がひらいて、ため息が漏れ、彼は紫色の双眸を閉じ合わせた。

「答えろ、シュリル。俺の眼を見て、答えるんだ」

長い睫《まつげ》が揺らいで、紫菫色の瞳がふたたびあらわれる。

シュリルは、瞳にマクシミリアン・ローランドを映し出した。

「君が欲しい、マクシミリアン……」

口にした瞬間、拒絶されることを恐れて、シュリルは双眸を揺らめかせた。

「俺も、お前が欲しい」

男の答えを聞いて「おぉ…」と、シュリルは微かな歓びの声をあげた。

マクシミリアンは、シュリルの身体に這《は》わせていた手を、下肢へとすべらせると、引き締まった白い内腿《うちもも》の奥に残された、吸い痕の刻印をなぞった。

「ラモンに抱かれて感じたか？」

別の男の痕跡《こんせき》を指でなぞりながらマクシミリアンがそう訊くと、その場所に覚えのあるシュリルは、素直に、

「ああ、獣のように……」と、答えた。

神秘の聖地を隠そうとしている小さな茂みを、指先がかきわけてくるのを感じると、シュリルは羞恥に身体を強張《こわば》らせたが、先端に触れられた瞬間に、かるい衝撃を感じ、強張りがゆるんだ。

濡れた指先が、花皮を剝《む》きあげて、守られていた官能の凝《こご》りをむきださせてくる。

「アッ」

シュリルは喉の奥で呻《うめ》いて、腰を引きかけた。

それを力で封じて、マクシミリアンは、露《あらわ》にされた花芽を指で弄《もてあそ》んだ。

強い刺激に花芽がしこって、敏感になってゆくと、シュリルは甲高く呻いた。

身体をずらして、マクシミリアンはシュリルの昂りに口唇をつける。

シュリルの腰が捩《よじ》れる。

マクシミリアンが舌で触れると、下肢をびくびくと慄《ふる》わせて、シュリルは感じていることを隠せなくなった。

花芽の下方で、恥じらうようにひらいている纖細な花襞《はなひだ》には、きれいで、透明な蜜《みつ》が滲《にじ》

みでている。

マクシミリアンは、舌の先で愛の蜜を掬《すく》った。

「あ…んッ…」

わざと、敏感な花襞に触れぬようにすると、焦《じ》れてシュリルの腰が身悶《みもだ》えた。

微かな愛撫《あいぶ》にも花びらの奥がしどけなくうるおって、花芽が突起してくる。

下肢を引きよせたまま、マクシミリアンは白い双丘の奥へまでも侵略してきた。男の舌先は、深く侵入してきて、シュリルに、強烈なショックにも近い悦楽を与えた。

慎みをもって閉じ合わされていた花襞をひろげられると、シュリルは満足に息もつげないほどになった。

シュリルは、口唇を艶《なま》めかしくひらき、顫《ふる》える舌を垣間見せた。彼の下肢に咲いた花もまた、喘《あえ》ぐように、とろり…と、花びらを寛《くつろ》げてみせる。

男は、シュリルが充分に潤っていることを確かめながら、少し腰を浮かせ、花唇へ牡《おとこ》をあてがった。

乱暴ではなかったが、容赦のない強さで、マクシミリアン・ローランドはシュリルの内へと押し入った。

「あああぁ……」

眼も眩《くら》むような圧迫感をうけてたシュリルだが、すべてを受けとめ、濡《ぬ》れた花襞で覆いつくし、抱擁した。

シュリルは、自分の肉が、マクシミリアンを導いていくのを感じていた。

マクシミリアンは、あるべきところに収まるように、シュリルと重なりあい、揺らぎ、二人でともに高まっていった。

腰を揺すると、シュリルのほうが、もろかった。

「…殺して」

絶頂のたびに、シュリルは甘い喘ぎのかわりに、そう口走った。

「殺して、殺して、…わたしを、助けて……」

現実と恍惚《こうこつ》の狭間《はざま》で、シュリルの意識は混濁して弾《はじ》け飛び、また肉の悦《よろこ》びとともに、マクシミリアンの腕のなかに戻ってきた。

「なにがあった？」

欲情に支配された肉体を、羞《は》じるかのように毛皮にくるんでいたシュリルは、マクシミリアンから冷たく聞こえる声で問われ、戸惑って視線を落とした。

「何があって、ここへ来たのだ、シュリル」

はぐらかすことは許さないと、もう一度マクシミリアンは強い口調で訊《き》いた。

「マクシミリアン、わたしを殺してくれ」

次にそう洩らされたシュリルの言葉を受けて、マクシミリアンは、

「そのために、俺のところへ戻ってきたのか？」

と冷たく問うた。

うつむいたまま、シュリルは言葉をついだ。

「お前は、わたしに復讐《ふくしゅう》をした。わたしを凌辱《りょうじょく》しただけでなく、ラモンに与えた。だがもう、赦して、わたしを殺してくれ」

「ラモンとの間に、なにがあった？」

「数え切れぬほど、…狂ったように、ラモンに抱かれた」

シュリルは告白する。

「ラモンは、わたしを妻にすると言った。今日、新しく洗礼を受けさせると……」

「それで、逃げてきたのか」

シュリルは頷《うなず》いて答えた。

「どうか、ラモンがわたしの身体のことを公にする前に、君の手で、わたしを殺してくれ」

透き通るほどに白い両手を、請うように差し出して、シュリルはマクシミリアンを瞠《みつ》めた。

「わたしはずっとこの身体のことを恐れてきた。だが、こんなわたしでも、人並みの、痛みも、…悦楽も、感じることができるのだと、君が判らせてくれた……」

「俺は、復讐のためと言って、お前を蹂躪《じゅうりん》しただけだ」

それだけではなかったと、シュリルは頭を振って否定した。

「ヴィクトルの首を、壊してくれた」

「陶器のボンボン入れだ」

たとえそうであっても、あの一瞬でシュリルは救われたのだ。

「どうかもう一度、わたしを救ってくれ。その手で、殺してくれ…」

そう言ったシュリルには答えずに、マクシミリアンは立ちあがって裸のまま部屋を出てゆくと、鋭いナイフを取って、戻ってきた。

ぬめるような光を放つ切っ先が、両刃になっているアメリス軍の短剣だった。

男は、シュリルに怒りを感じている様子を隠さず、片手にナイフを握りしめ、伸《の》し掛かってきた。

「足をひらけ」

言われるままに、シュリルは悦楽に倦《う》み疲れた下肢をさらけ出し、足をひらいた。

マクシミリアンは、細い足首を摑《つか》んで一気にひらかせ、さらに膝裏《ひざうら》へ手をあてがうと、無理やりに腰を持ちあげた。

下肢が持ちあがり、まだ花びらの奥をしどけなく潤わせているすべてがひらかれる羞恥《しゅうち》に、シュリルの腰が捩れる。

シュリルが、神秘の聖地を隠そうとするのを力ずくで妨げると、マクシミリアンはナイフを握った手の人指し指で、花芽をなぞった。

「アッ」

シュリルが鋭い声をあげ、可憐《かれん》な形をした花芽が、慄え、男の指に反応を示した。

マクシミリアンは、花芽を庇《かば》っている包皮を剝いて、指先で位置を確かめると、そこへナイフを近づけ、シュリルがハッとすると同時に、切り込みを入れた。

「ヒッ…」と、シュリルは喉《のど》を引きつらせ、爪先までピンと突っ張らせた。

あまりの痛みに、シュリルが驚いてマクシミリアンを瞪めると、男の、黒曜石の双眸《そうぼう》が、怒っていることが判った。

真っ赤なルビーを思わせる血が玉となって滲み出してくるのを、マクシミリアンが口唇をつけて舐《な》めた。

しばらくして血は止まったが、いまの激痛と、予期せぬ衝撃に萎《な》えてしまったシュリルの花芽は、もはや守ってくれる表皮を失って、むき出された姿になっていた。

紫色の瞳《ひとみ》に、涙を滲ませて、「…どうして、こんな……」と、シュリルは喘いだ。

「泣くほど辛《つら》かったようだが、これは、罰だ……」

そう言ったマクシミリアンを、シュリルは、熱に浮かされ、潤んだ紫菫色《ヴァイオレット》の瞳で見た。

「罰?」

乾いた口唇が、その言葉を反芻《はんすう》して、刻んだ。

「シュリル、俺は、死んで楽になろうとする奴は赦せないんだ」

時に残忍だが、気品のある端整さで形どられたマクシミリアン・ローランドの横顔が、苦しんでいるかのように歪《ゆが》んでいるのをシュリルは見た。

「死んで楽になろうとする奴は許せない」という男の言葉には、クラウディアに対する愛情と、彼女が選んだ死に対する怒りも含まれているのだ。

「足を開け、シュリル。切ったところをもっと舐めて欲しいだろう？」

シュリルを苛《さいな》んだことで、マクシミリアンにも昂《たかぶ》りが生じていた。

傷口に近づけて、吸うように、花芽を含んだ。

「あっ、あああぁぁ」

疼痛《とうつう》に、シュリルは眩暈《めまい》をおぼえ、

「アッ、アッ…」身悶えながら、被虐的な悦楽に堕《お》ちた。

「これからは、息を吹きかけられただけでも感じるぞ、シュリル。勃起させたままで暮らすしかないな…」

マクシミリアンは、艶めかしい姿を露わにしたシュリルの少年を弄りながら言うと、しどけなく潤った花襞の内へと押し入り、唾液《だえき》に濡らした指を、可憐な後ろ花へと挿入させた。

「あぁッ」

シュリルが尻《しり》を震わせて身悶《みもだ》えたが、容赦なく挿入してしまうと、背後の指で、薄い粘膜を通して感じる自らの男を擦《こす》りあげるようにした。

刺激の鋭さに、シュリルが涙ぐんでいる瞳《む》の焦点を虚《うつ》ろにさえする。

突きあげると、マクシミリアンの腹部に剝かれた花芽を擦られ、シュリルは強い衝撃を受けた。

両手で、シュリルは身体の上のマクシミリアンを押し退《の》けようとした。

「も、もう、しないで、…痛い」

「だめだ」

「あ…あぁ、マクシミリアン…ああ……」

シュリルは、男たちの手によって拓《ひら》かれたすべての花を同時に刺激されて、遂には嗚咽《おえつ》を洩《も》らしながら、マクシミリアンにしがみついていた。

「顔を見せろ」

背けた顔を、顎《あご》を摑まれてうわむかされる。

「眼をあけるんだ。眼をあけて俺を見ろ、シュリル」

妖《あや》しい紫色の瞳に、マクシミリアンの顔が映る。

「アレキサンドライト……」

呟《つぶや》くように男は口にした。

瞪めあいながら、二人はほとんど同時に果てた。

激しい昂りを交歓しあった直後に、シュリルは男の腕のなかでまどろみに落ちた。

抱きしめてくる強い力が、彼を安心させ、陶酔にいざなった。

マクシミリアンは、抱いていた腕を静かに外すと、シュリルの身体を毛皮でくるむようにしてやり、自分は服を着て、彼の傍らに腰を下ろした。

シュリルのまどろみは、扉が開いて、ルーベンスが入ってきた時に一瞬、妨げられた。

下肢が甘くだるく痺《しび》れているシュリルは起きあがることができなくて、暖炉の前の床に、毛皮に身をくるんで横たわったまま、老執事を見た。

ルーベンスは、シュリルのために着替えを持ってきたのだ。

「シュリルさまの寝室のご用意が整いました」

それから、「ご婦人のものしかございませんで」と差し出された物は、以前にもシュリルが着たことのある、絹の夜着だった。

「いや、わたしの着ていたものが乾くまで、このままでいい」

裸体を毛皮で隠すようにしながらシュリルは、夜着を断った。マクシミリアンが何か着る物を貸してくれればいいのだがと思ったが、そこまで口に出来なかった。

「どうした。…女物は気にいらないか？」

いつの間にか身支度を整えているマクシミリアンがそう訊《き》くので、仕方なく、シュリルは、

「君の奥方が誤解するといけない」と答えた。

一瞬、二人の男の間に沈黙があって、それから身を引くようにルーベンスが部屋を辞した。

「妻はいない」

ルーベンスがいなくなってから、マクシミリアンは、そう言った。

その一言の重い意味を、シュリルはすぐには理解することができなかった。

シュリルの戸惑いを感じたのか、マクシミリアンは、

「俺は、結婚しなかったのだ」と、言った。

「なぜだ？」

理解しがたいことのように、シュリルは問い返した。

結婚は、避けて通れない儀式であり、貴族に生まれたものが受け容れねばならない職務だった。

マクシミリアンの結婚には、大義が含まれていたのをシュリルは知っている。

アメリス国王が愛妾《あいしょう》に生ませた姫と、王妃の私生児であるマクシミリアン。長い時間、冷戦状態にあった国王夫妻が和解するためのひとつの要因だったのだ。

「俺は、エスドリアの貴族とは違う。家名と財産を守るための結婚はしない。心のない結婚はしないというだけだ」

マクシミリアンはそう強く言い切った。

シュリルは、彼の裡《うち》にある情熱を感じた。

その時シュリルは、窓際に立ち、カーテンの隙間から自分をみていた白い顔の女のことを思い出した。

黒髪を、レースで結いあげたクラシカルな髪形をした女性は何者だったのか？

「城の窓に、黒髪の女性が立っていた……」

そう言ったシュリルに、服を着せてやるために近づいたマクシミリアンは、こともなげに答えた。

「それは、幽霊を見たのだ。この城の内に棲《す》む、昔の想いだ」

「昔の想い？」

口唇の先で繰り返してから、シュリルは、「今まで、この城で幽霊など見たことはなかった」と言った。

「幽霊は、観る者の思いの強さに反応するのだ。見えないことのほうが多い」

マクシミリアンも幽霊を観ることがあるのだろうかと訝《いぶか》しんでいるシュリルに、男は、黒曜石の双眸をむけた。

「やがて俺も死に、この城の内に漂うことになるかもしれないな。城を訪ねてきた者に、姿を見せ、時に驚かせ、警告をするのだ。それから、繰り返し、繰り返し、同じ想い出の瞬間を、幽霊となった俺は再生し続ける」

この男にとって、想い出とはなにを指すのだろう。シュリルは知りたいと思った。そしてまた、シュリルの思いはどこに宿るのだろう……。

「なにを考えている？」

瞳の色から、マクシミリアンはシュリルの内的変化を感じとって、尋ねた。

「君の想い出とはなにかと、……考えていた」

そうシュリルが口にすると、微《かす》かな間があって、マクシミリアンは、

「お前と過ごした時間のことだ」と、答えた。

シュリルが面をあげて、そう言った彼を観ると、少し苛《いら》ついたように、マクシミリアンは、

「つまり、そういうことだ」と言った。

理解できずに、シュリルは戸惑い、煌《きらめ》く瞳で、マクシミリアン・ローランドを瞪《みつ》めた。

「どういうことだ？ わたしに判るように言ってくれ」

彼は、言葉の駆け引きには慣れていなかった。

マクシミリアンは、うつむいて、シュリルから視線を逸《そ》らすと爪を噛《か》んだ。

彼にそんな癖があることをシュリルは知らなかった。それだけ、困惑しているのだが、マクシミリアンは思い切った。

「お前を、愛しているということだ」

咄嗟《とっさ》に、シュリルは反応した。

「嘘だ……」

「俺が嘘を言ったことがあるか？」

シュリルの反応は、マクシミリアンを憤らせたが、それゆえに彼は、「俺が死んでも、叶わなかったこの想いは、城の内を漂うだろうな…」と、言葉を洩らしていた。

「まさか、……いつから、そんな…」

シュリルの裡に、男と過ごした様々な時間が、まばゆい光となってよみがえってきて、彼は全身にその光をあびた。

「初めて、お前に口付けた時からだ」

それなのに、マクシミリアンはシュリルを憎まなければならなかった。シュリルを許さずにおかねばならなかったのだ。

「――成都へ行って、離れている間に判った。だから苦しかった」

ドキッと、シュリルの体内で、今度はなにかが脈打った。新しく、そこに生まれたものがあるのだ。それは急速に成長し、彼の身体のすべてにゆきわたった。

「わたしは――……」

マクシミリアンは、シュリルの告白を妨げた。こういう状況で、すべての男がそうであるように、彼は臆病《おくびょう》になっていた。

自分の言葉に同意してもらえる確証はなく、シュリルの反応を恐れたのだ。

「着替えて、とりあえず、今夜はもう眠るんだな、全ての問題は、明日に持ち越すということだ」

その結果として、彼らしくなく、奇妙に取り繕って、身を引くようにシュリルの前から離れた。

咄嗟にシュリルは、マクシミリアンの腕を掴《つか》んだ。

驚いてふり返った彼に瞪られて、シュリルは狼狽《ろうばい》したが、やっとの思いで言葉をつむぎ出した。

「わたしもだ……」

マクシミリアンの身体が、驚愕《きょうがく》と幸福の予感に大きく揺れた。

「わたしの想いも、この城に残るはずだ。だからここへ、ここへ来て、死にたかったのだ」

そう言った瞬間、シュリルはマクシミリアンに抱きしめられていた。

マクシミリアンは、古《いにしえ》の肖像画のなかから、生をさずけられ、この世に抜け出てきたようにも見えるシュリルの、紫菫色《ヴァイオレット》の双眸《そうぼう》を瞪めながら囁《ささや》いた。

「美しい、アレキサンドライトの瞳《ひとみ》だ。妖《あや》しく、紫色に輝いている……」

瞳のことを言われることなど初めてだったシュリルは、一瞬、驚いたようにマクシミリアンを瞪めかえした。

「紫色に？　わたしの眼が？　誰も、そんなことを言ったことはない……」

深く水を湛《たた》えた淵《ふち》をおもわせる緑色の瞳は無慈悲に、冷たく煌くと言われたことはあっても、美しいと讃えられたことはなかった。ましてや、シュリルは自分の瞳が、妖しく紫に耀《かがよ》うことなど知らないのだ。

「愛しあうときに、今度は鏡がいるな。君が感じると、瞳が紫に変わるのを見せたいよ、シュリル」

「マクシミリアン……」

しかし、この甘美な時は、すぐさま失われることになった。

廊下側から扉が叩《たた》かれ、マクシミリアンはそちらへと向かわなければならなかったのだ。

男は、手にした夜着をシュリルに向けて投げ渡すと、彼が着替えるのを待って、扉を開けた。

そこには、緊張した面持ちの、ルーベンスが立っていた。

「ただいま、お忍びでラモン・ド・ゴールさまが見えられました」

咄嗟に、シュリルは悲鳴を放ちかけ、口元を覆った。

シュリルは、いまにも、褐色の大男が、目の前の扉を開けて、部屋のなかに踏み込んでくるのではないかと恐れた。

ラモンという男は、獣の嗅覚《きゅうかく》で、この部屋のなかで起こっていたことを、知るだろう。

マクシミリアンはシュリルのところへ戻って、彼を抱き支え、

「ラモンはどこだ?」と、言った。

「『聖堂の間』にお通ししてございますが、尋常でないご様子で……」

天井の高い、その神聖にして静粛な広間にラモンを通したのは、ルーベンスの配慮だった。神の間において、二人の男を冷静に対峙《たいじ》させようとしたのだ。

「判った、お前はシュリルを頼む」

シュリルを押しやるようにしてルーベンスに預けると、マクシミリアンは振り向きもせずに、部屋を出ていった。

「マクシミリアンッ」

後を追おうとしたシュリルを引き止めて、老執事は、「お会いにならないほうがよろしいです…」と、言った。

城の内部の空気が、ビリビリするほどに緊張している。それはあたかも、侵入者であるラモン・ド・ゴールの気を受けて、反応しているかのようだ。

それは同時に、この古城のなかに漂っている、マクシミリアンの言うところの昔の想いたちが、シュリルにむけて警告を発しているのかも知れなかった。

シュリルは、寝室へ連れて行かれようとするのを振り切って、複雑に入り組んだ回廊へ飛び出した。

城の内部は、ほとんど判っている。

ラモンがいる『聖堂の間』へと通じる、秘密の階段を隠している壁のことも知っていた。

第七章　真　実

一

シュリルの感じた警告は、的を射ていた。

『聖堂の間』の、荘厳な空間に通じる最後の扉を開いた時、まさしく、ラモン・ド・ゴールとマクシミリアン・ローランドは向かい合っていた。

シュリルは、対峙した二人を見ながら、呆然《ぼうぜん》と立っているサイソン・リカドの姿にも気がついた。

越境する時の近道を知るために、ラモンはサイソンを伴ってきたのだ。むろん、シュリルを逃がした罪を贖《つぐな》わせるために。

少なからず、シュリルはサイソンの命があることに安堵《あんど》した。

だが、対峙した二人の男は、シュリルを横眼に見たが、誰の恋人でもない、軍人同士のまなざしで睨《にら》み合っていた。

あるいは、牡《おす》同士の。

夜の闇に紛れ、越境してきたラモンは、全身がずぶ濡《ぬ》れだったが、怒りという強烈なエネルギーを得ているせいか、ものともしていなかった。

精悍《せいかん》な表情を、倦《う》み疲れさせていても、金色にぎらつく双眸はすさまじかった。

「シュリルを黙って渡されよ、マクシミリアン。そうすれば、我々の友情は変わらないままになるだろう」

内部にたぎっている感情を抑制しながら、ラモンは、言葉を放った。

黒曜石の双眸をすがめて、マクシミリアンは目の前の男を見て、それから、

「選ぶのはシュリル本人だ」と、答えた。

にやりと、ラモンが口元を歪《ゆが》めた。

「シュリルは、俺の妻になると誓ったのだ」

無理やりに言わせたのだと言うことは、シュリルが弁解する必要もなく、マクシミリアンには判っていた。

「肉体を責め、脅して言わせたのでは、誓いとはいえない」

大仰に、ラモンはおどけてみせた。

「ほお、あんたを見習ったのだ、俺は」

大聖堂に、ラモンの声音《こわね》が響き渡った。

二人の間に、さらに険悪なものが生まれ、それはもはや、どうしようもなく大きく、膨れあがっていった。

「帰るんだ、ラモン。ここはローランド領内にあるわたしの城だ。わたしは、君を侵入者として殺す権利があるのだぞ」

いきり立ってくる男を鎮めると言うよりは、さらに挑むかのような口調で、マクシミリ

アンは挑発した。

「おもしろい。俺を殺せると言った奴は、あんたがはじめてだ」

ラモンが、マクシミリアンを睨み返し、対抗心をあらわにした。

「もう一度言う。我が妻になるシュリルを渡されよ。でなければ、力ずくで奪う」

そう叫ぶなり、ラモンは腰に帯びていた長剣をすらりと引き抜いた。

「剣を取ってこられよ、マクシミリアン・ローランド卿…」

武人としての誇りと、絶対的な自信とがラモンに満ち溢《あふ》れていた。

硬直したかのように立ち竦《すく》むシュリルの脇を通って『聖堂の間』を出ていったマクシミリアンは、剣を取って、戻ってきた。

「マクシミリアン、わたしのためになど戦ってはならない。ラモン、君もだ……」

二人の間に分け入ろうとしたシュリルを、ラモンが一喝した。

「黙りなさいッ。シュリル。俺を裏切った罰はすぐに償わせてやる。あなたは、そちらのほうを心配するのだな」

「二人とも、止めよッ」

シュリルは、叫んだ。その叫びが合図になったかのように、二人の男が、お互いの間合いを計って、利き足をにじらせた。

「サイソン、シュリルを押さえていろッ」

いまにも切っ先に飛び出し兼ねないシュリルを横目に、マクシミリアンが、怒鳴った。

ラモンもまた、ぎろりとサイソンを睨みつけて、そのようにしろとばかりに、頷《うなず》いた。

「離せッ、離せ、サイソン、二人をとめろッ」

身を捩《よじ》らせようとしたシュリルは、サイソンによって押さえ込まれてしまった。

サイソンには、もはや誰にも二人を止められないことが判っていた。

緊迫した空気が、殺意というものが、広い聖堂をうめつくすのに、時間はかからなかった。

対峙している時間が、永遠とも思われるほど続き、炸裂《さくれつ》するかのように剣と剣とが交わる瞬間には、青白い火花が散った。

ラモンが、振りかざした剣で頭上を狙ってきたのを、マクシミリアンは剣の柄《つか》で封じ、逆に、力ではらって退けた。

マクシミリアンが、押しまくって追い詰めてゆくが、ラモンは、隙を突いて、挑みかけてきた。

剣の先を避けてマクシミリアンが上軀《じょうく》を屈《かが》めると、そこへ、ラモンが蹴《け》りを突き入れた。蹴りは、すんでのところで防御され、マクシミリアンはその足を肘《ひじ》に挟んで、男の身体を捻《ひね》った。

床に転ぶ瞬間、猫のように、大柄な男は受け身で打撃を抑え、転がった。

容赦なく追って、マクシミリアンはラモンの頭上に剣を振り下ろした。

「マクシミリアンッ」

咄嗟《とっさ》にシュリルが叫んだ。

剣先が迷って、その隙にラモンが飛び退《の》いた。

「なるほど」

ラモンは呻《うめ》いて、口元を笑わせた。

「その気になると、やはり危険な男だな、マクシミリアンッ」

抑えたラモンの声音には、圧力がこもっている。

決着がつかなかった。

男たちは、――獣の牡どうしが闘うように、昂《たかぶ》っていた。

燭台《しょくだい》に灯《とも》された蠟燭《ろうそく》の火がジジ…と揺らいで、男たちの緊張をゆすぶった。

いよいよ決着をつけようとしたラモンが、「おうッ」と呻いたかと思うと、マクシミリアンに向けて跳躍し、一撃を浴びせた。

剣で受け、はね飛ばして身を躱《かわ》したマクシミリアンは、体勢を崩し一瞬、よろめいた。

すかさず、ラモンが鋭く突きかかった。

マクシミリアンは辛うじて追撃を避けたが、躱した先を読まれ、ラモンの足蹴りをかけられて、床に片膝《ひざ》をついてしまった。

彼が体勢を立て直すよりも早く、ラモンが振りあげた剣を下ろした。

瞬間、剣の前に飛び出した者があった。

「あッ……」

誰が悲鳴をあげたのか、すべてが同時だったのか、振り下ろされたラモンの剣は、サイソンの腕を振り切り、身を投げ出したシュリルの背中を裂いて止まった。

「おおッ」

獣のように呻いたのはラモンだった。

シュリルは、それでもマクシミリアンを庇《かば》おうとして、呆然としている男の前に立ちはだかった。

ラモンは、手にしていた剣を床に叩《たた》き付けた。

「馬鹿なッ」

呻いた男の前でシュリルは頽《くずお》れ、マクシミリアンによって抱き支えられた。

「サイソン、ルーベンスを呼べ、すぐに止血をッ」

弾《はじ》かれたようにサイソンは飛び出していった。

身体を支えられながら、シュリルは呆然としているラモンのほうへ視線を巡らせ、

「わたしのためになど、争ってはならない……」

と、言うと、がくがくと身体を顫《ふる》わせた。

「シュリルッ」

マクシミリアンが叫ぶと、シュリルは、まだ彼を守らなければならないという意志で、しがみついた。

駆けつけたルーベンスは、シュリルをまずマクシミリアンから引き離し、それから服を

脱がせて傷口を確かめなければならなかった。

流れた血の赤さが、男たちを苦しめ、白い肌を裂いた傷があらわれると、ラモンは眼を背けた。

ルーベンスは、応急の止血を済ませると、制御された落ち着きと、威厳のある声で、

「いま、サイソンに道を教え、フリス医師を呼びにやりました。お命にはかかわりないでしょうが、傷跡が残ることは覚悟されねばなりません」と、告げた。

その言葉に、ラモンは、自分のしでかしたことの重大さを思った。

「まともな医者を呼べ、傷を残さぬよう手当てできる医者だッ」

興奮してラモンは怒鳴り、その大声に、シュリルがうっすらと瞳《ひとみ》をひらいた。

「落ち着け、フリスの腕は確かだ」

マクシミリアンは宥《なだ》めて男を黙らせ、肩で喘《あえ》いでいるシュリルを抱きしめた。

その腕に、シュリルは自分の手を添えて、這《は》わせた。

ラモンは、二人が、互いを瞪《みつ》めあう姿を目の当たりに見せられ、その上に、シュリルの変化していく瞳の色に気づいてしまった。

不意に、ラモンは、懐のなかにいれていた数枚のスケッチを摘みだし、バラバラと放り出した。

「あなたは愚かだッ」

ラモンは、彼独特の響きがある低い声音で、叫びをあげた。

「この俺よりも、マクシミリアンを選ぶというのだからなッ」

大男は、怒りで少しの間もじっとしていられないという風に、足を踏み鳴らした。

「いいか、その男は、国王の不興を買って蟄居《ちっきょ》の身だ。こんな、荒れた、化け物の出そうな城で、満足な召使もいないッ。あなたがこんな生活に耐えられるものかッ」

シュリルは、憤っている男を、熱のある双眸で瞪め、うっすらと口唇をひらいた。

「…ラモ…ン」

ふっとシュリルの意識が遠のき、瞳を虚《うつ》ろに、後ろで抱き支えているマクシミリアンに凭《もた》れ掛かった。

ラモン・ド・ゴールは、シュリルが名を口唇に刻んでくれたことで、よろめくように後《あと》退《ずさ》った。

「今日のところは退《ひ》いてやる。あなたを傷つけたことで、俺は退いてやるが、諦《あきら》めたわけではないぞッ」

まさか、シュリルの身体に自分が傷を付けるとは思わなかったラモンだった。

「いいか、憶《おぼ》えておかれよ、俺は今後だれとも結婚しない。それはあなたのせいだ」

ラモンは、最後に獣のように吠《ほ》えると、マクシミリアンの城を出て行った。

フリスが置いていった鎮痛剤を服《の》ませてしまうと、マクシミリアンは、意識が遠のいてゆくシュリルの口唇に、眠りから呼び覚ますような口付けを与えながら、

「馬鹿なことをする」と、怒った口調で言った。

ぼんやりとシュリルは瞳を瞠き、マクシミリアンを映し出した。

紫菫色《ヴァイオレット》の、美しい瞳。

魅せられたように凝視しながら、マクシミリアンは瞼《まぶた》に口唇をつける。

「君は、まだなにも判っていないッ。いいか、二度と、こんな真似をするな」

マクシミリアンは、シュリルの身体を強く抱き締めながら、

「君は、生きるんだな。本当に生きるということがどういうことなのか、これから俺が、教えてやる」と言葉を継いだ。

妖《あや》しいアレキサンドライトの瞳が、安心したように、閉じられてゆく。

ふたたび目覚めた時、もう、シュリルは一人ではないのだ。

あとがき

一九九一年、山藍流ロマンス小説として同人誌で発行を予定していた三冊のうちの一冊が、この『アレキサンドライト』(残りは『イリス・虹の麗人』『冬の星座』)です。

その後、一九九二年に白夜書房で刊行されましたが、このたび角川書店から文庫として出していただけることになりました。

十四年前に書いたものですので、かなり手直しもしましたが、主要なテーマは昔も現在も変わっていません。

そして、官能を追求してゆきたいと思っている私の、究極の理想体としてシュリルは存在しています。

どうか、この『アレキサンドライト』を、愛と官能のロマンス小説としてお楽しみいただければ幸いです。

表紙を描いてくださった小島文美さん、いつも面倒かけてしまう担当編集の服部さんへお礼申しあげます。

十四年前、シュリルやマクシミリアンの造形時に多大な協力と助言をしてくれた舞方ミラさんへ感謝を捧《ささ》げます。
最後になりましたが、お手にとってくださった皆様、ありがとうございました。

山藍紫姫子

本書は一九九二年十二月に白夜書房より刊行された
単行本を大幅に加筆修正したものです。

アレキサンドライト

山藍紫姫子《やまあいしきこ》

平成18年 2月25日 初版発行
令和6年 9月20日 13版発行

発行者●山下直久

発行●株式会社KADOKAWA
〒102-8177 東京都千代田区富士見2-13-3
電話 0570-002-301(ナビダイヤル)

角川文庫 14136

印刷所●株式会社KADOKAWA
製本所●株式会社KADOKAWA

表紙画●和田三造

ISBN978-4-04-370203-9 C0193

角川文庫発刊に際して

角川源義

第二次世界大戦の敗北は、軍事力の敗北であった以上に、私たちの若い文化力の敗退であった。私たちの文化が戦争に対して如何に無力であり、単なるあだ花に過ぎなかったかを、私たちは身を以て体験し痛感した。西洋近代文化の摂取にとって、明治以後八十年の歳月は決して短かすぎたとは言えない。にもかかわらず、近代文化の伝統を確立し、自由な批判と柔軟な良識に富む文化層として自らを形成することに私たちは失敗して来た。そしてこれは、各層への文化の普及滲透を任務とする出版人の責任でもあった。

一九四五年以来、私たちは再び振出しに戻り、第一歩から踏み出すことを余儀なくされた。これは大きな不幸ではあるが、反面、これまでの混沌・未熟・歪曲の中にあった我が国の文化に秩序と確たる基礎を齎らすためには絶好の機会でもある。角川書店は、このような祖国の文化的危機にあたり、微力をも顧みず再建の礎石たるべき抱負と決意とをもって出発したが、ここに創立以来の念願を果すべく角川文庫を発刊する。これまで刊行されたあらゆる全集叢書文庫類の長所と短所とを検討し、古今東西の不朽の典籍を、良心的編集のもとに、廉価に、そして書架にふさわしい美本として、多くのひとびとに提供しようとする。しかし私たちは徒らに百科全書的な知識のジレッタントを作ることを目的とせず、あくまで祖国の文化に秩序と再建への道を示し、この文庫を角川書店の栄ある事業として、今後永久に継続発展せしめ、学芸と教養との殿堂として大成せんことを期したい。多くの読書子の愛情ある忠言と支持とによって、この希望と抱負とを完遂せしめられんことを願う。

一九四九年五月三日

角川文庫ベストセラー

色闇　山藍紫姫子

江戸時代。蠱惑的な美貌を持つ色若衆、月弥は闇の司法官とも言われる牙神にとらわれ、密偵となることを強要される。心よりも先に身体を支配されてしまった月弥だったが——。短編「狗」を収録。

堕天使の島　山藍紫姫子

義父に陥れられ、絶海の孤島にある更生施設に連れてこられた秋生の運命は……逃げ場のない空間に置かれた少年たちの愛と官能を、時に繊細に、時に荒々しく描き、読者から大きな支持を得た傑作！

左近の桜　長野まゆみ

武蔵野にたたずむ料理屋「左近」。じつは、男同士が忍び逢う宿屋である。宿の長男で十六歳の桜蔵にはその気もないが、あやかしの者たちが現れては、交わりを求めてくる。そのたびに逃れようとする桜蔵だが。

咲くや、この花　左近の桜　長野まゆみ

春の名残が漂う頃、隠れ宿「左近」の桜蔵に怪しげな男が現れ手渡した「黒面を駆除いたします」というちらし。桜蔵は現ではないどこかへ迷い込む……匂いたつかぐわしさにほろ酔う、大人のための連作奇譚集。

さくら、うるわし　左近の桜　長野まゆみ

小旅館「左近」の長男桜蔵は、家族の誰から継いだものか、この世ならぬ者に魅入られやすい体質だ。桜蔵自身は平凡な大学生活を望むばかりだが……甘美でエロティックな「左近の桜」シリーズ第3弾！

角川文庫ベストセラー

ロマンス小説の七日間　三浦しをん

海外ロマンス小説の翻訳を生業とするあかりは、現実にはさえない彼氏と半同棲中の27歳。そんな中ヒストリカル・ロマンス小説の翻訳を引き受ける。最初は内容と現実とのギャップにめまいものだったが……。

月魚　三浦しをん

『無窮堂』は古書業界では名の知れた老舗。その三代目に当たる真志喜と「せどり屋」と呼ばれるやくざ者の父を持つ太一は幼い頃から兄弟のように育つ。ある夏の午後に起きた事件が二人の関係を変えてしまう。

白いへび眠る島　三浦しをん

高校生の悟史が夏休みに帰省した拝島は、今も古い因習が残る。十三年ぶりの大祭でにぎわう島である噂が起こる。【あれ】が出たと……悟史は幼なじみの光市と噂の真相を探るが、やがて意外な展開に！

アーモンド入りチョコレートのワルツ　森絵都

十三・十四・十五歳。きらめく季節は静かに訪れ、ふいに終わる。シューマン、バッハ、サティ、三つのピアノ曲のやさしい調べにのせて、多感な少年少女の二度と戻らない「あのころ」を描く珠玉の短編集。

つきのふね　森絵都

親友との喧嘩や不良グループとの確執。中学二年のさくらの毎日は憂鬱。ある日人類を救う宇宙船を開発中の不思議な男性、智さんと出会い事件に巻き込まれる。揺れる少女の想いを描く、直球青春ストーリー！

角川文庫ベストセラー

DIVE《ダイブ》!!（上）（下）　森　絵　都

高さ10メートルから時速60キロで飛び込み、技の正確さと美しさを競うダイビング。赤字経営のクラブ存続の条件はなんとオリンピック出場だった。少年たちの長く熱い夏が始まる。小学館児童出版文化賞受賞作。

いつかパラソルの下で　森　絵　都

厳格な父の教育に嫌気がさし、成人を機に家を飛び出していた柏原野々。その父も亡くなり、四十九日の法要を迎えようとしていたころ、生前の父と関係があったという女性から連絡が入り……。

リズム／ゴールド・フィッシュ　森　絵　都

中学1年生のさゆきは、いとこの真ちゃんが大好きだ。高校へ行かずに金髪頭でロックバンドの活動に打ち込む真ちゃんとずっと一緒にいたいのに、真ちゃんの両親の離婚話を耳にしてしまい……。

グラスホッパー　伊坂幸太郎

妻の復讐を目論む元教師「鈴木」。自殺専門の殺し屋「鯨」。ナイフ使いの天才「蟬」。3人の思いが交錯するとき、物語は唸りをあげて動き出す。疾走感溢れる筆致で綴られた、分類不能の「殺し屋」小説！

マリアビートル　伊坂幸太郎

酒浸りの元殺し屋「木村」。狡猾な中学生「王子」。腕利きの二人組「蜜柑」「檸檬」。運の悪い殺し屋「七尾」。物騒な奴らを乗せた新幹線は疾走する！『グラスホッパー』に続く、殺し屋たちの狂想曲。

角川文庫ベストセラー

さまよう刃　東野圭吾

長峰重樹の娘、絵摩の死体が荒川の下流で発見される。犯人を告げる一本の密告電話が長峰の元に入った。それを聞いた長峰は半信半疑のまま、娘の復讐に動き出す——。遺族の復讐と少年犯罪をテーマにした問題作。

使命と魂のリミット　東野圭吾

あの日なくしたものを取り戻すため、私は命を賭ける——。心臓外科医を目指す夕紀は、誰にも言えないある目的を胸に秘めていた。それを果たすべき日に、手術室を前代未聞の危機が襲う。大傑作長編サスペンス。

夜明けの街で　東野圭吾

不倫する奴なんてバカだと思っていた。でもどうしようもない時もある——。建設会社に勤める渡部は、派遣社員の秋葉と不倫の恋に墜ちる。しかし、秋葉は誰にも明かせない事情を抱えていた……。

ナミヤ雑貨店の奇蹟　東野圭吾

あらゆる悩み相談に乗る不思議な雑貨店。そこに集う、人生最大の岐路に立った人たち。過去と現在を超えて温かな手紙交換がはじまる……張り巡らされた伏線が奇蹟のように繋がり合う、心ふるわす物語。

ラプラスの魔女　東野圭吾

遠く離れた2つの温泉地で硫化水素中毒による死亡事故が起きた。調査に赴いた地球化学研究者・青江は、双方の現場で謎の娘を目撃する——。東野圭吾が小説の常識をくつがえして挑んだ、空想科学ミステリ！